G. F. Straparola

Die ungetreue Polissena

Giovanni Francesco
Straparola

Die ungetreue Polissena

Ergötzliche
und tolldreiste
Novellen
aus dem alten
Italien

Eulenspiegel Verlag
Berlin

Nach alten Übersetzungen
von Adelbert von Keller und Hanns Floerke
bearbeitet und herausgegeben
von Gerda Böttcher

Illustriert von Inge Jastram

ISBN 3-359-00350-0

1. Auflage

Lizenz-Nr.: 540/29/89 · LSV 7351
Einband: Monika Böhmert
Printed in the German Democratic Republic
Gesamtherstellung: Karl-Marx-Werk Pößneck V 15/30
621 018 5

00980

Die Rache

In der edlen lombardischen Stadt Bologna, der Mutter der Gelehrsamkeit, die alles im Überfluß besitzt, was ihre Pflege begünstigt, lebte ein adliger Student aus Kreta mit Namen Filenio Sisterna, ein aufgeweckter, liebenswürdiger Jüngling.

Eines Tages beging man in Bologna ein schönes, glänzendes Fest, zu welchem die schönsten Frauen der Stadt geladen waren und woran unter vielen bolognesischen Edelleuten und Studierenden auch Filenio Anteil nahm. Nach der Sitte junger Leute warf er seine Blicke bald auf diese, bald auf jene Schöne, und da sie ihm sämtlich wohlgefielen, wollte er sich mit einer von ihnen dem Reigen anschließen. Er trat also zu der einen, welche Emerentiana hieß, der Gattin des Messer Lamberto Bentivogli, und forderte sie zum Tanze auf. Sie war höflich und nicht minder keck als schön und schlug den Antrag nicht aus. Mit zögerndem Schritt führte sie daher Filenio zum Tanz, drückte ihr zuweilen die Hand und flüsterte ihr leise die Worte zu: »Edle Dame, Eure Schönheit ist so groß, daß sie unbestritten jede andere überstrahlt, die je mein Auge gesehen. Auf der Welt ist kein Weib, zu dem ich so heftige Liebe empfände wie zu Eurer Hoheit. Und wenn Ihr meine Liebe erwidert, so würde ich mich für den glücklichsten, seligsten Menschen erachten, der auf der Welt zu finden ist, wo nicht, so werdet Ihr mich bald des Lebens beraubt sehen und die Schuld an meinem Tod tragen. Da ich Euch nun, Gebieterin, liebe, wie ich tue und wie es meine Pflicht ist, so nehmt mich zu Eurem Diener an und verfügt über mich und das Meinige, wie geringfügig es auch sei, wie über Euer Eigentum! Keine höhere Gnade wüßte ich vom Himmel zu erflehen, als einer so hohen Herrin untertan zu werden, die mich wie einen Vogel gefangen hat durch den süßen Leim der Liebe.«

Emerentiana, welche die holden, schmeichelnden Worte mit Aufmerksamkeit angehört hatte, war klug genug, sich taub zu stellen, und antwortete nichts.

Als der Tanz beendigt war und Emerentiana ihren Sitz wieder eingenommen hatte, ergriff der junge Filenio die Hand einer anderen Dame und trat den Tanz mit ihr an. Aber kaum hatte er ihn begonnen, so redete er sie mit folgenden Worten an: »Gewiß, anmutigste Dame, habe ich nicht nötig, Euch mit Worten auszudrücken, wie groß und heftig die heiße Liebe ist, die ich zu Euch trage und tragen werde, solange mein Geist diese schwachen Glieder, dieses unselige Gebein beherrscht. Aber glücklich, ja, überselig müßte ich mich achten, wenn ich Euch zu meiner Herrin und Schutzheiligen erwerben könnte. Da ich Euch nun so sehr liebe und Euch ganz ergeben bin, wie Ihr leicht selber bemerken werdet, so verschmäht es nicht, mich zu Eurem unterwürfigsten Diener anzunehmen, da all mein Glück, ja mein Leben selbst von Euch und von sonst niemand abhängig ist.«

Die junge Frau, welche Panthemia hieß, so gut sie alles verstanden hatte, erwiderte doch nichts, sondern setzte den Tanz mit vielem Anstand fort und nahm, als er zu Ende war, halb lächelnd neben den anderen Damen ihren Platz ein.

Es währte nicht lange, so ergriff der verliebte Filenio die Hand einer dritten, welche die artigste, anmutigste und schönste Frau war, die man dazumal in Bologna finden mochte, und begann sich mit dieser im Tanze zu schwingen, indem er sich eine Gasse durch diejenigen bahnte, welche sich herzudrängten, um sie zu bewundern. Bevor der Tanz zu Ende war, redete er sie in folgender Weise an: »Verehrungswürdige Frau, vielleicht werdet Ihr mich für nicht wenig anmaßend halten, wenn ich Euch jetzt die stille Liebe entdecke, die mein Herz für Euch empfindet und längst empfunden hat. Aber beschuldigt nicht mich, sondern Eure Schönheit, die Euch über alle andern Frauen erhebt und mich ewig zu Eurem Gefangenen macht. Ich schweige jetzt von Euren untadeligen Sitten, ich schweige von Euren bewundernswerten Tugenden, die so groß und zahlreich sind, daß sie Macht hätten, die höchsten Götter vom Himmel herniederzulocken. Wenn denn Eure natürliche, ungekünstelte Schönheit den unsterblichen Göttern gefällt, was Wunder, daß sie mich zwingt, Euch zu lieben und Euer Bild in den Tiefen meines Herzens verschlossen zu tragen. Darum bitte ich Euch, edle Herrin, einziger Balsam meines Lebens, den wert zu halten, der des Tages tausendmal für Euch stirbt. Dann werde ich glauben, ich verdanke mein Leben Euch, um deren Gunst ich werbe.«

Die schöne Frau, welche Sinforosia hieß, hatte die süßen, holden Worte wohl verstanden, die aus dem feurigen Herzen Filenios hervordrangen. Auch konnte sie ein kleines Seufzerchen nicht unterdrücken. Jedoch bedachte sie ihre Ehre und daß sie vermählt sei, antwortete ihm nichts, sondern ließ sich nach beendigtem Tanz wieder auf ihrem Platz nieder. Nun saßen die drei Frauen fast in einem Kreise beisammen und unterhielten sich mit angenehmen Gesprächen, als Emerentiana, die Frau des Messer Lamberto, nicht in böser Absicht, sondern scherzweise zu ihren zwei Gefährtinnen sprach: »Meine

lieben Frauen, soll ich Euch nicht etwas Lustiges erzählen, das mir heute begegnet ist?«

»Nun was denn?« fragten die Freundinnen.

»Ich habe«, fuhr Emerentiana fort, »beim Tanz einen Liebhaber gefunden, und zwar den schönsten, artigsten und gebildetsten, der zu finden ist. Er sagt, er sei so entbrannt für mich meiner Schönheit wegen, daß er Tag und Nacht keine Ruhe findet.«

Und so erzählte sie ihnen Wort für Wort, was Filenio ihr kundgetan hatte. Als dies Panthemia und Sinforosia hörten, sagten sie, ganz dasselbe sei auch ihnen begegnet, und sie verließen das Fest nicht, ohne herausgebracht zu haben, daß es ein und derselbe Galan gewesen, der allen dreien den Hof gemacht hatte. Hieraus entnahmen sie die Gewißheit, daß jene Worte des Verliebten nicht aus aufrichtiger Liebe, sondern aus Verstellung und Arglist hervorgegangen seien, und maßen ihnen daher denselben Glauben bei, welchen man den Fieberträumen der Kranken oder den Possen der Bänkelsänger zu schenken pflegt. Sie schieden auch nicht eher voneinander, bis sie sich alle drei das Wort gegeben, eine jede von ihnen wolle ihn auf eine Weise zum besten haben, damit der Verliebte sich zeitlebens erinnern solle, daß auch die Frauen zu foppen verstehen.

Filenio fuhr fort, bald dieser, bald jener schönzutun, und da er sah, daß sich ihm alle drei wohlgewogen zeigten, so nahm er sich vor, wenn es möglich wäre, von jeglicher die letzte Frucht der Liebe zu empfangen. Aber es gelang ihm nicht, wie er wünschte und hoffte, sondern es ward ihm ein Strich durch seine Rechnung gemacht.

Emerentiana, der geheuchelten Liebe des albernen Studenten überdrüssig, rief eines ihrer Mädchen, welches gar anmutig und schön war, und trug ihr auf, zu gelegener Zeit mit Filenio zu sprechen und ihm die Liebe anzuvertrauen, welche ihre Herrin für ihn fühle. Wenn es ihm recht sei, wolle sie eine Nacht in ihrem Hause mit ihm zubringen. Als das Filenio hörte, ward er froh und sprach zu dem Mädchen: »Geh, eile zurück, empfiehl mich deiner gnädigen Frau und sage ihr von mir, sie solle mich heute abend erwarten, da ihr Mann nicht zu Hause übernachtet.«

Inzwischen ließ Emerentiana viele Bündel scharfer Dornen zusammenlesen und legte sie unter die Bettstelle, worin sie des Nachts schlief, und erwartete so die Ankunft ihres Liebhabers. Als der Abend herankam, griff Filenio nach seinem Degen und schlich sich zu ihrem Hause, wo ihm beim ersten Zeichen alsbald geöffnet wurde. Nachdem sie eine Weile geplaudert und festlich miteinander zur Nacht gespeist hatten, gingen sie zusammen in die Kammer, um sich schlafen zu legen. Aber kaum hatte Filenio sich entkleidet, um das Lager zu besteigen, so kam Messer Lamberto, ihr Gemahl, daher. Als die Frau dies hörte, stellte sie sich sehr erschrocken, wo sie ihren Liebhaber verstecken sollte, und in der Angst befahl sie ihm, sich unter dem Bett zu verkriechen. Als Filenio die Gefahr erkannte, worin er und Emerentiana schwebten, kroch er im bloßen Hemde unter die Bettstelle und zerkratzte sich so entsetzlich, daß an seinem ganzen Leibe von Kopf bis zu den Füßen keine Stelle war, die nicht geblutet hätte. Und je mehr er sich in der Dunkelheit der Dornen erwehren wollte, desto ärger zerstach er sich und durfte doch nicht schreien, damit nicht Messer Lamberto ihn höre und umbringe. Ich überlasse es euch, sich den Zustand vorzustellen, in welchem der Unglückliche die Nacht verbrachte, wie er keinen Laut hervorbringen durfte, auch fast noch sein Liebeswerkzeug einbüßte.

Als der Morgen kam und der Ehemann das Haus verließ, kleidete sich der arme Student, so gut er konnte, wieder an und begab sich blutbedeckt nach Hause zurück, wo er noch lange in Todesangst schwebte. Doch unter der Pflege eines sorgsamen Arztes erholte er sich und ward wieder so gesund wie zuvor. Auch währte es nicht lange, so verfiel er von neuem seinen verliebten Neigungen und fuhr fort, jenen beiden anderen, Panthemia und Sinforosia, den Hof zu machen, bis er eines Abends Gelegenheit fand, Panthemia zu sprechen, der er seinen langen Kummer und stete Schmerzen klagte und sie bat, doch Mitleid mit ihm zu haben. Die schlaue Panthemia tat, als bedaure sie ihn, entschuldigte sich, daß sie keine Gelegenheit wisse, ihn zufriedenzustellen. Zuletzt aber, wie von seinen süßen Bitten und heißen Seufzern besiegt, ließ sie ihn ins Haus. Schon war er entkleidet, um mit ihr ins Bett zu steigen, als ihm Panthemia befahl, in die Nebenkammer zu gehen, wo sie ihr wohlriechendes Wasser und Räucherwerk habe, um sich erst gehörig zu parfümieren, bevor er ins Bett komme.

Der Student, der die Arglist der boshaften Frau nicht ahnte, trat in die Kammer. Aber kaum hatte er den Fuß auf eine Planke gesetzt, welche von dem Tragbalken, der sie hielt, losgemacht war, so stürzte er, ohne sich halten zu können, samt dem Brett in ein Gewölbe hinab. Einige Kaufleute hatten dort baumwollene und wollene Waren gelagert. Obwohl er tief herabgefallen war, hatte er sich doch beim Fallen keinen Schaden getan.

Als sich nun der Student an diesem dunklen Ort befand, begann er umherzutappen, ob er eine Treppe oder eine Türe fände, da er aber nichts fand, verfluchte er die Stunde und den Augenblick, wo er Panthemia kennengelernt. Der Morgen dämmerte, und der arme Jüngling, der freilich zu spät den Betrug der Frau einsah, bemerkte an einer Seite des Warenlagers einige Ritzen in der Wand, welche etwas Licht eindringen ließen. Und weil die Mauer alt und mit ekelhaftem Schimmel bedeckt war, begann er mit ungeheurer Anstrengung Steine herauszubrechen und machte ein so großes Loch, daß er hinausschlüpfen konnte. Hier fand er ein Gäßchen, nicht weit von der Straße gelegen, und schlug barfuß und im Hemd den Weg nach seiner Herberge ein, wo er auch, ohne von jemand erkannt zu werden, glücklich anlangte.

Sinforosia, die schon von den beiden Streichen vernommen hatte, die Filenio gespielt worden waren, besann sich darauf, ihnen einen dritten hinzuzufügen, der den vorangegangenen nichts nachgäbe. Sie begann daher, sooft sie den Studenten sah, ihn von der Seite bedeutsam verstohlen anzublicken, als wolle sie ihm zu verstehen geben, wie sie sich um ihn verzehre. Der Student, der die erlittene doppelte Unbill schnell vergessen hatte, fing bald an, vor ihrem Hause vorüberzuspazieren und den Verliebten zu spielen. Sinforosia sah, daß er bereits blindlings in sie verliebt war, und schickte ihm durch ein altes Mütterchen einen Brief, worin sie ihm kundgab, er habe sie mit seiner Schönheit und edlem Betragen so sehr für sich eingenommen und gefesselt, daß sie Tag und Nacht keine Ruhe fände. Sie wünsche daher über alles in der Welt, wenn es ihm nicht unangenehm wäre, mit ihm zu sprechen.

Als Filenio den Brief empfangen und den Inhalt gelesen hatte, dachte er an keinen Betrug, vergaß alle früher erfahrenen Beleidigungen und war der fröhlichste und zufriedenste Mensch, den man sich denken konnte. Er nahm Papier und Feder und antwortete, wenn sie ihn liebe und nach ihm schmachte, so gehe es ihm nicht besser, denn er liebe sie noch viel mehr als sie ihn. Zu jeder Stunde, wo sie befehle, sei er zu ihren Diensten bereit. Sobald sie die Antwort gelesen und den günstigen Augenblick gefunden hatte, ließ ihn Sinforosia ins Haus kommen und sprach zu ihm nach vielen erheuchelten Seufzern: »Mein Filenio, ich weiß nicht, wer außer dir mich zu dem Schritte verleitet hätte, zu welchem du mich gebracht hast, denn deine Schönheit, deine Anmut und der Reiz deiner Rede haben ein solches Feuer in meiner Seele entzündet, daß ich wie trocknes Holz zu lodern glaube.«

Als der Student sie so sprechen hörte, zweifelte er keinen Augenblick, daß sie vor Liebe zu ihm vergehen wolle. So erging sich der arme Schelm eine Weile mit Sinforosia in holden, ergötzlichen Liebesreden, und als es ihm endlich Zeit schien, sich zu Bette zu legen und an ihre Seite zu schmiegen, sprach Sinforosia: »Meine süße Seele, bevor wir zu Bette gehen, scheint es mir ratsam, uns ein wenig zu stärken.«

Damit ergriff sie Filenio bei der Hand und führte ihn in ein Seitengemach, wo ein Tisch mit köstlichem Zukkerwerk und trefflichen Weinen bereitstand. Die verschlagene Frau hatte den Wein mit betäubendem Kräutersaft gemischt, um zu bewirken, daß er bis zu einem gewissen Zeitpunkt entschliefe. Filenio ergriff den Becher, füllte ihn mit jenem Wein und trank ihn ganz aus, ohne einen Betrug zu ahnen. Nachdem er die Lebensgeister erfrischt und sich mit wohlriechendem Wasser gesalbt und parfümiert hatte, begab er sich zu Bett. Es währte nicht lange, so tat der Trank seine Wirkung, und der Jüngling verfiel in einen so tiefen Schlaf, daß der stärkste Geschützdonner oder jeder andere noch so heftige Lärm ihn schwerlich erweckt hätte.

Als Sinforosia sah, daß er fest schlief und der Saft sich bewährte, ging sie hinweg und rief eine junge kräftige Magd, die in das Geheimnis eingeweiht war, worauf beide den Studenten bei Händen und Füßen ergriffen, leise die Haustüre öffneten und ihn auf die Straße trugen, wo sie ihn etwa einen Steinwurf weit von dem Hause liegenließen. Etwa eine Stunde vor Anbruch der Morgenröte, als der Trank seine Kraft verloren hatte, erwachte der Arme und meinte an Sinforosias Seite zu liegen, fand sich statt dessen barfuß und im Hemd halbtot vor Kälte auf der bloßen Erde liegen. Kaum konnte sich der Bedauernswerte, an Armen und Beinen erstarrt wieder auf die Füße heben. Nur mit großer Beschwerde stand er auf, konnte sich aber fast nicht aufrecht halten und schleppte sich dann, so gut er vermochte und ohne von jemand bemerkt zu werden, zu seiner Herberge zurück und sorgte dort für seine Gesundheit. Und wäre nicht die Kraft der Jugend ihm zu Hilfe gekommen, so wäre er gewiß nervenlahm geworden.

Nachdem Filenio seine frühere Gesundheit wiedererlangt hatte, verschloß er die erlittenen Kränkungen in der Tiefe seines Herzens; und ohne sich irgend beleidigt oder erbittert zu zeigen, stellte er sich vielmehr in alle drei Frauen noch weit verliebter als zuvor, indem er bald mit der einen, bald mit der anderen liebäugelte. Jene drei versahen sich seiner Arglist nicht, sondern hatten ihre Freude an seinem Betragen und zeigten ihm die freundliche, wohlwollende und heitere Miene, die man wahrhaft Liebenden nicht versagt. Manchmal war der gereizte Jüngling nahe daran, seine Hand zu gebrauchen und ihnen das Angesicht zu zeichnen; aber er bedachte klüglich den hohen Stand der Frauen und wie schimpflich es für ihn wäre, drei schwache Weiber zu schlagen, und er bezwang seinen Ingrimm. Lange sann er hin und her, auf welche Weise er sich rächen könne, und da ihm durchaus nichts einfallen wollte, geriet er außer sich vor Betrübnis. Nach geraumer Zeit kam ihm eine Idee, was er tun müsse, um seinen Wunsch zu befriedigen, und das Glück begünstigte ihn, den entworfenen Plan auszuführen.

Filenio hatte in Bologna einen sehr schönen Palast zur Miete, worin sich ein geräumiger Saal und geschmackvolle Zimmer befanden. Hier beschloß er ein prächtiges und glänzendes Fest zu geben und viele Frauen einzuladen, so auch Emerentiana, Panthemia und Sinforosia. Die Einladung erging und wurde angenommen, und als der Tag des glänzenden Festes erschien, begaben sich die drei Frauen, die in ihrem Leichtsinn nichts ahnten, dorthin. Als es Zeit war, die Frauen mit kühlen Weinen und köstlichem Zuckerwerk zu erquicken, ergriff der verschlagene Jüngling seine drei Liebsten bei der Hand und führte sie mit vielem Anstand in ein Nebengemach mit der Bitte, sich ein wenig zu erfrischen. Kaum aber hatten die törichten, unvorsichtigen Frauen die Kammer betreten, so verschloß der Jüngling die Tür derselben, wandte sich dann zu ihnen und sprach: »Jetzt, Ihr boshaften Weiber, ist die Stunde gekommen, mich an Euch zu rächen und Euch für die Beleidigungen zu strafen, mit denen Ihr meine heiße Liebe vergolten habt.«

Als die Frauen diese Worte hörten, waren sie mehr tot als lebendig, bereuten es im stillen ernstlich, ihn beleidigt zu haben, und machten sich die größten Vorwürfe, daß sie dem vertraut hatten, den sie hätten hassen sollen. Mit drohender, zornglühender Miene befahl ihnen Filenio, sofern ihnen ihr Leben lieb sei, sich alle drei nackt auszuziehen. Als die Närrinnen dies vernahmen, sahen sie einander an und begannen heftig zu weinen, baten ihn auch, wenn nicht um ihrer Liebe, so doch um seiner Ritterlichkeit und angeborenen Menschlichkeit willen, ihre Ehre zu schonen. In der Freude seines Herzens gewährte ihnen der Jüngling dies, bestand aber darauf, sich in seinem Beisein zu entkleiden. Die Frauen warfen sich dem Studenten zu Füßen und flehten ihn unter kläglichen Tränen demütig an, ihnen das zu erlassen und ihnen so unendliche Schmach nicht zuzufügen. Er hatte jedoch sein Herz schon zum Diamant verhärtet und sagte, es sei dies nichts Tadelnswertes, sondern gerechte Rache. So mußten sich denn die Frauen ausziehen, bis sie dastanden, wie sie aus dem Mutterleib gekommen waren, und sie waren nackt nicht minder schön als bekleidet. Der junge Student betrachtete sie von Kopf bis Fuß, und als er sie so schön und zart erblickte, daß die Weiße ihrer Haut den Schnee übertraf, begann sich in ihm einiges Mitleid zu regen. Doch die Erinnerung der erlittenen Schmach und der Todesgefahr kehrte bald in sein Gedächtnis zurück und verscheuchte alles Erbarmen, so daß er auf seinem grausamen, gefühllosen Vorsatz beharrte. Alsdann nahm der listige Jüngling die Kleider und alles, was sie sonst angehabt hatten, legte es in ein Nebenzimmer und befahl ihnen nicht eben höflich, sich alle drei nebeneinander in das Bett zu legen. Ganz bestürzt und bebend vor Schreck riefen sie aus: »Wehe über unsere Torheit, was werden unsere Männer, was unsere Eltern sagen, wenn sie erfahren, daß man uns hier so nackt, wie wir sind, ermordet gefunden! Besser wären wir in den Windeln gestorben, als daß die Welt diese Schmach und Schande von uns erfahren soll!«

Als der Student sie nebeneinander liegen sah wie Mann und Weib, nahm er ein schneeweißes Leinentuch, das aber nicht sehr fein war, damit das Gesicht nicht durchschimmern und sie verraten möchte, und bedeckte die Frauen damit von Kopf bis Fuß. Dann verließ er das Gemach, verschloß die Tür und suchte ihre Männer auf, welche im Saale tanzten. Als der Tanz vorbei war, führte er sie in das Nebengemach, wo die drei Frauen im Bett

lagen, und sprach zu ihnen: »Ihr Herren, ich habe Euch hierhergeführt, um Euch ein kleines Vergnügen zu bereiten und den schönsten Anblick zu verschaffen, der Euch in Eurem Leben zuteil geworden ist.«

Hierauf näherte sich Filenio dem Bett mit einer Kerze in der Hand, zog allmählich das Leinentuch von den Füßen empor und wickelte es auf, indem er die Frauen bis zu den Knien bloßdeckte, so daß die Männer die runden weißen Beine mit den zierlichen Füßen sehen konnten, was ein wundervoller Anblick war. Dann enthüllte er sie bis zur Brust und zeigte ihnen die blendenden Schenkel, welche zwei Säulen von reinem Marmor zu sein schienen, und den gerundeten Leib, dem feinsten Alabaster ähnlich. Hierauf enthüllte er sie noch weiter hinauf und zeigte ihnen den zarten sanftgewölbten Busen mit den zwei prallen, köstlichen, runden Brüsten, die selbst den erhabenen Jupiter gezwungen hätten, sie zu umarmen und zu küssen. Dies gewährte den drei Ehemännern das größte Vergnügen und Ergötzen, das sich denken läßt. Ich überlasse es Euch zu ermessen, wie es den armen, unglücklichen Frauen zumute war, als sie hörten, daß ihre Männer sich an ihrem Anblick weideten. Sie hielten sich ruhig und wagten kaum Atem zu holen, um nicht erkannt zu werden. Die Männer versuchten den Studenten zu bewegen, auch von den Gesichtern das Tuch wegzuziehen; er aber, in fremden Angelegenheiten vorsichtiger als in seinen eigenen, wollte nicht einwilligen. Dennoch begnügte sich der Student nicht hiermit, sondern nahm die Kleider der drei Frauen und zeigte sie ihren Männern. Diese überfiel bei ihrem Anblick eine gewisse Betroffenheit, die ihnen am Herzen nagte. Mit steigendem Erstaunen betrachteten sie dieselben näher und sprachen bei sich selbst: »Ist dies nicht das Kleid, das ich meiner Frau machen ließ? Und das nicht die

Haube, die ich ihr kaufte? Ist das nicht das Geschmeide, das ihr vom Hals auf die Brust herniederhängt? Sind dies nicht die Ringe, die sie am Finger trägt?«

Die Männer verließen das Gemach. Um das Fest nicht zu stören, entfernten sie sich aber nicht, sondern blieben zum Abendessen. Der Student hatte bereits vernommen, daß das Mahl bereitet und von seinem einsichtigen Haushofmeister angerichtet sei, und forderte daher die Gesellschaft auf, sich zu Tisch zu begeben. Während nun die Gäste es sich wohlschmecken ließen, kehrte der Student in das Nebengemach zurück, wo die drei Frauen im Bett lagen, deckte sie auf und sprach: »Guten Morgen, meine Damen, habt Ihr Eure Männer nicht gehört? Sie erwarten Euch draußen mit dem heißesten Verlangen. Worauf wartet Ihr? Steht auf, Ihr Schlafratzen, und gähnt nicht lange, laßt ab, Euch die Augen zu reiben! Nehmt Eure Kleider und schlüpft eilig hinein! Es ist Zeit, in den Saal zurückzukehren, wo Euch die anderen Frauen erwarten.«

So neckte er sie und weidete sich an ihrer Ratlosigkeit. Die trostlosen Frauen fürchteten, ihr Abenteuer werde ein grausames Ende nehmen; sie weinten und verzweifelten an ihrem Heil. So geängstigt und von Schmerz gepeinigt, erhoben sie sich und erwarteten nichts sicherer als den Tod.

»Filenio«, sprachen sie zu dem Studenten, »du hast vollkommne Rache an uns genommen. Es bleibt nichts mehr übrig, als daß du dein scharfes Schwert nimmst und uns den Tod damit gibst, den wir über alles in der Welt wünschen. Willst du aber uns diese Gnade nicht gewähren, so laß uns wenigstens unerkannt nach Hause gelangen, damit unsere Ehre unbescholten bleibe.« Filenio glaubte nun genug getan zu haben, holte ihre Kleider, gab sie ihnen zurück und befahl ihnen, sich eiligst anzuziehen. Als dies geschehen war, ließ er sie durch ein geheimes Hinterpförtchen hinaus, und so kamen sie beschämt, ohne von jemand erkannt zu werden, nach Hause. Sogleich zogen sie ihre Kleider wieder aus, die sie getragen hatten und verschlossen sie in ihre Schränke, begaben sich aber klüglich noch nicht zu Bett, sondern setzten sich an die Arbeit.

Nach der Mahlzeit dankten ihre Männer dem Studenten für die gute Aufnahme, die sie bei ihm gefunden, noch mehr aber für das Vergnügen, das er ihnen gewährt, indem er sie die köstlichen Glieder habe sehen lassen, deren Schönheit die Sonne überstrahlt habe, nahmen Abschied von ihm und kehrten zurück in ihre Wohnungen.

Zu Hause fanden sie ihre Frauen in ihrem Kämmerlein neben dem Feuer sitzen und nähen. Weil ihnen aber die Kleider, Ringe und andere Kostbarkeiten, welche sie in Filenios Kammer gesehen hatten, noch einigen Verdacht erregten, fragte jeder die Seinige, wo sie den Abend zugebracht habe und wo ihre Kleider seien. Ganz unbefangen antworteten ihnen die Frauen, sie haben diesen Abend das Haus nicht verlassen, nahmen die Schlüssel zu dem Schrein, wo ihre Gewänder verwahrt wurden, und zeigten ihnen Kleider, Ringe und alles, was ihnen ihre Männer hatten machen lassen. Als die Männer dies sahen, wußten sie nicht, was sie sagen sollten, verhielten sich ruhig, erzählten aber doch ihren Frauen alles haarklein, was ihnen diesen Abend begegnet sei. Als die Frauen dies hörten, stellten sie sich, als wüßten sie von nichts, und nachdem sie das Abenteuer eine Weile belacht hatten, entkleideten sie sich und begaben sich zu Bette. Wenige Tage vergingen, so begegnete Filenio seinen holden Damen mehrmals auf der Straße und sagte zu ihnen: »Wer von uns hat mehr

Angst ausgestanden? Wer von uns ward übler behandelt?« Sie aber schlugen die Augen nieder und antworteten nichts.

Und so rächte sich der Student, so gut er wußte und konnte, für die erlittenen Beleidigungen ohne alle Gewalttätigkeit, wie es einem Manne geziemt.

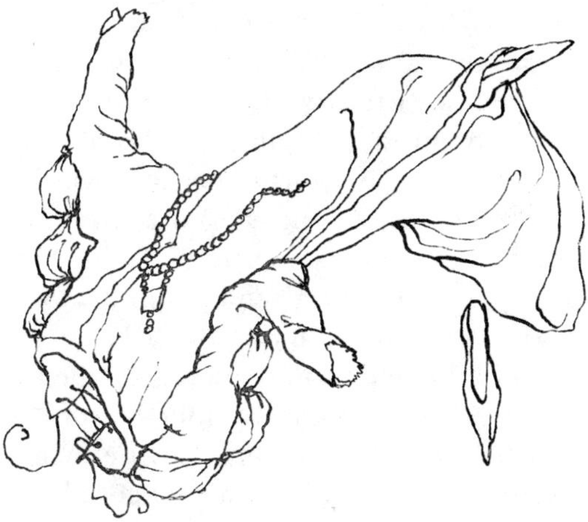

Der Meisterdieb

In Perugia, einer alten und edlen Stadt der Romagna, hochberühmt durch die Wissenschaften und überaus reich an Gaben der Erde, wohnte vor noch nicht langer Zeit ein Tunichtgut, der so gut gewachsen war wie nur einer und von allen Cassandrino genannt wurde. Dieser war infolge seines Rufes und wegen seiner Diebereien fast jedermann in Perugia bekannt. Viele Bürger und Leute aus dem Volke waren schon zum Stadtrichter gegangen und hatten bittere und lange Klagen gegen ihn geführt, weil er ihnen dies und jenes gestohlen hatte. Er wurde aber niemals vom Stadtrichter bestraft, sondern nur mit Drohungen und ernstem Tadel ermahnt. Doch obgleich Cassandrino wegen seiner Diebstähle und anderer Schurkenstreiche ehrlos und verachtet war, lebte in ihm nichtsdestoweniger die löbliche Tugend, daß er den Diebstahl nicht etwa aus Habgier ausübte, sondern um gelegentlich sich denen gegenüber erkenntlich und freigebig erweisen zu können, die es gut mit ihm meinten und ihn begünstigten. Und da er gesprächig, lustig und witzig war, hegte der Stadtrichter eine so herzliche Zuneigung zu ihm, daß er es keinen Tag ohne ihn aushalten konnte. Als nun Cassandrino bei diesem teils tadelnswerten, teils löblichen Lebenswandel beharrte und der Stadtrichter die gerechten Klagen, die täglich gegen ihn geführt wurden, in ernste Erwägung zog, ihn aber wegen der großen Liebe, die er zu ihm hegte, nicht zu bestrafen vermochte, rief er Cassandrino eines Tages zu sich. Er führte ihn in ein abgelegenes Kämmerlein und fing an, ihn freundlich zu ermahnen, doch von diesem schlechten Lebenswandel abzulassen und auf den Weg der Tugend zurückzukehren, um den übergroßen Gefahren zu entgehen, denen er sich durch seine Aufführung aussetzte. Cassandrino, der die Worte des Stadtrichters aufmerksam angehört hatte, antwortete: »Gnädiger Herr, ich habe die wohlmeinenden Ermahnungen, die Ihr in Eurer Liebenswürdigkeit an mich gerichtet habt, und von denen ich weiß, daß sie der lebendigen und klaren Quelle Eurer Zuneigung zu mir entspringen, gehört und wohl verstanden und bin Euch von Herzen dafür dankbar. Doch schmerzt es mich sehr, daß gewisse törichte Leute, die auf den Besitz ihrer Mitmenschen neidisch sind, beständig bestrebt sind, Unfrieden zu säen und durch ihre giftigen Worte andern die Ehre und den guten Ruf abzuschneiden. Die Euch dies vorreden, täten wahrhaftig besser, ihre giftspritzende Zunge zwischen den Zähnen zu lassen, statt andere Leute zu beschimpfen.«

Der Stadtrichter, der sehr leichtgläubig war, schenkte Cassandrinos Worten vollen Glauben und kümmerte sich fortan wenig oder gar nicht um die gegen ihn eingebrachten Klagen. Seine Liebe zu ihm hatte ihn vollkommen blind gemacht.

Als nun eines Tages Cassandrino mit dem Stadtrichter bei Tische saß und mit ihm von verschiedenen lustigen und ergötzlichen Sachen sprach, erzählte er ihm unter anderm von einem jungen Manne, der von der Natur mit solcher Schlauheit begabt sei, daß es nichts gebe, was so verborgen und sorgsam bewacht sei, daß er sich nicht vermöge seiner Listen heimlich in seinen Besitz zu setzen vermöchte. Da sagte der Stadtrichter: »Dieser junge Mann kann niemand andrer sein als du, der du klug, verschlagen und mit allen Hunden gehetzt bist! Aber wenn du dich getrauen würdest, mir heute nacht aus der Schlafkammer das Bettzeug zu stehlen, so verspreche ich dir auf mein Wort hundert Goldflorinen.« Als Cassandrino den Vorschlag des Stadtrichters hörte, geriet er in nicht geringe Verwirrung und antwortete ihm folgendermaßen: »Herr, Ihr haltet mich, wie mir scheint, für einen Dieb. Ich bin aber weder ein Dieb noch der Sohn eines solchen. Ich lebe vielmehr von meiner Hände Arbeit und von der Frucht meines Schweißes und bringe auf diese Weise mein Leben hin. Wenn es Euch jedoch gefällt, mich aus diesem Grunde sterben zu lassen, werde ich Euch in Anbetracht der Liebe, die ich Euch stets entgegengebracht habe und noch entgegenbringe, diesen und jeden anderen Gefallen tun und dann zufrieden sterben.«

Begierig, den Wunsch des Stadtrichters zu erfüllen, ging Cassandrino ohne weiter eine Antwort abzuwarten, fort und lief den ganzen Tag wie ein Verrückter herum und zerbrach sich den Kopf, wie er ihm das Bett stehlen könne, ohne daß er es merke, bis ihm endlich folgender Gedanke kam: Es war an dem Tage, da er diesen Einfall hatte, in Perugia ein Arzt gestorben, der in einem Grabhügel außerhalb der Kirche der Predigermönche bestattet worden war. Cassandrino ging daher in der Nacht, als alles im ersten Schlummer lag, zur Begräbnisstätte des Arztes, öffnete mit Leichtigkeit den Grabhügel, zog den Leichnam an den Füßen aus der Gruft, entkleidete ihn und legte ihm seine eigenen Gewänder an. Diese paßten ihm so gut, daß jeder, der ihn gesehen hätte, ihn nicht für den Arzt, sondern für Cassandrino gehalten haben würde. Dann lud er ihn sich auf die Schultern und machte sich auf den Weg nach dem Palaste. Mit seiner Last dort angekommen, stieg er mit Hilfe einer Leiter, die er mitgebracht hatte, auf das Dach des Palastes und begann ganz leise den Dachbelag zu entfernen, worauf er mit seinen eisernen Werkzeugen die Balken und Bretter so lange bearbeitete, bis ein großes Loch oberhalb der Kammer, in welcher der Stadtrichter schlief, entstanden war. Dieser lag wach im Bett, hörte deutlich alles, was Cassandrino machte, und obwohl er sich bewußt war, daß ihm durch das Durchbrechen der Decke Schaden erwachse, hatte er dennoch seinen Spaß daran. Er erwartete jeden Augenblick, daß Cassandrino käme, um ihm das Bett unter dem Leibe wegzustehlen. Und er sprach bei sich selbst:

»Treib's nur so schlimm du magst,
nicht wird dir's frommen.
Mein Bett, das wirst du
nimmermehr bekommen.«

Während der Stadtrichter nun mit offenen Augen und aufmerksamen Ohren horchte und wartete, siehe, da ließ Cassandrino den toten Arzt durch das Loch fallen, der mit solchem Gepolter auf dem Boden der Kammer aufschlug, daß der Stadtrichter in die größte Bestürzung geriet. Er sprang alsbald aus dem Bett, ergriff das Licht und entdeckte den Körper, der ganz zerschmettert und zerstoßen dalag. Fest überzeugt, es sei Cassandrino, der da herabgestürzt – denn der Leichnam war mit seinen Gewändern angetan –, rief er jammernd aus: »O ich Unglücklicher! Da liegt er nun, und ich habe seinen Tod verschuldet, weil ich eine kindische Laune befriedigen wollte! Was wird man von mir sagen, wenn man erfährt, daß Cassandrino in meinem Hause den Tod gefunden hat? O wie vorsichtig und auf seiner Hut sollte doch der Mensch sein!«

Also klagend, klopfte der Stadtrichter an die Kammertür eines ergebenen und treuen Dieners, weckte ihn und erzählte ihm das traurige Ereignis. Dann bat er ihn, im Garten eine Grube auszuheben und den Leichnam hineinzulegen, damit das peinliche Geschehnis niemals ruchbar würde. Während nun der Stadtrichter und sein Diener den Leichnam begruben, ließ sich Cassandrino, der sich oben auf dem Dache ruhig verhielt und alles gesehen hatte, an einem Strick in die Kammer hinunter, machte aus dem Bettzeug ein Bündel und trug es ganz gemütlich davon. Als der Leichnam beerdigt war und der Stadtrichter in seine Kammer zurückkehrte, um sich zur Ruhe zu begeben, entdeckte er, daß sein Bett fehlte. Da wußte er gar nicht, wie ihm geschah. Die ganze Nacht aber mußte er an die Klugheit und Pfiffigkeit des scharfsinnigen Diebes denken.

Als es Tag geworden war, ging Cassandrino seiner Gewohnheit gemäß in den Palast und erschien vor dem Stadtrichter. Als dieser ihn erblickte, fragte er: »Wahrhaftig, Cassandrino, du bist der hervorragendste von allen Dieben! Wer hätte es je außer dir fertiggebracht, mir mit solcher List das Bettzeug zu stehlen?«

Cassandrino antwortete nichts, sondern stand mit verwunderten Gesicht da, als hätte er gar nichts mit der Sache zu tun. »Einen Streich hast du mir also bereits gespielt«, fuhr der Richter fort, »nun will ich, daß du mir einen zweiten spielst, dann werde ich erkennen, wieviel dein Verstand wert ist: Wenn du mir in der kommenden Nacht den Schimmel stiehlst, der mir lieb und teuer ist, verspreche ich dir außer den verheißenen hundert Florinen weitere hundert.« Als Cassandrino das Begehren des Richters hörte, tat er, als geriete er in große Verlegenheit, und beklagte sich, daß er von ihm eine so schlechte Meinung habe, und bat ihn dringend, doch nicht seinen Untergang herbeiführen zu wollen. Der Stadtrichter vernahm die Weigerung Cassandrinos, wurde ärgerlich und sagte zu ihm: »Wenn du dies nicht tust, werde ich dich an eine der Zinnen dieser Stadt hängen lassen – anderes erwarte nicht von mir!«

Wie nun Cassandrino sah, daß die Sache sehr gefährlich war und es mit schönen Worten nicht getan sei, sagte er zum Stadtrichter: »Ich werde alles daransetzen, Euch zufriedenzustellen, mag geschehen, was da wolle, obwohl ich mich für eine derartige Unternehmung nicht geeignet fühle.« Damit verabschiedete er sich und ging.

Der Stadtrichter, dem es darum zu tun war, zu probieren, wie weit die Schlauheit Cassandrinos ging, rief einen Diener und sagte zu ihm: »Geh in den Stall, zäume meinen Schimmel auf und setze dich drauf, aber sieh zu, daß du die ganze Nacht im Sattel bleibst, und gib wohl acht und sorge dafür, daß dir das Pferd nicht gestohlen wird!« Einem anderen befahl er, den Palast zu bewachen, und nachdem er die Tore des Palastes wie des Stalles mit sehr starken Schlössern gesichert hatte, ging er fort. Als es finster geworden war, nahm Cassandrino seine Werkzeuge, ging zum Tor des Palastes und fand, daß der Wächter süß schlummerte. Und da er alle geheimen Gänge im Palast auf das genaueste kannte, ließ er ihn schlafen, nahm einen anderen Weg, gelangte in den Hof und suchte den Stall auf, den er verschlossen fand. Er probierte so lange mit seinen Werkzeugen geräuschlos an der Tür herum, bis sie aufsprang. Als er dann jedoch den Diener mit dem Zügel in der Hand auf dem Gaul sitzen sah, geriet er ein wenig in Verwirrung. Cassandrino näherte sich ihm leise und entdeckte, daß auch er fest wie ein Murmeltier schlief. Der schlaue und verschmitzte Dieb verfiel nun auf den schönsten Streich, der je einem Lebenden einfallen konnte: Er nahm das Maß von der Höhe des Pferdes, rechnete jedoch noch soviel hinzu, wie für sein Vorhaben erforderlich war, verließ dann den Stall und ging in den Garten. Dort nahm er vier große Pfähle, welche die Reben eines Laubenganges stützten, versah sie mit einer scharfen Spitze und kehrte wieder in den Stall zurück. Als er sah, daß der Diener noch ebenso fest schlief wie zuvor, schnitt er als vorsichtiger Mann den Zügel durch, den der Diener in der Hand hielt, dann den Brustriemen, den Gurt, den Schwanzriemen und alles andere, was ihm hinderlich schien. Nachdem er dann einen der Pfähle unter einer der Ecken des Sattels in den Boden gerammt hatte, hob er diese ganz sacht ein wenig empor und ließ sie auf dem Pfahl aufliegen. Dann pflanzte er einen anderen Pfahl in den Boden unter der zweiten Ecke des Sattels. Nachdem er auch die beiden letzten Ecken des Sattels auf gleiche Weise gestützt hatte, hob er diesen mitsamt dem immer noch schlafenden Diener gänzlich vom Rükken des Pferdes und legte ihn auf die vier in die Erde gerammten Pfähle, worauf er dem Tier den Halfter über den Kopf warf und es davonführte.

Der Stadtrichter verließ am anderen Morgen zeitig das Bett und ging in den Stall, wo er das Pferd zu finden glaubte, statt dessen fand er den Diener fest auf dem von vier Pfählen gestützten Sattel schlafen. Er weckte ihn und nannte ihn den größten Dummkopf, den es je unter Menschen gegeben habe. Und ganz in Gedanken versunken verließ er darauf den Stall. Als es vollkommen Tag geworden war, ging Cassandrino seiner Gewohnheit gemäß in den Palast, erschien vor dem Stadtrichter und grüßte ihn mit heiterer Miene. »Wahrhaftig, Cassandrino«, rief ihm dieser entgegen, »du übertriffst bei weitem sämtliche Diebe, ja ich muß dich den Fürsten und König der Diebe nennen! Aber jetzt will ich deine Klugheit und deine Erfindungsgabe auf eine dritte Probe

stellen. Du kennst, wenn ich mich nicht irre, den Priester Severino, den Pfarrer der San Gallokirche in der Nähe der Stadt: Wenn du ihn mir in einen Sack gebunden hierherbringst, gebe ich dir mein Wort, daß du außer den verheißenen zweihundert Florinen weitere zweihundert erhältst. Tust du es jedoch nicht, so mach dich aufs Sterben gefaßt.«

Dieser Priester Severino war ein Mann von ehrenhaftestem Lebenswandel und stand in bestem Rufe, doch war er nicht gerade der Klügste. Er widmete sich ganz seinen kirchlichen Aufgaben, um alles andere kümmerte er sich nicht oder wenig. Als Cassandrino sah, daß der Richter es so wenig gut mit ihm meinte, dachte er bei sich selbst: »Er trachtet gewiß danach, mich ums Leben zu bringen, doch wird seine Absicht wahrscheinlich zuschanden werden, denn ich bin entschlossen, alles daranzusetzen, um ihn vollständig zu befriedigen.« In diesem Bestreben verfiel Cassandrino darauf, dem Priester einen Streich zu spielen, der ihm nach Wunsch glücken sollte, und zwar folgendermaßen: Er lieh sich von einem Freunde ein bis auf die Füße reichendes Chorhemd und eine weiße, ganz mit Gold bestickte Stola und brachte sie nach Hause. Dann nahm er einige große starke Pappstücke und machte zwei Flügel daraus, die er mit verschiedenen Farben bemalte, und beschaffte sich ein Diadem, das großen Glanz ausstrahlte. Als es Abend geworden war, verließ Cassandrino mit diesen Gegenständen die Stadt, ging zu jenem Dorfe, wo der Priester Severino wohnte, und verbarg sich dort hinter einem Gestrüpp von scharfen Dornen und wartete, bis die Morgenröte erschien. Dann zog Cassandrino das Chorhemd an, hängte sich die Stola um den Hals, setzte sich das Diadem auf das Haupt, befestigte die Flügel an den Schultern, worauf er sich wieder versteckte und mäuschenstill wartete, bis der Priester kam, um das Ave Maria zu läuten. Kaum war dies geschehen, als auch schon Priester Severino mit dem Chorknaben an der Kirchentür erschien und hineinging, um sich an seine gottesdienstlichen Verrichtungen zu begeben. Cassandrino, der auf der Lauer lag, sah, daß die Kirchentür offen stand. Während der Priester das Ave Maria läutete, verließ er das Gestrüpp, schlich sich leise in die Kirche und stellte sich vor die Front eines Altars. Hoch aufgereckt und mit einem großen Sack, den er mit beiden Händen hielt, begann er mit dumpfer tiefer Stimme zu sprechen: »Wer in die himmlische Glorie eingehen will, krieche in diesen Sack! Wer in die himmlische Glorie eingehen will, krieche in diesen Sack!« Während Cassandrino diese Worte wiederholte, siehe, da kam der Chorknabe aus der Sakristei heraus. Und als er ihn in seinem schneeweißen Hemde, mit dem Diadem, das sonnengleich leuchtete, und den Flügeln, die aus Pfauenfedern zu bestehen schienen, erblickte und die Stimme vernahm, erfaßte ihn ein großer Schrecken. Als der Knabe sich jedoch ein wenig gefaßt hatte, kehrte er zum Priester zurück und sagte zu ihm: »Messere, ist mir doch, als hätte ich den Engel des Herrn mit einem Sack in der Hand gesehen und die Worte sprechen hören: ›Wer in die himmlische Glorie eingehen will, krieche in diesen Sack!‹ Ich will hineinkriechen, Messere!«

Der Priester, der nicht viel Grütze im Kopfe hatte, glaubte den Worten des Chorknaben, verließ die Sakristei, sah den schönen Engel und hörte seine Worte. Begierig, in die himmlische Glorie einzugehen, und besorgt, der Chorknabe möchte ihm zuvorkommen und eher in den Sack kriechen, tat er, als habe er sein Brevier zu Hause liegenlassen, und sagte zum Chorknaben: »Lauf nach Hause und schau in meiner Kammer nach und bring mir mein Brevier, das ich auf der Bank vergessen habe!« Und während der Chorknabe nach Hause lief, näherte sich Priester Severino ehrfurchtsvoll dem Engel und verfügte sich in höchster Demut in den Sack.

Der pfiffige, boshafte und durchtriebene Cassandrino sah sein Vorhaben auf diese Weise glücken, machte alsbald den Sack zu und verschnürte ihn fest, worauf er sich das Chorhemd auszog, Diadem und Flügel ablegte, ein Bündel daraus machte, es samt dem Sacke über die Schulter warf und sich nach Perugia davonmachte.

Als Cassandrino die Stadt betrat, war es schon heller Tag, und zu schicklicher Stunde überbrachte er dem Stadtrichter den Sack, band ihn auf und zog Priester Severino heraus. Mehr tot als lebendig, sah sich dieser dem Stadtrichter gegenüber und merkte, daß man ihn zum besten gehabt. Der Priester schleuderte heftige Anklagen gegen Cassandrino und schlug großen Lärm. Er sei einem Mörder in die Hände gefallen und durch Tücke in den Sack gelockt worden. Seine Ehre sei dadurch verletzt und er empfindlich geschädigt worden, er bitte daher seine Hoheit, ihm Gerechtigkeit werden zu lassen und einen derartigen Exzeß nicht ohne die empfindlichste Strafe zu lassen, damit für alle anderen Übeltäter ein Exempel statuiert werde. Der Stadtrichter, der den Fall bereits ausführlich erzählt erhalten hatte, vermochte sich kaum des Lachens zu enthalten und sagte zu Priester Severino gewandt: »Seid still, mein Väterchen, und regt Euch nicht auf. Wir werden es Euch gegenüber nicht an Gunst und Gerechtigkeit fehlen lassen, obwohl es auf der Hand liegt, daß diese Geschichte ein Scherz ist.« Und der Stadtrichter wußte es dahin zu bringen, daß der Priester sich zufriedengab, namentlich indem er ihm ein Beutelchen mit einigen Goldstücken in die Hand drückte. Dann befahl er, den Priester aus der Stadt zu geleiten. Hierauf sagte er zu dem Meisterdieb gewandt: »Cassandrino, Cassandrino! Die Art der Ausführung deiner Diebstähle übertrifft noch ihren Ruf in der Stadt. Nimm daher die versprochenen vierhundert Goldflorinen, denn du hast sie mit Ehren verdient; aber sieh zu, daß du in Zukunft ehrbarer lebst, als du es bisher getan hast. Denn wenn mir noch eine einzige Klage über dich zu Ohren kommt, so verspreche ich dir, daß ich dich ohne Gnade aufknüpfen lassen werde.«

Cassandrino nahm die vierhundert Goldflorinen, dankte dem Stadtrichter geziemend und verabschiedete sich von ihm.

Darauf wandte er sich dem Kaufhandel zu und wurde ein besonnener Mann, der eine glückliche Hand in großen Unternehmungen hatte.

Der Frauentausch

Lang ist's her, da lebten in der berühmten Stadt Genua zwei Gevattern, von denen der eine, ein sehr reicher und den Freuden der Welt ergebener Mann, Messer Liberale Spinola hieß, während sich der andere, der sich dem Kaufhandel widmete, Messer Arthilao Sara nannte. Diese liebten sich so sehr, daß sie beinahe nicht ohne einander leben konnten. Wenn der eine irgend etwas benötigte, so nahm er unverzüglich und ohne Zögern die Hilfe des anderen in Anspruch. Da nun Messer Arthilao Großkaufmann war und auf eigene wie auf anderer Leute Rechnung Geschäfte machte, beschloß er eines Tages, eine Reise nach Syrien zu unternehmen. Er suchte daher seinen inniggeliebten Gevatter Messer Liberale auf und sagte liebevoll und reinen Herzens zu ihm: »Gevatter, Ihr wißt – es ist das ja auch allgemein bekannt –, wie groß die Liebe ist, die zwischen uns herrscht, und wie große Stücke ich sowohl infolge unserer langjährigen Freundschaft wie auch wegen des Gevatterschaftsgelübdes, das wir abgelegt, auf Euch halte. Da ich nun beschlossen habe, nach Syrien zu gehen, und niemand besitze, dem ich mehr vertrauen könnte als Euch, wende ich mich an Euch, damit Ihr mir einen Gefallen tut. Obwohl meine Zumutung Euch keine geringe Unbequemlichkeit verursachen wird, hoffe ich doch von Eurer Güte und dem zwischen uns herrschenden Wohlwollen, daß Ihr ihn mir nicht abschlagen werdet.« Messer Liberale, der nichts lieber wünschte, als seinem Gevatter etwas Angenehmes zu erweisen, sagte ohne weitere Umschweife: »Messer Arthilao, mein lieber Gevatter, die lautere und gegenseitige Liebe, die zwischen uns herrscht, und unser Gelübde erfordern nicht so viel Worte. Sagt mir Euren Wunsch frei heraus und verfügt nach Belieben über mich.« Da sagte Messer Arthilao: »Es wäre mir sehr lieb, wenn Ihr es auf Euch nehmen würdet, für mein Haus und ebenso für meine Frau zu sorgen und sie mit allem zu versehen, dessen sie bedarf. Soviel Ihr für sie ausgebt, soviel werde ich Euch auf Heller und Pfennig wieder zurückerstatten.« Messer Liberale vernahm den Wunsch seines Gevatters, dankte ihm sehr für die gute Meinung, die er von ihm hatte, und für seine Wertschätzung und versprach ihm dann bereitwillig, den Auftrag nach Maßgabe seiner schwachen Kräfte auszuführen. Als die Zeit der Abreise gekommen war, befrachtete Messer Arthilao ein Schiff mit seinen Waren, befahl seine Frau Daria, die im dritten Monat schwanger war, der Obhut des Gevatters, bestieg das Schiff, verließ Genua mit günstigem Winde und segelte seinem Ziele zu.

Als nun Messer Arthilao fort war und auf dem Meere segelte, suchte Messer Liberale seine geliebte Gevatterin Daria auf und sagte zu ihr: »Gevatterin, Messer Arthilao, Euer Gatte und mein treuester Freund, hat mich vor seiner Abreise aufs dringendste gebeten, mich seiner Angelegenheiten und Eurer Person anzunehmen und Euch mit allem zu versehen, dessen Ihr bedürfen werdet. In Anbetracht der Liebe, die zwischen uns geherrscht hat und noch herrscht, habe ich ihm versprochen, alles zu tun, was er mir aufgetragen. Darum habe ich hier jetzt auch vorgesprochen, damit Ihr, falls es Euch an irgend etwas fehlt, es mich unbedenklich wissen lasset.« Madonna Daria, die von Natur sehr liebenswürdig war, dankte ihm aufs wärmste und bat ihn, für sie zu sorgen, und Messer Liberale versprach es.

Messer Liberale ging nun im Hause seiner Gevatterin aus und ein und ließ es ihr an nichts fehlen. Bald erkannte er, daß sie schwanger sei, tat jedoch, als wisse er es nicht, und sagte zu ihr: »Wie fühlt Ihr Euch, Gevatterin? Die Abwesenheit Messer Arthilaos, Eures Gatten, ist Euch wohl unbehaglich!«

»Gewiß, Herr Gevatter«, antwortete Madonna Daria, »und aus vielen Gründen, vor allem aber wegen der Umstände, in denen ich mich befinde.«

»In welchen Umständen befindet Ihr Euch denn?« fragte Messer Liberale.

»Ich bin im dritten Monat schwanger«, antwortete Madonna Daria, »und habe solche Schmerzen, wie ich sie noch nie gehabt.« Als der Gevatter dies hörte, sagte er: »Ihr seid also schwanger, Gevatterin?«

»Ich möchte, Ihr wärt's, Gevatter, und ich wäre frei«, klagte Madonna Daria. Als Messer Liberale dieses Thema mit der Gevatterin noch weiterspann und sie so schön, frisch und rundlich sah, verliebte er sich dermaßen in sie, daß er Tag und Nacht an nichts anderes dachte als daran, seinen unehrbaren Wunsch erfüllt zu sehen – doch hielt ihn die Zuneigung zu seinem Gevatter ein wenig zurück.

Von seiner glühenden Liebe getrieben, ging er schließlich eines Tages doch zu ihr und sagte: »Wie tut es mir leid, Gevatterin, daß Messer Arthilao fortgereist ist und Euch schwanger zurückgelassen hat; denn infolge seiner schnellen Abreise kann er leicht vergessen haben, das Wesen, das Ihr unterm Herzen tragt, zu vollenden. Und daher kommen vielleicht die Schmerzen, die Ihr habt.«

»Meint Ihr wirklich, lieber Gevatter«, erwiderte Madonna Daria, »daß dem Kinde in meinem Leibe irgendein Glied fehlt und ich deswegen so leiden muß?«

»Gewiß ist das meine Meinung«, antwortete Messer Liberale, »und ich bin überzeugt, daß Messer Arthilao, mein Gevatter, es unterlassen hat, ihm alle seine Glieder zu vollenden. Solche Unterlassungen sind nämlich die Ursache, daß der eine mit einem kurzen Fuß, der andere gelähmt, ein dritter mit dem und ein vierter mit jenem Fehler zur Welt kommt.«

»Was Ihr da sagt, Gevatter, geht mir sehr durch den Kopf«, sagte darauf die Gevatterin, »aber was könnte ich dagegen tun, damit mir solches nicht widerfährt?«

»Ah, liebe Gevatterin, seid guten Mutes und beunruhigt Euch nicht darüber«, sagte Messer Liberale, »für alles gibt es Heilmittel, außer für den Tod.«

»Dann bitte ich Euch, lieber Gevatter, bei der Liebe, die Ihr zu meinem Manne hegt, gebt mir dieses Heilmittel, und je schneller Ihr es mir gebt, desto mehr werde ich Euch verpflichtet sein. Ihr wollt doch gewiß nicht die Schuld tragen, daß das kleine Wesen mit einem Fehler zur Welt kommt!« Als Messer Liberale sah, daß er seine Gevatterin dahin gebracht hatte, wohin seine Wünsche gingen, sagte er: »Gevatterin, es wäre eine große Gemeinheit, wenn der Freund, so er den Freund in Gefahr sieht, ihm keine Hilfe bringen würde. Da ich nun das Fehlende an dem Kinde zu ergänzen vermag, wäre ich ein Verräter an Euch und würde Euch ein großes Unrecht zufügen, wenn ich Euch nicht helfen würde!«

»So zögert nicht länger, lieber Gevatter«, rief Madonna Daria, »damit das Kind in seiner Entwicklung nicht gehemmt werde! Abgesehen von der Schädigung wäre dies keine kleine Sünde.«

»Zweifelt nicht im geringsten, Gevatterin, ich werde

Euch in jeder Beziehung hilfreich sein!« versicherte Messer Liberale. »Befehlt der Magd, daß sie den Tisch decke, inzwischen wollen wir dann mit der Ergänzung beginnen.«

Während die Magd das Mittagessen vorbereitete, ging nun Messer Liberale mit der Gevatterin ins Schlafgemach, verschloß die Tür und begann sie zu liebkosen und zu küssen, wie es noch nie ein Mann einer Frau getan. Als Madonna Daria dies merkte, verwunderte sie sich sehr und sagte: »Wie, Messer Liberale, treiben die Gevattern solche Dinge mit den Gevatterinnen? Weh mir Unglücklichen, das ist eine gewaltige Sünde! Wäre es das nicht, so würde ich Euch gern zu Willen sein.« Da antwortete Messer Liberale: »Was ist eine größere Sünde: bei seiner Gevatterin zu liegen oder die Frucht unvollkommen zu lassen?«

»Ich glaube, es ist eine größere Sünde, wenn sie durch Schuld der Eltern unfertig zur Welt kommt«, antwortete die Frau.

»Also«, erwiderte Messer Liberale, »würdet Ihr eine große Sünde begehen, wenn Ihr mich das nicht ausführen lassen wolltet, was Euer Gatte versäumt hat.« Die Frau glaubte den Worten des Gevatters und ließ sich herbei, seinen Lüsten zu dienen, und so fanden sie sich noch gar oft zusammen. Der Frau gefiel die Vollendung der unvollkommenen Glieder sehr wohl, und sie bat den Gevatter, ja nicht in die Unterlassungssünde ihres Gatten zu verfallen. Und der Gevatter, dem der Bissen schmeckte, bemühte sich auf jede Weise, Tag und Nacht für die Ergänzung des Kindes zu sorgen, auf daß es ohne Fehl zur Welt komme. Als die Stunde der Geburt gekommen war, gebar Madonna Daria einen Knaben, der in allem seinem Vater glich und so wohlgebildet war, daß kein Glied an ihm auch nur den geringsten Mangel aufwies. Sie war daher voller Freude und dankte dem Gevatter, der die Ursache dieses großen Glückes gewesen war.

Es verging nicht lange Zeit, und Messer Arthilao kehrte nach Genua zurück. Zu Hause angekommen, fand er seine Gattin, die ihm strahlend und glücklich mit dem Kind auf dem Arm entgegenkam, gesund und schön wieder, und sie umarmten und küßten sich aufs innigste. Messer Liberale, der von der Ankunft des Gevatters gehört hatte, suchte ihn sofort auf und umarmte ihn, erfreut über seine glückliche Rückkehr und sein Wohlbefinden.

Als sich nun eines Tages Messer Arthilao mit seiner Frau bei Tisch befand und das Kind liebkoste, sagte er: »O Daria, wie schön ist doch dieses Kind! Hast du je ein wohlgebildeteres gesehen? Schau, welch ein Anblick, welch ein Gesicht, betrachte diese Augen, die wie Sterne leuchten!«

Und so rühmte er alle seine Glieder einzeln. Da antwortete Madonna Daria: »Gewiß zeigt es keinen Mangel, aber das ist nicht Euer Werk allein, lieber Gatte. Als Ihr abreistet, ließet Ihr mich, wie Ihr wißt, im dritten Monat schwanger zurück. Das Kind unter meinem Herzen hatte noch unvollkommene Glieder, was mir in meiner Schwangerschaft heftige Schmerzen verursachte. Wir müssen uns daher bei Messer Liberale bedanken, der mit Eifer und Fleiß durch seine Kunst der Unvollkommenheit des Kindes zu Hilfe kam und es in allen jenen Teilen ergänzte, an denen Ihr es hattet fehlen lassen.«

Messer Arthilao, der die Worte seiner Frau aufmerksam angehört hatte, ohne daß ihm eines entgangen wäre, wurde nachdenklich; denn sie gaben ihm einen Stich ins Herz, war er sich doch sofort dessen bewußt, daß Messer Liberale ihn hintergangen und seine Frau mißbraucht hatte. Als kluger Mann aber tat er, als habe er nichts begriffen, schwieg über diesen Punkt und lenkte das Gespräch auf einen anderen Gegenstand. Nachdem Messer Arthilao vom Tisch aufgestanden war, begann er bei sich selbst das sonderbare schimpfliche Verhalten des Gevatters zu überdenken, den er mehr als irgendeinen anderen liebte, und sann Tag und Nacht darüber nach, auf welche Weise er sich für die erlittene Kränkung rächen könne. Schwermütig gab er sich solchen Überlegungen hin und wußte keine Lösung zu finden. Schließlich aber kam ihm ein Gedanke, den er ausführte und der den gewünschten Erfolg hatte.

»Daria«, sagte er zu seiner Frau, »sorge morgen für ein reicheres Mittagessen, denn ich will, daß Messer Liberale und Madonna Propertia, seine Frau und unsere Gevatterin, bei uns zu Gaste seien. Aber, wenn dir dein Leben lieb ist, so verliere kein Wort über das, was du vielleicht sehen und hören könntest, sondern ertrage es geduldig.« Madonna Daria versprach, seinen Wünschen zu entsprechen. Darauf verließ er das Haus, ging auf den Platz, wo er seinen Gevatter Messer Liberale traf, und lud ihn mit seiner Frau Madonna Propertia für den folgenden Tag zum Mittagessen ein; und dieser nahm die Einladung mit Dank an.

Am nächsten Tag begaben sich Gevatter und Gevatterin in das Haus Messer Arthilaos, wo sie freundlich bewillkommnet wurden. Als sie nun alle beisammen waren und über dies und jenes sprachen, sagte Messer Arthilao zu Madonna Propertia: »Liebe Gevatterin, während die Speisen gar werden und der Tisch gedeckt wird, sollt Ihr eine Vorspeise genießen.« Damit führte er sie in ein Kämmerlein und reichte ihr ein Glas mit Opium versetzten Wein; sie brockte sich Biskuits hinein und genoß das ganze ohne jeden Argwohn. Dann gingen sie zum

Essen und tafelten vergnügt. Kaum aber waren sie damit fertig, als Madonna Propertia von solcher Müdigkeit überfallen wurde, daß sie kaum die Augen offenzuhalten vermochte. Als Messer Arthilao dies sah, sagte er: »Ruht Euch ein wenig aus, Gevatterin, vielleicht habt Ihr die vergangene Nacht schlecht geschlafen?« Und er führte sie in ein Kämmerlein, wo sie sich auf ein Bett warf und alsbald einschlief. Besorgt, die Kraft des Schlaftrunks möchte nachlassen, bevor er in der Lage gewesen sei, sein geheimes Vorhaben auszuführen, rief er Messer Liberale und sagte zu ihm: »Gevatter, gehen wir und lassen wir die Gevatterin schlafen, solange sie Lust hat. Da sie sich vielleicht allzufrüh erhoben hat, bedarf sie der Ruhe.«

Sie gingen also zusammen fort, und als sie auf dem Markt angekommen waren, schützte Messer Arthilao die Erledigung einiger Geschäfte vor, verabschiedete sich von seinem Gevatter und kehrte heimlich nach Hause zurück. Dort ging er leise in die Kammer, in der die Gevatterin lag, und näherte sich ihr. Als er sah, daß sie süß schlummerte, zog er, ohne daß es jemand gesehen, noch sie etwas davon gemerkt hätte, die Ringe von den Fingern und die Perlenschnur vom Halse und verließ darauf die Kammer.

Nachdem der Schlaftrunk seine Kraft verloren hatte, wachte Madonna Propertia auf, und als sie das Bett verlassen wollte, bemerkte sie das Fehlen der Ringe und Perlen. Sie erhob sich sofort, suchte hier, suchte dort, kehrte das Unterste zuoberst, fand jedoch nichts. Daher verließ sie ganz bestürzt die Kammer und fragte Madonna Daria, ob sie nicht zufällig ihre Perlen und Ringe gesehen oder verwahrt habe. Diese verneinte, und Madonna Propertia war infolgedessen sehr betrübt. Während sich die Arme nun dem Schmerz über diesen Verlust hingab und nicht wußte, was sie machen sollte, erschien Messer Arthilao. Und als er die Gevatterin so traurig und verstimmt sah, fragte er: »Was habt Ihr, liebe Gevatterin, daß Ihr Euch so sehr grämt?« Madonna Propertia erzählte ihm alles. Messer Arthilao tat, als wisse er von nichts, und sagte: »Sucht fleißig, liebe Gevatterin, und denkt nach, ob Ihr die Geschmeide nicht vielleicht an irgendeinen Ort gelegt habt, an den Ihr Euch nicht gleich erinnert, möglicherweise findet Ihr sie dann. Doch solltet Ihr sie nicht finden, so gebe ich Euch mein Wort als guter Gevatter, daß ich Vorkehrungen treffen werde, damit es dem schlecht ergehen wird, der sie gestohlen hat. Aber bevor irgend etwas unternommen wird, sucht sorgfältig überall nach.«

Die Gevatterinnen und die Mägde suchten und suchten wieder das ganze Haus ab und stellten alles auf den Kopf, fanden jedoch nichts. Als Messer Arthilao dies sah, begann er großen Lärm im Hause zu schlagen, drohte und beschuldigte bald den, bald jenen, doch alle schworen, sie wüßten von nichts. Schließlich wandte er sich zu Madonna Propertia und sagte: »Liebe Gevatterin, grämt Euch nicht, seid vielmehr guten Mutes; ich bin im Besitze eines Geheimnisses von solcher Kraft, daß ich damit jeden, der die Schmuckstücke gestohlen, wer es auch sei, entdecken werde.« Als Madonna Propertia dies hörte, sagte sie: »O Herr Gevatter, tut mir bitte den Gefallen und macht das Experiment, damit Messer Liberale nicht argwöhnisch auf mich werde und Schlechtes von mir denke.«

Wie nun Messer Arthilao sah, daß der günstige Zeitpunkt gekommen sei, sich für die erlittene Unbill zu rächen, rief er seiner Frau und den Mägden zu, sie sollen die Kammer verlassen und keine solle es wagen, sich ihr zu nähern, bevor sie gerufen werde.

Als die Frau und die Mägde draußen waren, verschloß Messer Arthilao die Kammer, machte mit Kohle einen Kreis auf den Boden, schrieb einige Zeichen und Zauberformeln eigener Erfindung hinein, stellte sich in die Mitte des Kreises und sagte zu Madonna Propertia: »Liebe Gevatterin, haltet still im Bett und bewegt Euch nicht, fürchtet Euch auch vor nichts, was Ihr etwa hört; denn ich weiche nicht von Euch, bevor ich die Juwelen gefunden habe.«

»Zweifelt nicht an mir«, erwiderte die Gevatterin, »ich werde mich nicht rühren noch irgend etwas tun, ohne daß Ihr es mir befehlt.« Jetzt wandte sich Messer Arthilao nach rechts und schrieb einige Zeichen auf den Boden, dann nach links und machte einige Zeichen in die Luft, dann tat er, als spreche er mit vielen Gestalten, und erfand mannigfaltige und seltsame Worte, so daß es Madonna Propertia etwas unbehaglich zumute wurde. Aber der Herr Gevatter, der dies bemerkte, flüsterte ihr Mut zu und ermahnte sie, nicht zu erschrecken. Nachdem er die Hälfte einer Viertelstunde in dem Kreise verweilt hatte, ließ er eine knurrende Stimme laut werden, die folgende Worte sprach:

»Was du nicht finden kannst und suchst in Sorgen,
Ruht in des haarumbuschten Tales Gründen:
Die es verloren, hält es dort verborgen,
Drum suche eifrig, und du wirst es finden!«

Über diese Worte empfand Madonna Propertia ebensolches Vergnügen wie Verwunderung. Als der Zauber beendet war, sagte Messer Arthilao zu ihr: »Gevatterin, Ihr habt alles gehört: Die verloren geglaubten Juwelen ruhen in Eurem Schoße. Drum seid vergnügt und guten Mutes, denn wir werden alles wiederfinden. Doch ist es nötig, daß ich an der angegebenen Stelle nachsuche.«

Die Gevatterin, die ihren Schmuck wiederzuhaben wünschte, antwortete erfreut: »Ich habe alles wohl vernommen, lieber Gevatter, sucht nur so sorgfältig wie möglich nach.«

Da verließ Messer Arthilao den Kreis, ging ans Bett und legte sich zur Gevatterin, die sich nicht rührte. Und nachdem er ihr die Gewänder und das Hemd in die Höhe gestreift, begann er im haarumbuschten Tal zu fischen. Unterdessen zog er, ohne daß sie es merkte, einen Ring aus seinem Wams und überreichte ihn ihr mit den Worten: »Da seht, liebe Gevatterin, wie gut ich gefischt habe und gleich beim erstenmal den Diamanten fing.« Als die Gevatterin den Diamanten erblickte, freute sie sich sehr und bat: »Oh, mein trauter Gevatter, fischt weiter, vielleicht findet Ihr auch die anderen Juwelen!« Und indem der Gevatter tapfer mit Fischen fortfuhr, fand er bald dies, bald jenes Schmuckstück und holte schließlich mit seinem Angelhaken alle die verlorenen Gegenstände heraus, was die Gevatterin mit großer Genugtuung und Zufriedenheit erfüllte. Als sie nun alle ihre teuren Kleinodien wieder hatte, sagte sie: »Oh, mein geliebter Gevatter, Ihr habt mir alles wieder verschafft. Tut mir doch die Liebe und seht zu, ob Ihr nicht zufällig beim Fischen einen sehr schönen, kleinen Eimer wiederfinden könnt, der mir vor einigen Tagen gestohlen wurde und mir sehr teuer war.«

»Sehr gerne«, antwortete Messer Arthilao. Und er warf von neuem die Angel in dem haarumbuschten Tal aus und bemühte sich sehr lange, den kleinen Eimer zu berühren, hatte aber nicht mehr die Kraft, ihn herauszuziehen. Als er nun sah, daß er sich vergeblich abmühte, sagte er: »Liebe Gevatterin, ich habe das Eimerchen gefühlt und es unzweifelhaft berührt. Da es jedoch mit dem Boden nach oben gekehrt ist, hat der Haken nicht fassen können, und ich vermag es daher nicht herauszuziehen.« Madonna Propertia, die es zu haben wünschte, und der das Spiel außerordentlich gefiel, wollte ihn überreden, noch einmal zu fischen. Aber Messer Arthilao, dem das Öl in der Lampe bereits so sehr mangelte, daß sie nicht mehr brannte, sagte: »Gevatterin, wisset, daß an dem Haken, mit dem wir bis jetzt gefischt haben, die Spitze abgebrochen ist und nicht mehr gebraucht werden kann. Habt daher für den Augenblick Geduld. Morgen werde ich ihn zum Schmied schicken, der ihm eine Spitze machen wird, und dann wollen wir in aller Ruhe nach dem Eimerchen fischen.« Sie gab sich zufrieden, verabschiedete sich vom Gevatter und der Gevatterin und kehrte vergnügt nach Hause zurück.

Als nun Madonna Propertia eines Nachts zusammen mit ihrem Mann im Bett lag und sie scherzhafte Gespräche pflogen – wobei auch er beständig im haarumbuschten Tale fischte –, sagte sie zu ihm: »Oh, lieber Gatte, tut mir die Liebe und paßt auf, ob Ihr beim Fischen nicht vielleicht den kleinen Eimer findet, der uns vor einigen Tagen abhanden kam; denn als ich vorgestern meinen Schmuck verloren hatte, hat unser Gevatter Messer Arthilao in diesem Tal gefischt und alles wiedergefunden. Ich bat ihn daher, er möchte auch nach dem verlorenen Eimerchen fischen, und er sagte, er habe es berührt, doch nicht zu fassen vermocht, da es mit dem Boden nach oben liege und sein Haken infolge des vielen Fischens die Spitze verloren habe. Macht daher bitte auch Ihr den Versuch, ob Ihr seiner habhaft werden könnt.«

Da wußte Messer Liberale, daß sein Gevatter ihn mit gleicher Münze bezahlt hatte, er schwieg daher und ertrug geduldig den Schimpf.

Als sich am anderen Morgen die beiden Gevattern auf dem Platze trafen, schaute der eine den anderen fragend an, doch getraute sich keiner das erste Wort zu sprechen. Bei diesem Schweigen blieb es, und schließlich erfreuten sie sich ihrer Frauen gemeinsam, ohne ihnen gegenüber ein Wort über die Angelegenheit zu verlieren, und jeder gab dem anderen Gelegenheit, sich mit seiner Frau zu vergnügen.

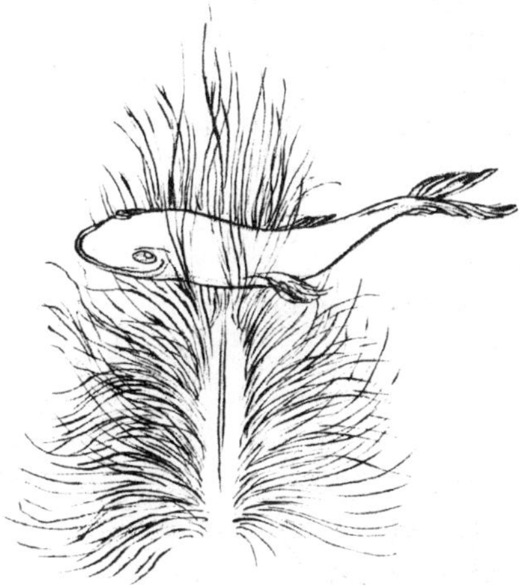

Der törichte Alte

Hier in unserer Stadt Venedig, die reicher als alle anderen Orte an schönen Frauen ist, lebte einmal eine adlige Dame von großer Anmut und vollkommener Schönheit, deren verführerische Augen wie der Morgenstern leuchteten. Diese neigte infolge ihres üppigen Lebens zur Wollüstigkeit, und da ihr Mann sich im Bett vielleicht nicht genügend mit ihr beschäftigte, wählte sie zu ihrem Liebhaber einen wackeren, gesitteten Jüngling aus guter Familie, machte ihn zum Besitzer ihrer Reize und liebte ihn mehr als den eigenen Gatten.

Nun begab es sich, daß ein schon recht bejahrter Freund ihres Mannes namens Anastasio sich heftig in sie verliebte und Tag und Nacht keine Ruhe fand. Leidenschaft und Liebespein, die er empfand, ließen ihn in wenigen Tagen so abgezehrt und mager werden, daß er fast nur Haut und Knochen war. Er hatte Triefaugen, eine runzlige Stirn und eine Quetschnase, die nach Art eines Destillierkolbens beständig tropfte. Wenn er ausatmete, gab er einen gewissen Geruch von sich, der jeden, der ihm nahe kam, beinahe krank machte. Dabei hatte er nur noch zwei Zähne im Munde, die ihm eher hinderlich als nützlich waren. Ferner war der Alte gliederlahm und fühlte sich, selbst wenn die Sonne im Löwen stand und große Hitze herrschte, niemals warm.

Als nun die Liebe den armen Tropf gepackt und erhitzt hatte, überschüttete er die Dame mit allerlei Geschenken, doch obwohl sie sehr wertvoll waren, wies diese sie sämtlich zurück, hatte sie doch einen reichen Gatten, der es ihr an nichts fehlen ließ. Mehrmals begrüßte sie der Alte auf der Straße, wenn sie zum Gottesdienst ging oder daher kam, und bat sie, ihn doch als ihren ergebenen Diener anzunehmen und nicht so grausam zu sein, seinen Tod zu wünschen. Aber klug und vorsichtig wie die Dame war, schlug sie die Augen nieder und kehrte, ohne ihm eine Antwort zu geben, nach Hause zurück.

Da traf es sich, daß Anastasio hörte, der Jüngling, von dem wir oben sprachen, gehe im Hause der Schönen aus und ein. Der Alte spionierte nun behutsam, bis er ihn eines Abends, als der Ehemann außerhalb der Stadt weilte, ins Haus treten sah. Dies gab ihm einen bösen Stich ins Herz. In seiner Liebestollheit raffte er, ohne auf seine Ehre oder die der Dame Rücksicht zu nehmen, eine Menge Geld und Juwelen zusammen, eilte zum Hause der Geliebten und pochte ans Tor. Auf das Klopfen erschien die Magd auf dem Balkon und fragte, wer poche. »Öffne«, antwortete der Alte, »ich bin's, Anastasio. Ich will mit der Herrin über eine äußerst wichtige Sache sprechen.« Die Magd erkannte ihn, lief sofort zu ihrer Herrin, die sich mit ihrem Liebhaber im Schlafgemach befand und sich ergötzte, rief sie beiseite und sagte zu ihr: »Madonna, Messer Anastasio klopft unten.« Da antwortete sie: »Geh und sag ihm, er solle seiner Wege gehen. Ich mache zur Nachtzeit, wenn mein Gatte nicht daheim ist, niemandem auf.« Und so richtete die Magd dem Alten aus, was ihre Herrin gesagt hatte.

Als Anastasio sich zurückgewiesen sah, begann er gewaltig zu pochen und wollte durchaus ins Haus. Da trat die Dame, die bereits ärgerlich und zornig wegen der Störung war und wegen des Jünglings, den sie bei sich hatte, ans Fenster und rief: »Ich muß mich sehr über

Euch wundern, Messer Anastasio, daß Ihr ohne Rücksicht zu so später Stunde kommt und an die Häuser anderer Leute donnert. Begebt Euch zur Ruhe, armer Alter, und belästigt nicht andere, die Euch auch nicht behelligen. Wenn mein Mann in der Stadt und zu Hause wäre, was aber nicht der Fall ist, würde ich Euch gerne öffnen. So aber ist dies nicht meine Absicht.«

Der Alte beharrte trotzdem darauf, sie sprechen zu wollen, und zwar in einer sehr wichtigen Angelegenheit, und setzte sein Pochen fort. Als die Dame die Vermessenheit des Flegels sah, befürchtete sie, daß er in seiner Torheit etwas sage, was gegen ihre Ehre ginge, und beriet sich daher mit ihrem Liebhaber. Dieser empfahl ihr, zu öffnen und zu hören, was er wolle, sie möge sich nur nicht fürchten. Und so ließ sie, während der Alte fortwährend gegen die Tür wütete, eine Kerze anzünden und schickte die Magd hinunter, damit sie ihm öffne. Als der Alte in den Saal trat, verließ die Dame ihr Gemach und kam ihm vom Aussehen wie eine morgenfrische Rose entgegen und fragte ihn, was er um diese Stunde wolle. Da sagte Anastasio mit sanften, liebreichen Worten beinahe weinend: »Herrin, einzige Hoffnung und Stütze meines elenden Lebens, nehmt es nicht übel, daß ich verwegen und anmaßend an Eure Tür geklopft und Euch belästigt habe. Ich bin nicht gekommen, um Euch beschwerlich zu fallen, sondern um Euch die Leidenschaft zu erklären, die ich zu Euch empfinde und die mich so quält. Und daran ist Eure einzigartige Schönheit schuld, die Euch über jede andere Frau erhebt. Und wenn Ihr die Tür des Erbarmens nicht verschlossen habt, so helft mir, der ich wohl tausendmal am Tage für Euch sterbe. O lasset Euer hartes Herz doch erweichen, seht nicht auf mein Alter noch auf meinen geringen Reichtum, sondern auf meine hohe, herrliche Gesinnung und heiße Liebe, die ich zu Euch im Herzen trug, trage und immer tragen werde, solange der schwache Geist diese hinfälligen Glieder beherrscht. Nehmt als Zeichen meiner Liebe zu Euch freundlich dieses Geschenk an und laßt es Euch, wenn es auch nur klein, doch willkommen sein.« Und damit zog er aus seinem Wams einen großen Beutel voll Golddukaten, die wie die Sonne funkelten, und eine Schnur weißer, dicker, runder Perlen sowie zwei in Gold gefaßte Juwelen, hielt sie ihr hin und bat sie, ihm ihre Liebe nicht zu verweigern.

Als die Dame die Worte des verrückten Greises gehört und deutlich verstanden hatte, sagte sie zu ihm: »Messer Anastasio, ich hätte Euch wirklich mehr Verstand zugetraut, augenblicklich wenigstens scheint Ihr mir gänzlich von Sinnen. Wo ist Eure Klugheit, Eure Besonnenheit hin? Glaubt Ihr, ich sei irgendeine feile Dirne, daß Ihr mich mit Euren Geschenken versucht? Da täuscht Ihr Euch. Ich habe keinen Mangel an den Sachen, die Ihr mir schenken wollt. Bringt sie Euren Huren, damit sie Euch befriedigen! Ich habe, wie Ihr wohl wisset, einen Gatten, der mir nichts verweigert, dessen ich bedarf. Macht daher, daß Ihr fortkommt, und sorgt die kurze Zeit, die Euch noch vergönnt ist, für Euer bißchen Leben!«

Da rief der Alte, erfüllt von Schmerz und Zorn: »Madonna, ich bin überzeugt, dies ist nicht Eure wahre Meinung, sondern Ihr sprecht so aus Furcht vor dem Jüngling, den Ihr gerade bei Euch habt (und er nannte ihn mit Namen). Und wenn Ihr mich nicht zufriedenstellt und meine Sehnsucht stillt, werde ich Euch bei Eurem Manne verraten.«

Als die Dame den Jüngling, den sie im Hause hatte, mit Namen nennen hörte, geriet sie keineswegs in

Verlegenheit, sondern warf dem Alten die größten Grobheiten an den Kopf, die jemals ein Mensch zu hören bekam, ergriff dann einen Stock und wollte ihn damit traktieren. Der Alte aber riß aus, lief eiligst die Treppe hinunter und verschwand.

Als er fort war, kehrte die Dame in ihr Schlafgemach zurück, wo der Liebhaber sie erwartete, erzählte ihm beinahe unter Tränen den ganzen Vorfall und sprach die Befürchtung aus, der verruchte Messer Anastasio möchte ihrem Manne alles erzählen. Sie bat ihn um Rat, wie sie sich verhalten solle. Der Jüngling, der klug und gewitzt war, tröstete sie zunächst und sprach ihr Mut zu. Dann zeigte er ihr einen guten Ausweg: »Liebe Seele«, sagte er, »fürchtet nichts und verliert nicht den Mut. Ihr braucht nur den Rat zu befolgen, den ich Euch geben werde. Damit dürft Ihr sicher sein, daß alles gut ausgeht: Wenn Euer Gatte wieder zurück ist, so erzählt ihm die Sache, wie sie war, und sagt ihm, der schlechte und verworfene Greis habe Euch die schändliche Beschuldigung an den Kopf geworfen, Ihr brächet die Ehe mit dem und jenem – nennt ihm vier oder sechs Namen und darunter auch mich, und dann laßt das Schicksal machen, das Euch gewiß günstig sein wird.«

Der Dame schien dieser Rat vortrefflich, und sie befolgte ihn. Als ihr Gatte heimgekehrt war, zeigte sie sich sehr niedergeschlagen und traurig und verwünschte mit Tränen in den Augen ihr elendes Los. Und als der Mann sie fragte, was sie habe, gab sie nur zögernd Antwort und rief weinend mit lauter Stimme: »Ich weiß nicht, was mich abhält, mir das Leben zu nehmen. Ich kann es nicht ertragen, daß ein tückischer und verräterischer Mensch die Ursache meines Ruins und unauslöschlicher Schande für mich sei. O ich Unglückliche, was habe ich denn begangen, warum muß ich es erdulden, zerrissen und bis aufs Blut gepeinigt zu werden? Und von wem? Von einem Schurken, der tausend Tode verdiente!« Als ihr Gatte weiter in sie drang, sagte sie: »Kommt da jener anmaßende und unverschämte Alte, Euer Freund Anastasio, dieser verrückte, ausschweifende, geile Kerl, gestern abend zu mir und verlangt von mir ebenso unanständige wie abscheuliche Dinge und bietet mir dafür Geld und Edelsteine an. Und als ich ihm kein williges Ohr leihe und ihn nicht befriedigen will, fängt er an mich zu beschimpfen und sagt, ich wäre eine Hure, ließe die Männer ins Haus, befaßte mich mit dem und mit dem und mit dem. Als ich dies hörte, wollte mir schier die Besinnung vergehen, doch ich raffte mich auf und ergriff einen Stock, um ihn zu schlagen. Er aber bekam's mit der Angst und riß aus.« Als der Ehemann dies vernahm, war er über die Maßen betrübt, tröstete seine Frau und beschloß, Anastasio einen Denkzettel zu erteilen, den er nicht so bald vergessen sollte.

Am folgenden Tage begegneten sich der Ehemann der Dame und Anastasio. Und bevor ersterer noch den Mund geöffnet hatte, sagte Anastasio, er wolle ihn sprechen, womit der sich bereitwillig einverstanden erklärte. »Lieber Herr«, begann also Anastasio, »Ihr wißt, daß die Liebe und das Wohlwollen, die zwischen uns geherrscht haben, immer so groß gewesen sind, daß sie kaum noch größer sein könnten. Nun veranlaßt mich das brennende Interesse an Eurer Ehre, Euch etwas anzuvertrauen, doch ich bitte Euch bei unserer Freundschaft, es geheimzuhalten und nach reiflicher Überlegung und so schnell wie möglich in einer Euch nahe berührenden Angelegenheit einzugreifen. Um Euch aber nicht durch langes Drumherumreden auf die Folter zu spannen, erfahrt, daß Eurer Frau von dem und dem Jüngling der Hof gemacht wird, sie ihn liebt und beide zusammen

Euch und Eurer Familie zu nicht geringem Schimpf ihren Lüsten nachgeben. Ich kann Euch versichern, dies entspricht der Wahrheit, da ich ihn neulich abend, als Ihr außerhalb der Stadt weiltet, mit meinen eigenen Augen heimlich in Euer Haus schleichen und früh am Morgen wieder fortgehen sah.« Als der Ehemann dies hörte, packte ihn der Zorn, und er schrie ihn gehörig an: »Erbärmlicher, schurkischer, elender Tropf, ich weiß nicht, was mich zurückhält, dich bei deinem Barte zu packen und ihn dir Haar für Haar auszuraufen! Glaubst du etwa, ich wüßte nicht, daß meine Frau volles Vertrauen verdient? Ich wüßte nicht, daß du sie mit Geld und Edelsteinen hast verführen wollen? Hast du elender Wicht, als sie sich deiner zügellosen Brunst nicht hingeben wollte, ihr nicht gedroht, du würdest sie bei mir verklagen und für ihr ganzes Leben unglücklich machen? Hast du nicht behauptet, der und jener und viele andere hätten mit ihr fleischlichen Verkehr? Würde dich nicht dein Alter schützen, so würde ich dich mit Füßen treten und dich so lange prügeln, bis du deine schwarze Seele aushauchtest. Hebe dich von hinnen, wahnwitziger Greis, und komm mir nie wieder unter die Augen oder wage dich meinem Hause zu nähern!«

Der Alte gab sein Spiel verloren und machte sich ohne ein Wort zu erwidern davon, die Dame aber, die von ihrem Manne für klug und besonnen gehalten wurde, verlustierte sich mit größerer Sicherheit als zuvor mit ihrem Liebhaber.

Die Künste der drei Nonnen

In der edlen Stadt Florenz befindet sich ein durch die Frömmigkeit und Gottesfürchtigkeit seiner Insassen sehr berühmtes Kloster, dessen Namen ich jetzt mit Stillschweigen übergehe, um seinen glänzenden Ruf nicht durch einen Fleck zu verderben.

Es geschah, daß die Äbtissin dieses Klosters krank wurde und nun, am Ende ihres Lebens angelangt, in Gott ihren Geist aufgab. Nachdem die Äbtissin also tot und begraben war, ließen die Nonnen zum Kapitel läuten und alle, die Sitz und Stimme darin hatten, versammelten sich. Der Vikar des Herrn Bischofs, der ein kluger und überlegender Mann war und wünschte, daß die Erwählung der neuen Äbtissin in der traditionellen Weise vor sich gehe, ließ die Nonnen ihre Sitze einnehmen und hielt ihnen dann folgende Rede:

»Hochwürdige Frauen, es ist Euch sicherlich nicht unbekannt, daß Ihr zu keinem anderen Zweck hier versammelt seid, als um eine neue Äbtissin zu wählen, die Euer Haupt sei. Ihr sollt nach bestem Gewissen diejenige erküren, die Ihr für die würdigste und fähigste haltet.« Und alle Nonnen versprachen, also zu tun.

Nun befanden sich im Kloster drei Nonnen, zwischen denen ein heftiger Streit entbrannte, welche von ihnen die Äbtissin werden solle. Jede von ihnen wurde von den übrigen Nonnen begünstigt und hielt sich aus verschiedenen Gründen den anderen beiden überlegen und wünschte Äbtissin zu sein. Während sich nun die Nonnen vorbereiteten, die Wahl der neuen Äbtissin zu vollziehen, erhob sich eine dieser drei Aspirantinnen – sie hieß Schwester Veneranda – und sprach zu den übrigen gewandt folgendermaßen: »Innig von mir geliebte Schwestern und Töchter, Ihr dürftet wissen, mit welcher Hingabe ich stets diesem Kloster gedient habe, bin ich doch dabei alt, ja hinfällig geworden. In Anbetracht dieses langen Dienstes und meiner Jahre will es mir also billig scheinen, daß Ihr mich zu Eurer Oberin wählt. Und wenn Euch die Mühen, die ich erduldet, und die Nachtwachen, die ich in meiner Jugend gehalten, nicht bewegen, mich zu wählen, möge Euch wenigstens mein Alter dazu veranlassen, das vor allem anderen aufs höchste geehrt werden muß. Ihr seht, daß ich nur noch kurze Zeit zu leben habe und bald einer anderen Platz machen werde. Und darum, meine lieben Töchter, wollet mir diese kurze Freude gönnen und Euch der guten Ratschläge erinnern, die ich Euch stets gemacht habe.« Und nachdem sie diese Worte unter Tränen gesprochen hatte, schwieg sie.

Nachdem Schwester Veneranda geendigt hatte, erhob sich Schwester Modestia, die ihr im Alter wenig nachstand, und sprach: »Liebe Schwestern, Ihr habt den Antrag der Schwester Veneranda gehört und verstanden. Doch obwohl sie älter ist als irgendeine von uns anderen, dürft Ihr sie meiner Ansicht nach doch nicht zu Eurer Äbtissin wählen; denn sie hat nunmehr ein Alter erreicht, das sie eher kindisch als weise erscheinen läßt und um dessentwillen sie vielmehr von anderen geleitet werden als selber leiten sollte. Aber wenn Ihr mit reifem Urteil meine hohe Abkunft und meinen Einfluß erwägt und der Familie gedenkt, der ich entstamme, wird Euch Euer Gewissen sagen, daß Ihr keine andere Äbtissin wählen dürft als mich. Wie Ihr alle wissen könnt, wird das Kloster viel durch Rechtsstreitigkeiten beunruhigt und bedarf der Hilfe und Unterstützung. Welcher größeren Gunst könnte aber das Kloster in seinen Notfällen teilhaftig werden als der meiner Verwandten? Sie würden – wenn ich Eure Oberin wäre – ihr Leben, ganz zu schweigen von ihrem Vermögen, dafür hingeben.«

Kaum hatte Schwester Modestia ihren Sitz wieder eingenommen, als Schwester Pacifica aufstand und mit Ehrerbietung also zu reden anhub: »Ich bin überzeugt, ja ich weiß gewiß, hochwürdige Schwestern, daß Ihr als kluge und überlegende Frauen Euch nicht wenig verwundern werdet, wenn ich, trotzdem ich erst seit ganz kurzer Zeit an dieser Stätte weile, mich unseren beiden ehrwürdigen Schwestern an die Seite, ja über sie stellen will, die mich doch an Alter und Herkunft überragen. Wenn Ihr jedoch mit den Augen des Verstandes klüglich in Betracht zieht, wie groß und welcher Art meine Verdienste um den Orden sind, werdet Ihr ohne Zweifel meine Jugend höher einschätzen als ihr Alter und ihre Familie. Wie Ihr alle wohl wißt, brachte ich eine überaus reiche Mitgift mit, durch deren Hilfe Euer Kloster, das vor Alter bereits ganz baufällig war, von den Fundamenten bis zum Dach gänzlich renoviert werden konnte, ganz zu schweigen von den Häusern und Grundstücken, die von dem Gelde meiner Mitgift gekauft wurden und Euch jährlich sehr reiche Renten abwerfen. In Anbetracht dieser Lage der Dinge also und zum Dank für die erhaltenen Wohltaten, solltet Ihr mich zu Eurer Äbtissin wählen; denn Euren Lebensunterhalt und Eure Kleidung verdankt Ihr meiner Mitgift und nichts anderem.«

Als die drei Schwestern nun mit ihren Ansprachen zu Ende waren, ließ der Vikar des Herrn Bischofs sämtliche Nonnen nacheinander vor sich kommen und schrieb den Namen derjenigen auf, die eine jede von ihnen nach ihrem Gewissen zur Äbtissin haben wollte. Als die Stimmenabgabe beendet war, stellte sich heraus, daß alle drei Bewerberinnen gleich viele Stimmen auf sich vereinigt hatten und kein Unterschied zwischen ihnen bestand. Darob erhob sich unter der Schar der Nonnen ein sehr lebhafter Streit, und die einen wollten die erste, die anderen die zweite und die übrigen die dritte zur Oberin haben, und sie vermochten auf keine Weise zur Ruhe zu kommen.

Als der Vikar diese Bockbeinigkeit sah und bedachte, daß jede der drei Schwestern wegen ihrer Vorzüge die begehrte Würde verdiene, sann er auf Mittel und Wege, wie es eine von den dreien ohne Anlaß zum Zorn für die anderen werden könne. Er rief die drei Bewerberinnen vor sich und sagte zu ihnen: »Meine lieben Mütter, ich bin hinreichend über Eure Tugenden und Verdienste unterrichtet und weiß, daß jede von Euch wegen ihrer trefflichen Werke Äbtissin zu sein verdiente. Doch besteht zwischen den hochwürdigen Nonnen die größte Meinungsverschiedenheit über die zu wählende, und die Stimmenabgabe ist dementsprechend ausgefallen. Ich will Euch daher – damit Ihr auch in Zukunft in Liebe und ungestörtem Frieden verharret – ein Mittel zur Erwählung der Äbtissin vorschlagen, das bewirken wird, wie ich hoffe, daß Ihr schließlich alle zufrieden seid. Dieses Mittel nun ist folgendes: Jede von Euch dreien, liebe Mütter, die sich um die hohe Würde zu bewerben wünscht, soll sich bemühen, nach Ablauf von drei Tagen in unserer Gegenwart eine preiswürdige, außergewöhnliche Tat zu vollbringen. Und welche von Euch dreien die anderen in den Schatten stellt, die soll von sämtlichen Nonnen einträglich gewählt und ihr die gebührende Ehrfurcht erwiesen werden.« Die Ent-

scheidung des Herrn Vikar gefiel den Nonnen sehr, und so versprachen sie alle einstimmig, sich danach zu richten.

Als der festgesetzte Tag erschien und alle Nonnen im Kapitelsaal versammelt waren, ließ der Herr Vikar die drei Schwestern, die die Würde einer Äbtissin einnehmen wollten, vor sich kommen. Er fragte sie, ob sie imstande und geneigt wären, irgend etwas Außerordentliches vorzuführen. »Jawohl!« antworteten sie wie aus einem Munde. Nachdem alle ihre Plätze eingenommen hatten, begab sich Schwester Veneranda als Älteste in die Mitte des Saales, zog eine große Nadel hervor, die in ihrer Kutte stak, hob ihre Gewänder vorne hoch und pißte in Gegenwart des Vikars und der Nonnen so haarscharf durch das Öhr der Nadel, daß kein Tröpflein auf den Boden fiel, das nicht zuvor durch das Öhr gegangen. Als der Herr Vikar und die Nonnen dies sahen, glaubten sie alle, Schwester Veneranda müsse Äbtissin werden, denn diese Leistung sei nicht zu übertreffen.

Hierauf erhob sich Schwester Modestia, die nächstälteste, begab sich in die Mitte des Saales und legte einen Würfel, wie er zum Spielen gebraucht wird, auf eine Bank. Dann nahm sie fünf Hirsekörnchen und tat auf jeden der fünf Punkte des Würfels ein Korn. Nun hob sie sich hinten die Röcke hoch, näherte sich mit dem Hintern der Bank, auf welcher der Würfel lag und ließ einen so gewaltigen Furz fahren, daß der Vikar und fast alle Nonnen zusammenfuhren. Obwohl dieser Furz mit mächtigem Blasen aus dem Loche herausfuhr, war er dennoch mit solcher Kunst und Meisterschaft gezielt, daß das in der Mitte liegende Körnlein an seinem Platze blieb, während die anderen vier verschwanden und nicht mehr gesehen wurden. Dieses Probestück schien dem Vikar und den Nonnen nicht geringer als das erste, aber sie äußerten sich nicht darüber und warteten auf das Kunststück Schwester Pacificas.

Diese Nonne trat in die Mitte des Saales und führte eine Leistung vor, die nicht die eines alten, sondern eines Weibes von männlicher Kraft war. Sie zog nämlich einen harten Pfirsichkern aus dem Busen hervor, warf ihn in die Höhe, hob blitzschnell ihre Kleider, fing den Kern mit den Hinterbacken auf und preßte diese derart zusammen, daß sie ihn zerbrach und in feinen Staub verwandelte.

Der Vikar, der ein kluger und gewitzter Mann war, begann mit den Nonnen die hervorragenden Leistungen der drei Schwestern in Erwägung zu ziehen. Als er jedoch merkte, daß es nicht möglich war, zum Ziele zu gelangen, erbat er sich Bedenkzeit für die endgültige Entscheidung. Und da er in seinen Büchern die Lösung dieser schwierigen Streitfrage nicht zu finden vermochte, ließ er sie unentschieden, und so schwebt sie noch bis zum heutigen Tage.

Die ungetreue Polissena

Die Stadt Venedig, hervorragend durch kluge Magistrate, reich an Leuten aus vieler Herren Länder und glücklich durch ihre weisen Gesetze, liegt am Ende des Meerbusens der adriatischen See und heißt die Königin der Städte, die Zuflucht der Unglücklichen, die Unterkunft der Unterdrückten und hat das Meer zur Mauer und den Himmel zum Dache. Und wiewohl nichts daselbst wächst, so ist sie doch reich an allem, was zu einer großen Stadt gehört.

In dieser edlen, großartigen Stadt nun lebte in früherer Zeit ein Kaufmann mit Namen Dimitrio, ein rechtschaffener, braver und frommer Mann, aber aus niederem Stande. Da er sich sehr wünschte, Kinder zu bekommen, nahm er eine liebenswürdige, artige Jungfrau namens Polissena zum Weibe, die so heiß von ihm geliebt wurde, daß niemals noch ein Mann sein Weib so sehr liebte wie er sie. Sie kleidete sich so prächtig, daß keine außer den Edelfrauen ihr es an Kleidern, Juwelen und großen Perlen gleichtat. Dabei hatte sie einen Überfluß an feinsten Speisen, welche, da sie zu ihrer niedrigen Herkunft nicht paßten, sie üppiger und zärtlicher machten, als sie sonst geworden wäre.

Dimitrio, der schon früher viele Seereisen gemacht hatte, beschloß mit Waren nach Zypern zu gehen, bestellte und versah das Haus reichlich mit Lebensmitteln und allem, was sich gehört, ließ seine liebe Frau mit

einer jungen, kugelrunden Magd allein und nahm von Venedig Abschied.

Polissena, welche sich dem Wohlleben und der Üppigkeit ergab, fühlte sich sehr kräftig und konnte den scharfen Stachel der Liebe nicht länger ertragen, faßte daher einen Geistlichen ihres Kirchspiels ins Auge und verliebte sich heftig in ihn. Er war jung und nicht minder einnehmend als schön und gewahrte eines Tages, daß Polissena ihn mit Liebesblicken verfolgte. Ihr Aussehen gefiel ihm, ihre Person schien ihm reizend, und er bemerkte, daß sie alle Vorzüge des Äußeren besitze, die zu einer schönen Frau gehören. So fing er denn an, ihr insgeheim emsig den Hof zu machen; und ihre Seelen erfüllten sich so mit wechselseitiger Liebe, daß in kurzem Polissena den Pfaffen ungesehen ins Haus führte, um ihren Lüsten zu frönen. Dieser Liebeshandel dauerte in aller Verborgenheit mehrere Monate fort, und sie erneuerten vielmals die engen Umarmungen und süßen Küsse, während der törichte Ehemann den Gefahren des stürmischen Meeres sich aussetzte. Als aber Dimitrio einige Zeit auf Zypern gewesen war und aus seinem Handel einen sehr hübschen Gewinn gezogen hatte, kehrte er nach Venedig zurück, schiffte sich aus, ging nach seiner Wohnung und fand sein liebes Weib in heißen Tränen. Auf die Frage nach der Ursache ihres heftigen Weinens antwortete sie: »Teils wegen der schlimmen Nachricht, die ich erhalten, teils auch aus übergroßer Freude, die ich über Eure Rückkehr empfinde. Denn ich hatte von vielen Seiten gehört, die zyprischen Schiffe seien im Meer versunken, und fürchtete deshalb sehr, es möchte Euch ein Unfall begegnet sein. Da ich Euch aber nunmehr durch Gottes Gnade gesund und wohlbehalten nach Hause zurückkehren sehe, kann ich vor übergroßer Freude mich nicht der Tränen erwehren.«

Der arme Schelm war von Zypern nach Venedig zurückgekommen, um die Zeit einzubringen, die seine Frau durch seine lange Abwesenheit verloren hatte, und meinte, Polissenas Tränen wären der Ausdruck heißer, tiefbegründeter Liebe, die sie für ihn fühle. Der Unglückliche wußte nicht, daß sie in ihrem Herzen wünschte: Wollte Gott, er wäre in den drohenden Wellen ertrunken, damit ich sicherer und ungestörter mich der Lust und dem Genusse mit meinem Liebhaber hingeben könnte, der mir so innig zugetan ist.

Es war noch kein Monat vergangen, da ging Dimitrio wieder auf Reisen. Polissena war darüber so sehr erfreut, als sie nur sein konnte. Sie ließ es bald ihren Geliebten wissen, der ebenso sehnsüchtig wartete und, als die verabredete Stunde gekommen war, heimlich zu ihr schlich. Der Pfaffe vermochte aber seine Gänge nicht so zu verbergen, daß er nicht von Manusso, welcher dem Hause seines Gevatters Dimitrio gegenüber wohnte, gesehen worden wäre. Manusso, der Dimitrio sehr liebte, weil er ein umgänglicher, dienstfertiger Mann war, hatte keinen geringen Verdacht auf die Gevatterin und beobachtete sie häufig. Er sah nun deutlich, daß dem Priester auf ein gewisses Zeichen und zu einer bestimmten Stunde die Tür geöffnet wurde und er ins Haus trat und unvorsichtiger, als es sich schickte, mit der Gevatterin scherzte. Manusso beschloß, vorerst stille zu sein, um die Geschichte, die noch geheim war, nicht ruchbar werden zu lassen und ein öffentliches Ärgernis zu vermeiden. Er wollte warten, bis Dimitrio von der Reise zurückkäme, damit er selbst reiflich überlege, was in der Sache zu tun sei.

Als nun die Zeit seiner Heimkehr gekommen war, bestieg Dimitrio das Schiff, kehrte mit günstigem Winde nach Venedig zurück, landete, ging zu seiner Wohnung und pochte an die Türe. Die Magd trat ans Fenster, um nachzusehen, erkannte ihn, lief hinab und öffnete, fast zu Tränen gerührt vor Freude. Als Polissena von der Ankunft ihres Mannes hörte, stieg sie die Treppe hinunter, lief ihm mit offenen Armen entgegen, küßte und überschüttete ihn mit den größten Liebkosungen von der Welt. Und da er etwas müde war und ganz zerschlagen von der Seereise, ging er ohne Abendessen zu Bett und schlief so fest ein, daß der Tag anbrach, ohne daß er die letzten Freuden der Liebe genossen hätte. Als nun die dunkle Nacht vorüber und der helle Tag gekommen war, wachte Dimitrio auf, erhob sich aus dem Bett, ohne der Frau einen einzigen Kuß zu geben, und ging an ein Kistchen, dem er einige wertvolle Sachen entnahm. Mit diesen kam er an das Bett zurück und übergab sie seiner Frau, die aber diese Geschenke wenig oder gar nicht beachtete, da ihr anderes im Sinne lag.

Dimitrio hatte bald Veranlassung, nach Apulien zu segeln, um Öl zu kaufen und anderer Geschäfte wegen; er sagte es also seiner Frau und schickte sich zur Abreise an. Das listige Weib aber tat, als schmerze sie sein Fortgehen. Sie überhäufte ihn mit Liebkosungen und bat, er möchte doch noch ein paar Tage bei ihr bleiben, und doch war ihr ein Tag so lang wie tausend, bis er ihr aus den Augen war und sie sich mit mehr Sicherheit den Umarmungen ihres Liebhabers hingeben konnte.

Manusso hatte den Priester öfters mit der Gevatterin liebäugeln, ja auch anderes tun sehen, was sich zu erzählen nicht schickt, und so schien es ihm ein Unrecht gegen den Gevatter, wenn er ihm nicht eröffne, was er seine Frau hatte tun sehen. Er beschloß daher, komme was da wolle, ihm alles zu sagen. Er lud Dimitrio also eines Tages zum Essen ein und als sie bei Tische saßen, sagte Manusso zu Dimitrio: »Lieber Gevatter, Ihr wißt, wenn ich mich nicht täusche, daß ich Euch immer geliebt habe und lieben werde, solange der Geist diese Gebeine beherrscht, und nichts, wäre es auch noch so schwer, würde ich Euch zuliebe unterlassen. Wenn es Euch daher nicht unangenehm wäre, könnte ich Euch Dinge erzählen, die Euch freilich eher Verdruß als Freude bereiten würden. Aber ich wage nicht, es auszusprechen, um nicht Eure heitere Stimmung zu trüben. Wenn Ihr aber klug seid, wie ich denke, und vorsichtig, so werdet Ihr die Wut zügeln, welche niemand die Wahrheit erkennen läßt.«

Dimitrio sagte: »Wißt Ihr nicht, daß Ihr mir alles mitteilen könnt? Habt Ihr vielleicht jemanden umgebracht? Sagt es nur ohne Furcht!«

»Nein«, antwortete Manusso, »ich habe niemand getötet, wohl aber habe ich jemand Eure Ehre und Euern guten Namen umbringen sehen.«

»Redet deutlich«, bat Dimitrio, »und foltert mich nicht so lange mit Euren rätselhaften Worten!«

»Wollt Ihr, daß ich offen mit Euch rede«, sagte Manusso, »so höret zu und nehmt ruhig auf, was ich Euch zu sagen habe. Polissena, die Ihr so lieb und wert haltet, schläft, solange Ihr fort seid, jede Nacht mit einem Pfaffen und lebt froh und guter Dinge.«

»Wie ist das möglich«, rief Dimitrio, »da sie mich zärtlich liebt und ich nie von hier abreise, ohne daß sie den Schoß mit Tränen und die Luft mit Seufzern füllt; und wenn ich es mit meinen Augen sähe, würde ich es kaum glauben!«

»Wenn Ihr«, antwortete Manusso, »wie ich glaube, ein Mann von Verstand seid und nicht die Augen schließt, wie viele Toren zu tun pflegen, so will ich Euch mit eigenen Augen alles sehen und mit Händen tasten lassen.«

»Ich bin bereit«, entgegnete Dimitrio, »alles zu tun, was Ihr mir befehlt, wenn Ihr mich sehen lasset, was Ihr mir versprochen habt.«

Da sagte Manusso: »Wenn Ihr tut, was ich Euch sage, so könnt Ihr der Sache ganz sicher sein. Aber bewahret das Geheimnis, zeigt Euch heiter und unbefangen, sonst verderbt Ihr, wie man im Sprichwort sagt, dem Fasan seinen Schwanz. Und an dem Tage, wo Ihr abreisen wollt, stellt Euch, als besteigt Ihr das Schiff, kommt aber so heimlich, wie Ihr könnt, in mein Haus! Ich versichere Euch, ich will Euch alles sehen lassen.«

Als nun der Tag kam, da Dimitrio abreisen sollte, war er sehr zärtlich zu seiner Frau, empfahl ihr das Haus, nahm Abschied und tat, als ginge er zum Schiff, schlich aber heimlich in Manussos Haus. Das Schicksal wollte, daß nicht zwei Stunden vorübergingen, als sich ein Sturm mit solchem Regen erhob, daß man meinte, der Himmel wolle einstürzen, und es hörte die ganze Nacht nicht auf zu regnen. Der Geistliche, der bereits von Dimitrios Abreise vernommen hatte, fürchtete weder Regen noch Wind, sondern erwartete nur die gewohnte Stunde, um zu seinem teuren Schatz zu kommen. Dann gab er das Zeichen, alsbald ward die Türe aufgetan, er trat hinein und gab Polissena einen süßen, würzigen Kuß. Das sah Dimitrio, der an einem verborgenen Ort harrte. Er konnte nun dem nicht mehr widersprechen, was der Gevatter ihm berichtet hatte, stand also ganz erstaunt da, und es traten ihm vor gerechtem Schmerz die Tränen in die Augen.

»Was dünkt Euch nun?« fragte sodann der Gevatter. »Habt Ihr nun mit Augen gesehen, was Ihr nie zu glauben gewagt hättet? Aber seid still und entsetzt Euch nicht! Wenn Ihr auf mich hört und tut, was ich Euch sage, so werdet Ihr's noch besser sehen. Seht, zieht diese

Kleider aus, nehmt die Lumpen eines Bettlers, legt sie an, überzieht Euch Hände und Gesicht mit Schmutz, verändert Eure Stimme, geht vor Euer Haus und stellt Euch an als armer Mann, der eine Nachtherberge begehrt. Die Magd wird sich vielleicht, wenn sie das rauhe Wetter sieht, von Mitleid rühren lassen und Euch aufnehmen. Dann könnt Ihr leicht mit ansehen, was Ihr nicht gerne sehen mögt.«

Als Dimitrio dies hörte, zog er sich aus und legte die Lumpen eines Bettlers an, der eben gekommen war, um eine Unterkunft zu suchen. Während es immer heftiger regnete, ging er an die Türe seines Hauses, pochte dreimal an, jammerte und seufzte heftig. Die Magd kam ans Fenster und fragte: »Wer pocht da unten?«

Mit zitternder Stimme antwortete Dimitrio: »Ich bin ein armer alter Mann, triefe vom Regen und bitte um Herberge für diese Nacht.«

Die Magd, die nicht minder erbarmungsvoll gegen die Armen war als ihre Herrin gegen den Priester, lief zu der Frau und bat sie dringend zu erlauben, daß ein vom Regen ganz durchweichter und gebadeter Bettler sich im Hause aufhalten dürfe, bis er gewärmt und getrocknet sei. »Er kann Wasser tragen, den Spieß drehen und das Feuer schüren, daß die Hähne um so schneller gebraten werden. Unterdessen kann ich die Pfanne überhängen, die Schüsseln rüsten und anderes in der Küche besorgen.«

Die Frau war einverstanden, und die Magd öffnete die Türe. Sie rief ihn herein, ließ ihn ans Feuer setzen, und während der Arme den Bratspieß drehte, gaben sich der Priester und die Frau im Zimmer ihrer Lust hin. Dann kamen beide Hand in Hand in die Küche, grüßten den Armen, und da sie ihn so garstig beschmiert sahen, spotteten sie über ihn. Die Hausfrau trat zu ihm und fragte, wie er heiße.

»Madonna«, antwortete der vermeintliche Bettler, »ich heiße Gramotiveggio, das bedeutet: Traurig-seh-ich-dich.«

Als die Frau diesen Namen hörte, begann sie zu lachen, daß ihr die Zähne hätten ausfallen können. Dann umarmte sie den Priester und sagte. »Komm, liebes Herz, laß mich dir einen Kuß geben!«

Und vor den Augen des Bettlers drückte sie ihn fest an sich und küßte ihn. Da mag sich jeder selbst vorstellen, in welcher Stimmung sich der Ehemann befand, als er sah, wie seine Frau und der Priester einander umarmten und küßten. Als die Stunde des Abendessens kam, deckte die Magd den Liebenden den Tisch, kehrte dann in die Küche zurück und plauderte mit dem Alten.

»Mein lieber kleiner Paris«, sagte sie, »meine Gebieterin hat einen Mann, rechtschaffen wie nur irgendeiner im Lande, und der läßt es ihr an nichts mangeln. Weiß Gott, wo der arme Schelm in dem schlimmen Wetter jetzt ist. Die Undankbare aber denkt nicht an ihn und noch weniger an ihre Ehre, denn sie hat sich von Wollust blenden lassen, einen Liebhaber angenommen und verschließt jedem, außer ihm, das Haus. Kommt nur her, wir wollen leise an die Kammertüre treten und sehen, was sie machen und wie sie essen.«

Sie gingen an die Türe und sahen, wie die beiden sich einander die Bissen in den Mund steckten und Liebesgespräche führten. Als die Schlafenszeit kam, gingen die Liebenden zu Bett, scherzten und ergötzten sich miteinander und waren in ihrem Treiben so ungezwungen und laut, daß der Bettler, welcher im anstoßenden Zimmer lag, alles deutlich vernahm. Der arme Schelm tat die ganze Nacht kein Auge zu, aber als es Tag wurde, stand er schnell auf, dankte der Magd für die Menschenfreundlichkeit, die sie ihm bewiesen, nahm Abschied und ging, ohne von jemand gesehen zu werden, in das Haus seines Gevatters Manusso.

»Gevatter«, sprach dieser lächelnd, »was macht das Handwerk? Habt Ihr gefunden, was Ihr nicht finden wolltet?«

»Ja freilich«, erwiderte Dimitrio, »und ich hätte es nie geglaubt, wenn ich es nicht mit eigenen Augen gesehen hätte. Doch Geduld! So will es nun einmal mein hartes Los.«

Manusso sagte: »Gevatter, ich bitte Euch, tut, was ich Euch sage. Steht früh auf, nehmt Eure Kleider und zieht sie an und geht, ohne einen Augenblick zu verlieren, nach Hause, tut, als habt Ihr wegen des Gewitters nicht fortkommen können, und gebt acht, daß Euch der Priester nicht entwischt! Wenn Ihr im Hause seid, wird er sich irgendwo verstecken und seinen Schlupfwinkel nicht verlassen, bis er ungehindert hinaus kann. Ihr schickt unterdessen nach den Verwandten der Frau und ladet sie zu Euch zum Essen. Und wenn Ihr den Priester im Hause findet, so fangt mit ihm an, was Ihr wollt.«

Dimitrio gefiel der Rat seines Gevatters Manusso wohl. Er zog die Lumpen aus, legte seine eigenen Kleider an, ging an sein Haus und pochte an die Türe. Als die Magd sah, daß es der Herr sei, lief sie schnell in das Schlafzimmer der Frau, welche noch mit dem Priester im Bette lag.

»Madonna«, rief sie, »der Herr kommt zurück!«

Als die Frau dies hörte, erschrak sie nicht wenig, stand auf, so schnell sie konnte, und verbarg den Priester, der im Hemde war, in einer Kiste, in welcher sie ihre Staatskleider verwahrte. Dann lief sie, einen Pelzrock umwerfend, barfuß hinunter und machte ihm auf.

»Ach mein lieber Mann«, rief sie, »seid willkommen! Ich habe aus Liebe zu Euch gar kein Auge zutun können, da ich immer an den heftigen Sturm denken mußte. Aber gottlob, daß Ihr nun wohlbehalten zurück seid!«

Dimitrio trat nun in das Zimmer und sagte zu seiner Frau: »Polissena, ich konnte heute nacht wegen des bösen Wetters gar nicht schlafen; ich möchte mich jetzt gern ein wenig niederlegen. Aber während ich mich ausruhe, soll die Magd zu deinen Brüdern gehen und sie einladen, heute mit uns zu speisen.«

»Nicht heute«, wehrte Polissena ab, »aber auf einen andern Tag mögt Ihr einladen, denn heute regnet es, und die Magd hat zu tun mit Bügeln unserer Hemden, Leintücher und der übrigen Wäsche.«

»Morgen ist vielleicht besseres Wetter«, entgegnete Dimitrio, »dann muß ich abreisen.«

»Ihr könntet auch hingehen«, sagte Polissena, »und wenn Ihr zu müde seid, ruft unseren Gevatter Manusso da drüben, der wird Euch schon den Gefallen tun.«

»Du hast recht«, sagte Dimitrio.

Man ließ Manusso rufen, er kam und führte den Auftrag aus. So kamen denn Polissenas Brüder zu Dimitrio, und sie speisten heiter zusammen. Als die Tafel aufgehoben war, sagte Dimitrio: »Liebe Schwäger, ich habe Euch noch nie das Haus gezeigt und die Kleider, die ich Eurer Schwester Polissena, meiner Frau, machen ließ; darum seid so gut und sehet, wie gut sie es bei mir hat. Steh auf, Polissena! Zeigen wir deinen Brüdern das Haus!«

Sie standen auf, Dimitrio zeigte ihnen die vollen Vorratskammern, die mit Holz, Getreide, Öl, Spezereien gefüllt waren, ferner volle Fässer mit Malvasier, griechischen und anderen köstlichen und ausgezeichneten Weinen. Darauf sagte er zu seiner Frau: »Zeige ihnen deinen Anhänger und die dicken weißen Perlen! Nimm aus diesem Kästchen die Smaragde, die Diamanten, Rubine und anderen Juwelen! Was dünkt Euch nun, Ihr Schwäger? Hat es Eure Schwester nicht gut?«

Alle antworteten: »Das wußten wir wohl, und hätten wir nicht Euren Wohlstand und Eure Gesinnung gekannt, so hätten wir Euch unsere Schwester nicht zur Frau gegeben.«

Damit nicht zufrieden, befahl Dimitrio ihr, die Kisten aufzumachen und ihnen ihre mannigfaltigen schönen Kleider zu zeigen. Aber Polissena zitterte am ganzen Leibe und sagte: »Was brauche ich die Truhen aufzumachen und ihnen meine Kleider zu zeigen? Wissen sie denn nicht, daß Ihr mich ganz prächtig gekleidet habt, ja weit über unseren Stand?«

Aber Dimitrio sprach fast zornig: »Öffne diese Kiste hier! Nun mach die andere auf!«

Und er zeigte ihnen die Kleider. Nun blieb nur noch eine einzige Truhe übrig; dazu wollte sich aber der Schlüssel nicht finden, denn darin stak der Priester verborgen. Als Dimitrio sah, daß der Schlüssel nicht zu bekommen war, nahm er einen Hammer und klopfte damit so lange, bis das Schloß zerbrach und die Truhe aufging. Der Pfaffe zitterte am ganzen Leibe vor Furcht, wußte sich aber nicht so zu verbergen, daß ihn nicht alle erkannten. Als Polissenas Brüder dies sahen, erschraken sie sehr und entbrannten so in Zorn und Wut, daß wenig fehlte, und sie hätten beide mit den Dolchen, die sie an der Seite trugen, den Pfaffen erstochen. Dimitrio litt es aber nicht, daß sie ihn umbrachten, denn er hielt es für niederträchtig, einen Mann im Hemde zu töten, wenn er auch noch so stark sei. Aber er wandte sich zu den Schwägern und sagte: »Was dünkt Euch von diesem schlechten Weibe, auf das ich einst alle meine Hoffnungen gesetzt habe? Verdiene ich von ihr solche Ehre? Du unseliges, gottverlassenes Weib, was hält mich ab, dir die Adern zu durchschneiden?«

Die Schändliche vermochte keine Entschuldigung zu finden und schwieg, als ihr Mann ihr ins Gesicht sagte, was er in der vergangenen Nacht getan und gesehen hatte; da konnte sie nicht mehr leugnen. Dann wandte er sich an den Pfaffen, der mit gesenktem Haupte dastand, und sagte: »Nimm deine Kleider und hebe dich alsbald von hinnen! Geh zum Henker und laß dich nie wieder bei mir blicken! Ich gedenke nicht, wegen eines verbrecherischen Weibes meine Hände mit geweihtem Blute zu besudeln. Fort! Fort! Was zögerst du?«

Ohne den Mund zu öffnen, schlich der Pfaffe davon. Es war ihm, als spüre er Dimitrio und die Schwäger mit ihren Dolchen hinter sich. Dann wandte sich Dimitrio zu den Schwägern und sagte: »Führet Eure Schwester hinweg, wohin es Euch beliebt! Sie soll mir nicht mehr unter die Augen kommen.«

Die Brüder waren kaum mit ihr nach Hause gekommen, so brachten sie sie ums Leben. Als Dimitrio dies hörte, bedachte er, wie schön seine Magd sei, und erinnerte sich, wie mitleidig sie sich gegen ihn erwiesen. Daher nahm er sie zu seinem lieben Weibe. Er schenkte ihr alle Kleider und Juwelen von seiner ersten Frau und lebte mit ihr lange glücklich und in Frieden.

Die drei Lebensregeln

Vor noch nicht langer Zeit lebte in der uralten Stadt Genua, die vielleicht ebenso oder noch unterhaltsamer ist als irgendeine andere, ein durch Glücksgüter nicht weniger als durch Gaben des Geistes ausgezeichneter Edelmann namens Rinaldo Scaglia. Er erzog und unterrichtete seinen über alles geliebten Sohn Salardo so sorgfältig, wie es die Pflicht eines guten Vaters ist, und ließ ihm nichts abgehen, was ihm zum Nutzen, zur Ehre und zum Ruhm gereichen konnte.

Da geschah es, daß Rinaldo, der schon sehr bei Jahren war, schwer erkrankte, und weil er fühlte, daß das Ende seiner Tage gekommen sei, einen Notar kommen ließ und ihm sein Testament diktierte, in dem er Salardo zu seinem Universalerben einsetzte. Als dies geschehen, bat er ihn als guter Vater, jederzeit drei Lebensregeln vor Augen und im Herzen zu behalten und niemals davon abzuweichen.

Die erste dieser Vorschriften lautete: »Offenbare deiner Frau niemals ein Geheimnis, wenn du sie auch noch so sehr liebst.«

Die zweite: »Nimm unter keinen Umständen einen nicht von dir erzeugten Sohn an Kindesstatt an und bestimme ihn zum Erben deiner Güter.«

Die dritte: »Ordne dich keinem Gebieter unter, der seinen Staat allein nach seinem Kopfe regiert.«

Nachdem er dies ausgesprochen hatte, segnete er seinen Sohn, kehrte das Antlitz zur Wand und gab eine

Viertelstunde später seinen Geist auf. Rinaldo war kaum gestorben und hatte Salardo als Universalerben zurückgelassen, als dieser im Bewußtsein seiner Jugend, seines Reichtums und seiner vornehmen Abstammung, anstatt auf das Seelenheil seines alten Vaters und die vielerlei Geschäfte Rücksicht zu nehmen, die der Antritt der väterlichen Erbschaft mit sich brachte, ein Weib von seinem Stande und nach seinem Sinne heimzuführen beschloß.

Das Trauerjahr war noch nicht abgelaufen, als Salardo sich verheiratete und Theodora, die Tochter Messer Odescalco Dorias, eines der ersten genuesischen Edelleute, heimführte. Und da sie schön und wohlerzogen, wiewohl ein wenig jähzornig war, wurde sie von Salardo so sehr geliebt, daß er nicht allein des Nachts, sondern auch am Tage nicht von ihrer Seite wich. Da ihre Ehe indessen nach mehrjähriger Dauer kinderlos blieb, hielt es Salardo mit Zustimmung seiner Gattin angebracht, entgegen den letzten väterlichen Ermahnungen einen Knaben zu adoptieren, um ihn wie seinen rechtmäßigen, leiblichen Sohn zu erziehen und schließlich als Universalerben einzusetzen. Was er in seinem Geiste beschlossen hatte, führte er unverzüglich aus und adoptierte den Posthumio genannten Sohn einer armen Witwe, der von ihm und seiner Frau vielleicht liebreicher und nachsichtiger, als für ihn gut war, erzogen wurde.

Nach Verlauf einiger Zeit kam es Salardo in den Sinn, aus Genua fortzuziehen und sich anderswo niederzulassen; nicht etwa, weil diese Stadt nicht schön und vornehm genug gewesen wäre, sondern weil er von einer gewissen Laune dazu bewogen wurde, wie sie nicht selten unabhängige, keinem Gebieter untergebene Menschen überkommt.

Salardo versah sich also mit einer sehr bedeutenden

Menge von Juwelen und Geld, brachte seine Reittiere und sein Gepäck in Ordnung und machte sich mit seiner vielgeliebten Frau Theodora und seinem Adoptivsohn Posthumio von Genua durch Piemont nach Monferrato auf den Weg.

Dort angekommen, richtete er sich ein, knüpfte allmählich bald mit diesem, bald mit jenem Bürger freundschaftliche Beziehungen an, ging mit ihnen auf die Jagd und nahm an vielen anderen Vergnügungen teil, die ihm Freude bereiteten. Und so groß war die Freigebigkeit, die er jedermann bewies, daß er sich bei aller Welt nicht nur Liebe, sondern auch Hochschätzung erwarb. So kam denn der Ruf von Salardos großer Freigebigkeit bald dem Markgrafen zu Ohren. Und als dieser sah, daß er ein reicher, vornehmer, kluger und zu jedem Unternehmen befähigter junger Mann war, faßte er eine so große Zuneigung zu ihm, daß er keinen Tag mehr ohne ihn leben und bestehen wollte. Ja, bald verband die beiden Männer eine so innige Freundschaft, daß wer da irgendeine Gunst von dem Fürsten erlangen wollte, Salardos Vermittlung dazu in Anspruch nehmen mußte, da er auf andere Weise nichts erreichen konnte. Aus Dankbarkeit dafür bemühte sich Salardo seinerseits aufs eifrigste, sich dem Markgrafen in allem, was ihm seiner Meinung nach angenehm sein konnte, gefällig und dienstfertig zu erweisen. Der Markgraf, gleichfalls jung und der Sperberjagd sehr zugetan, hatte in seinem Hofe viele Vögel, Jagdhunde und andere Tiere, wie es sich für einen so großen Herrn geziemt. Er würde jedoch nimmermehr ohne Salardos Begleitung auf die Jagd oder den Vogelfang gegangen sein.

Als nun Salardo sich eines Tages allein in seinem Zimmer befand, begann er bei sich darüber nachzudenken, in wie großen Ehren ihn der Markgraf halte. Dann bedachte er das kluge, freundliche und gesittete Wesen und die Folgsamkeit seines Sohnes Posthumio und sprach schließlich in solcherlei Gedanken versunken bei sich selbst: Wie sehr war doch mein Vater im Irrtum! Ich bin überzeugt, er war, wie es den meisten alten Leuten geht, kindisch geworden. Ich weiß nicht, welche Verrücktheit oder Torheit ihn veranlaßte, mir ausdrücklich zu verbieten, keinen von fremden Eltern erzeugten Sohn an Kindesstatt anzunehmen und keinem unumschränkt gebietenden Herrn zu dienen. Ich erkenne jetzt, daß seine Warnungen der wirklichen Begründung entbehrten. Posthumio ist mein angenommener Sohn, den ich keineswegs gezeugt habe, und dennoch ist er gut und klug, höflich, gesittet und gehorcht mir aufs Wort. Und wer könnte mich zärtlicher behandeln und mehr ehren als der Markgraf, und doch ist er ein alleinherrschender Herr, der niemand über sich hat, nichtsdestoweniger aber hält er mich so wert und teuer, und es scheint, als habe vielmehr er mich zu fürchten als ich ihn. Ich muß mich daher über die väterlichen Vorschriften sehr wundern und weiß nicht, was ich davon halten soll. Es steht fest, daß manche alten Leute wunderlich sind und sich darin gefallen, uneingedenk dessen, was sie in ihrer Jugend getan haben, ihren Kindern Gesetze vorzuschreiben und Lasten aufzuerlegen, die selbst zu befolgen und zu tragen sie sich wohl hüten würden. Sie handeln auch nicht etwa aus Liebe zu ihren Kindern, sondern nur infolge der einfältigen Sucht, immerfort mit irgendeiner Sorge beschäftigt zu sein. Zwei Gebote meines Vaters habe ich nun schon mit über Erwarten günstigem Erfolge übertreten, und so will ich schnell auch die dritte Erfahrung dazu machen. Ich bin überzeugt, daß meine geliebte traute Gattin mich darum nur um so inniger und herzlicher lieben wird. Sie, die ich mehr liebe als das Licht meiner Augen, wird mir in jeder Hinsicht beweisen, wie einfältig, ja unsinnig ein alter Mensch ist, der um so größeres Vergnügen empfindet, je tadelnswertere Bedingungen er in sein Testament aufnimmt. Ich erkenne jetzt wohl, daß meinen Vater, als er sein Testament diktierte, das Gedächtnis verlassen hatte und er sich als schwachsinniger alter Mann wie ein Kind benahm. Wem in aller Welt sollte ich mich denn sicherer anvertrauen können als meiner eigenen Frau, die doch Vater, Mutter, Brüder, Schwestern und das elterliche Haus verlassen hat und ein Herz und eine Seele mit mir ist! Dies läßt es mir als gewiß erscheinen, daß ich ihr auch das größte Geheimnis anvertrauen kann. Ich werde ihre Verschwiegenheit und Treue nicht um meinetwillen erproben, denn ich bedarf keiner weiteren Beweise, daß sie mich mehr als sich selbst liebt, sondern nur zu Nutz und Frommen einfältiger junger Leute, die es törichterweise für eine unverzeihliche Sünde halten, den albernen Vorschriften alter Väter zuwiderzuhandeln, die nach Art Träumender auf Verrücktheiten verfallen und beständig faseln.

Also bei sich selbst die weisen, tiefdurchdachten väterlichen Gebote verspottend und verachtend, beschloß Salardo, auch dem dritten entgegenzuhandeln. Er verließ sein Zimmer, ging die Treppe hinunter und begab sich unverzüglich zum Palast des Markgrafen, wo er sich einer Stange näherte, auf der viele Falken saßen. Von diesen nahm er, ohne von einem Menschen gesehen zu werden, den edelsten, den der Markgraf am liebsten hatte, und trug ihn zu einem Freunde namens Fransoe, dem er den Falken gab, indem er ihn bei ihrer großen Freundschaft bat, ihm das schöne Tier so lange sicher aufzubewahren, bis er ihm seine Absicht kundtun würde. Darauf kehrte er nach Hause zurück, nahm einen seiner eigenen Falken, tötete ihn insgeheim und brachte ihn seiner Frau mit den Worten: »Theodora, mein teures Weib! Ich habe, wie du wohl weißt, mit unserm Markgrafen keine ruhige Stunde mehr, weil er bald vogelstellend, bald jagend, bald turnierend, bald andere derartige Dinge treibend, mich so sehr in immerwährender Bewegung hält, daß ich manchmal kaum noch weiß, ob ich tot oder lebendig bin. Um ihn nun von dem tagtäglichen Jagen abzubringen, habe ich ihm einen Streich gespielt, der ihn ziemlich mißvergnügt machen und ihn vielleicht veranlassen wird, einige Tage auszusetzen und auch uns andern ein wenig Ruhe zu gönnen.«

»Nun, was hast du ihm denn getan?« fragte ihn die Frau.

»Ich habe ihm«, antwortete Salardo, »seinen besten und liebsten Falken getötet und glaube, daß er vor Wut zerspringen wird, wenn er ihn vermißt.« Damit öffnete er sein Gewand, zog den getöteten Falken hervor und trug seiner Gattin auf, ihn braten zu lassen, denn er beabsichtige, ihn aus Liebe zum Markgrafen zur Abendmahlzeit zu verspeisen. Als die Frau Salardos Worte hörte und den Falken erblickte, fing sie laut an zu klagen und zu schelten und machte ihrem Gatten die bittersten Vorwürfe wegen des begangenen Frevels.

»Ich verstehe gar nicht, wie Ihr Euch so schwer habt vergehen und dem Herrn Markgrafen ein so großes Unrecht antun können. Er, der Euch doch so herzlich liebt, gewährt Euch alles, worum Ihr ihn bittet, und abgesehen davon, nehmt Ihr den ersten Platz neben seiner Person ein. Oh, mein Salardo, Ihr habt großes Unheil auf Euer Haupt geladen! Wenn der Herr zufällig von Eurer Tat Kenntnis erhielte – was würde aus Euch werden! Euer Leben würde gewiß in Gefahr schweben.«

»Wie soll er es denn erfahren?« fragte Salardo. »Es

weiß niemand etwas davon als du und ich. Doch bitte ich dich bei deiner Liebe zu mir dringend, dies Geheimnis nicht zu verraten; denn wenn du es offenbaren würdest, würdest du schuld an deinem und meinem Untergang sein.«

»Zweifle keinen Augenblick«, entgegnete die Frau, »daß ich weit eher den Tod erleiden als ein solches Geheimnis enthüllen möchte.«

Als nun der Falke gut gebraten und zugerichtet worden war, setzten sich Salardo und Theodora zu Tisch. Da sie jedoch nicht von dem Vogel essen wollte, sondern ihrem Gatten, der sie mit freundlichen Worten dazu aufforderte, spitze Reden anzuhören gab, erhob Salardo die Hand und versetzte ihr eine derartige Ohrfeige, daß die rechte Backe feuerrot wurde. Theodora fing heftig an zu weinen, beschwerte sich schmerzlichst über diesen Schlag, stand murrend vom Tische auf und drohte ihm, sie werde diese Mißhandlung ihr ganzes Leben nicht vergessen und sich zu schicklicher Zeit und Gelegenheit dafür rächen.

Am anderen Morgen verließ sie frühzeitig das Bett und begab sich unverzüglich zum Markgrafen, dem sie den Tod seines Falken ausführlich berichtete. Als der Markgraf diese Kunde vernahm, geriet er in einen solchen Zorn und solche Erbitterung, daß er Salardo augenblicklich festnehmen ließ und, ohne seine Rechtfertigungsgründe und Verteidigung anhören zu wollen, befahl, ihn alsbald aufzuknüpfen. Sein Vermögen aber sollte in drei Teile geteilt werden, von denen einen die Gattin, die ihn angeklagt hatte, den zweiten der Pflegesohn und den dritten derjenige erhalten sollte, der das Geschäft des Hängens besorge.

Posthumio, der von schöner Gestalt und ein kräftiger Mensch war, lief, als er das über seinen Vater gefällte Urteil und die Bestimmung der Güterverteilung vernahm, spornstreichs zu seiner Mutter Theodora und sagte zu ihr: »Oh, liebe Mutter, wäre es nicht besser, ich knüpfte selbst den Vater auf und verdiente mir so den Teil seines Besitzes dazu, statt ihn einem Fremden zu überlassen?«

»Du hast in der Tat wohlgesprochen, mein lieber Sohn«, antwortete ihm die Mutter, »denn wenn du dies vollbringst, bleibt deines Vaters Vermögen unangetastet in unserem Besitze.«

Also begab sich Posthumio ohne zu zögern zum Markgrafen, bat ihn um die Gunst, seinen Vater hängen zu dürfen, damit er als Henker auch der Erbe des letzten Drittels würde. Der Markgraf gestand ihm huldreich diese Gunst zu.

Salardo aber hatte seinen Freund Fransoe, dem er sein Geheimnis anvertraut, gebeten, sobald er von den Häschern des Markgrafen zur Hinrichtung abgeführt würde, zum Markgrafen zu gehen und ihn anzuflehen, daß er ihn vor Vollstreckung des Urteils noch einmal vor sich kommen lasse und ihm gnädiges Gehör schenke. Und er führte seinen Auftrag aus. Dieweil nun der unglückliche Salardo im Gefängnis weilte und jeden Augenblick abgeführt zu werden erwartete, um den schmählichen Tod am Galgen zu erleiden, begann er bitterlich weinend also zu sich selbst zu sprechen: Jetzt erkenne und verstehe ich klar und deutlich, wie die lange Erfahrung und die Weisheit meines alten Vaters für mein Wohlergehen besorgt gewesen ist. Er, der Kluge und Verständige, gab mir den Rat, und ich Elender, ich Unsinniger, verschmähte ihn. Um mich vor dem Verderben zu bewahren, gebot er mir, meine häuslichen Feinde zu fliehen. Und ich habe mich ihnen zum Raube anheimgegeben, damit sie mich töten und sich dann meines Todes freuen. Er, mit der Natur der Fürsten wohlbekannt, die in einer und derselben Stunde lieben und hassen, erhöhen und erniedrigen, ermahnte mich, ihnen fernzubleiben, und ich Unvorsichtiger suchte sie auf, um durch sie Vermögen, Ehre und Leben zu verlieren. Wollte Gott, ich hätte nimmer mein ungetreues Weib versucht! O Salardo, wieviel besser wäre es für dich gewesen, wärest du den väterlichen Wegen gefolgt und hättest Schmeichlern und Speichelleckern das Amt überlassen, Fürsten und großen Herrn den Hof zu machen. Jetzt sehe ich, wohin mich mein allzu großes Vertrauen auf mich selbst, mein Weib und meinen verruchten Sohn, vor allem aber mein allzu großer Glaube an den undankbaren Markgrafen verleitet hat! Jetzt weiß ich ganz genau, wie sehr er mich liebt! Was hätte er mir Schlimmeres zufügen können? Sicherlich nichts! Denn er kränkt mich am Vermögen, an der Ehre und am Leben zugleich. O wie schnell hat sich seine Liebe in grausamen, bitteren Haß verwandelt! Wie wahr ist das volkstümliche Sprichwort, das da lautet: ›Herrengunst und Fiaskowein über Nacht kann umgeschlagen sein.‹ O unglücklicher Salardo, wie weit ist es mit dir gekommen! Wo ist jetzt dein Adel? Wo sind deine teuern Verwandten, deine großen Reichtümer hin, was bedeuten jetzt deine Treue, Rechtschaffenheit und Liebenswürdigkeit? O mein Vater! Wenn du aus den seligen Höhen, in denen du weilen magst, jetzt herniederschauend, mich aus keinem andern Grunde hierhergeschleppt siehst, um aufgehängt zu werden, weil ich deinen liebevollen Weisungen nicht geglaubt und gehorcht habe, so wirst du, hoffe ich, mich auch jetzt noch mit derselben Herzenszärtlichkeit lieben, mit der du mich ehedem geliebt, und den Höchsten bitten, Erbarmen mit meinen törichten Jugendirrtümern zu haben. Ich flehe dich an, daß du deinem undankbaren und deinen Geboten ungehorsamen Sohne vergibst.

Während sich Salardo auf diese Weise selbst Vorwürfe machte, trat sein Sohn Posthumio wie ein versierter Henker mit der Häscherschar ins Gefängnis, schritt dreist auf ihn zu und sprach: »Da Ihr, mein Vater, nach dem Urteilsspruch des Herrn Markgrafen nun einmal unwiderruflich gehängt werden müßt und der dritte Teil Eurer Güter dem zufallen soll, der Euch aufknüpft, so werdet Ihr bei der Liebe, die Ihr zu mir hegt, es mir sicherlich nicht verargen, wenn ich dieses Amt übernehme. Indem ich dies tue, gerät Euer Besitz nicht in fremde Hände, sondern bleibt uns wie zuvor, was Euch gewiß mit Befriedigung erfüllen wird.«

Salardo hatte den Worten seines Sohnes ein aufmerksames Gehör geschenkt und antwortete nun: »Gott segne dich, mein Sohn – was du da gesprochen hast, gefällt mir wohl, und wenn ich vorher unwillig zu sterben war, so sterbe ich jetzt gerne. Vollbringe also dein Werk, mein Sohn, und zögere nicht!«

Posthumio bat seinen Vater zuvor um Verzeihung, küßte ihn auf den Mund, ergriff dann den Strick und legte ihn Salardo um den Hals, indem er ihn zu geduldiger Ertragung der Todesstrafe ermahnte und ihn tröstete. Starr und fassungslos über den grausamen Wechsel seines Schicksals, verließ Salardo, die Hände auf den Rücken gebunden und den Strick um den Hals, in Begleitung des Henkers und der Schergen das Gefängnis und machte sich eilig auf den Weg zum Richtplatze. Dort angelangt, stieg er mit dem Rücken gegen die an den Galgen gelehnte Leiter Sprosse um Sprosse empor. Als Salardo standhaften und unerschrockenen Mutes die höchste Sprosse erreicht hatte, schaute er sich unter dem unten versammelten Volke um, erzählte ihm dann ausführlich die Ursache, warum er zum Tode verurteilt worden sei, und bat schließlich mit sanften, liebreichen Worten demütig für alle etwa zugefügten Beleidigungen um Verzeihung, indem er alle Söhne ermahnte, ihren alten Vätern gehorsam zu sein. Als das Volk den Grund von Salardos Verurteilung vernommen hatte, gab es keinen, der nicht laut das Unglück des bedauernswerten jungen Mannes beweint und seine Begnadigung gewünscht hätte.

Während sich all dieses abspielte, war Fransoe in den Palast geeilt und hatte den Markgrafen folgendermaßen angeredet: »Wenn jemals, mein erlauchter Herr, ein Funken von Erbarmen im Herzen, in der Brust eines gerechten Fürsten zu finden war, so bin ich überzeugt, daß es sich doppelt in Eurem Herzen entzünden werde, wenn Ihr mit Eurer gewohnten Milde die Unschuld des infolge eines nicht aufgeklärten Irrtums bereits dem Tode entgegengeführten Freundes in Erwägung zieht. Mein Fürst, was bewog Euch denn, Salardo, dem Ihr so herzlich zugetan waret, zum Tode zu verurteilen? Er hat Euch weder in der Tat noch in Gedanken je beleidigt. Wenn Ihr, gnädigster Herr, zulassen wollet, daß Euer treuester Freund hier vor Euer Antlitz geführt werde, bevor er stirbt, werde ich Euch seine Unschuld unzweifelhaft beweisen.« Der Markgraf wollte Salardos Freund mit zornsprühenden Augen ohne Antwort von sich stoßen, da warf dieser sich vor ihm auf den Boden, umfaßte weinend seine Knie und rief: »Gnade, gerechter, gütiger Fürst! Ich bitte Euch um Euer selbst willen, laßt Salardo nicht ungehört sterben! Laßt ab von Eurem Zorn – ich werde Euch seine Unschuld beweisen! Gebt ihm nur eine Stunde Frist um der Gerechtigkeit willen, die Ihr gleich Euren Vorfahren jederzeit geübt habt! Man soll nicht von Euch sagen, o Herr, daß Ihr Eure

Freunde überstürzt und ungerechtfertigt den Tod erleiden laßt!«

Aufs heftigste über Fransoe erzürnt, rief da der Markgraf: »Ich sehe, daß dich gelüstet, Salardos Schicksal zu teilen. Wenn du das Feuer meines Zorns noch ein wenig mehr entfachst, werde ich dich ihm in den Tod nachsenden!«

»Ich habe nichts dawider, gnädiger Herr«, antwortete Fransoe, »daß meinen langjährigen Diensten dieser Lohn bereitet werde und Ihr mich zusammen mit Salardo aufknüpfen laßt, wenn Ihr ihn nicht schuldlos findet.« Der Markgraf konnte sich dem Eindruck von Fransoes Seelengröße nicht entziehen und bedachte, daß dieser sich ohne unumstößliche Beweise für Salardos Unschuld zu haben, doch nicht verbindlich machen würde, mit ihm zusammen gehängt zu werden. Er sagte deshalb, er willige ein, daß die Hinrichtung eine Stunde aufgeschoben werde, beweise ihm Fransoe aber Salardos Unschuld nicht, so möge er sich zum gemeinschaftlichen Tode mit ihm vorbereiten. Der Markgraf ließ darauf einen seiner Diener rufen und gebot ihm, auf den Richtplatz zu eilen und den Dienern der Gerechtigkeit in seinem Namen zu befehlen, die Exekution aufzuschieben und Salardo gefesselt, wie er sei und mit dem Stricke um den Hals, in Begleitung des Henkers zu ihm zu bringen.

Als Salardo vor dem Antlitze des Markgrafen erschienen war und noch die Zornesröte auf dessen Gesicht sah, redete er ihn mit der Stärke seines Gemüts, trocknen, ruhigen Auges und ohne die geringste Verwirrung zu zeigen, folgendermaßen an: »Meine Ergebenheit gegen Euch, mein Fürst, und die Liebe, die ich zu Euch hege, haben die Kränkungen und die Schande nicht verdient, die Ihr mir durch die Verurteilung zu einem so schmählichen Tode angetan habt. Wenn auch Euer

Zorn über meine große Torheit – vorausgesetzt, daß man es eine Torheit nennen kann – Euch gegen Eure eigene Natur veranlassen konnte, so grausam gegen mich zu verfahren, durftet Ihr mich doch nicht, ohne meine Rechtfertigung zu hören, so übereilt zum Tode verurteilen. Der Falke, dessen vermeintlicher Tod Euch in heftigen Zorn gegen mich geraten ließ, lebt und ist unversehrt. Ich nahm ihn weder, um ihn zu töten noch um Euch zu beleidigen, sondern einzig und allein, um in einer gewissen Angelegenheit eine heimliche Probe zu machen, deren Ergebnis ich Euch nunmehr kundtun will.« Und damit bat er den anwesenden Fransoe, den Falken herbeizubringen und seinem teuern und gütigen Herrn wieder zuzustellen. Hierauf erzählte er vom Anfang bis zum Ende die Geschichte der sinnreichen Lebensregeln, die er von seinem Vater empfangen und wie er ihnen zuwidergehandelt. Vom Anhören der aus dem innersten Herzen Salardos kommenden Worte und über den Anblick seines fetter und schöner denn je aussehenden Falken, blieb der Markgraf eine Zeitlang stumm vor Staunen. Als er seinen Fehler, den unschuldigen Freund unbedachterweise zum Tode verurteilt zu haben, erkannt hatte, schlug er seine mit Tränen gefüllten Augen auf, blickte Salardo fest ins Gesicht und sagte: »Salardo, wenn du in diesem Augenblick mir ins innerste Herz sehen könntest, so würdest du deutlich erkennen, daß der Strick, der dir bis jetzt die Hände gefesselt und die Schlinge, die deinen Hals umspannt gehalten, dir nicht so viel Schmerzen verursacht haben, wie sie mir bereiten. Ich kann nicht hoffen, je wieder heiter und zufrieden zu werden, da ich dich, der du mich mit so lauterer Treue geliebt und mir gedient hast, auf diese Weise gekränkt habe. Wenn es möglich wäre, das Geschehene auf irgendeine Weise ungeschehen zu machen, ich täte es.

Da es jedoch unmöglich ist, werde ich alles daransetzen, das dir zugefügte Unrecht wiedergutzumachen, so daß du mit mir zufrieden sein wirst.«

Damit nahm ihm der Markgraf eigenhändig den Strick vom Halse, befreite seine Hände, umarmte ihn mit größter Herzlichkeit, indem er ihn zu wiederholten Malen küßte, und zog ihn mit der Rechten auf den Sitz neben sich.

Als der Markgraf Posthumio wegen seines empörenden Verhaltens den Strick um den Hals legen und ihn aufknüpfen lassen wollte, gab es Salardo nicht zu, sondern ließ den Sohn zu sich kommen und sagte zu ihm: »Posthumio, ich weiß beim Himmel nicht, was ich mit dir, den ich von klein auf bis zu diesem Alter aufgezogen habe, anfangen soll. Auf der einen Seite zieht mich meine bisherige Liebe zu dir hin, auf der andern stößt mich die Entrüstung über deine Missetaten von dir ab. Die eine will, daß ich als guter Vater dir verzeihe, die andere treibt mich zu unerbittlicher Strenge gegen dich an. Was soll ich also tun? Verzeihe ich dir, so wird man mit Fingern auf mich zeigen, nehme ich dagegen meine gerechte Rache an dir, so handle ich gegen das göttliche Gebot. Damit man mich nun weder zu milde noch zu grausam nenne, will ich den Mittelweg wählen und keine körperliche Strafe über dich verhängen, noch dir ganz und gar verzeihen. Nimm darum diesen Strick, den du mir um den Hals geschlungen hattest, und behalte ihn als Entschädigung für meine Güter, nach deren Besitz du getrachtet, sei meiner und deines schweren Verbrechens stets eingedenk, und bleibe mir so fern, daß ich niemals wieder etwas von dir höre!« Mit diesen Worten jagte er Posthumio von sich in sein Unglück, und er blieb für alle Zeit verschwunden.

Theodora aber, zu deren Ohren das Gerücht von Salardos Befreiung bereits gedrungen war, entfloh und suchte ein Nonnenkloster auf, wo sie ihr Leben in Kummer beschloß. Als Salardo eines Tages Kunde von dem Ableben seiner Gattin Theodora erhielt, nahm er Abschied vom Markgrafen, verließ Monferrato und kehrte nach Genua zurück, wo er lange Jahre in Frieden lebte und den größten Teil seines Vermögens an die Armen verteilte und nur so viel für sich behielt, als er zu seinem Unterhalt benötigte.

Das Gottesurteil

In Athen, einer uralten Stadt Griechenlands, die in vergangenen Zeiten Heimstätte aller Wissenschaften war, jetzt aber infolge ihres maßlosen Hochmuts vollkommen zerstört und vernichtet ist, lebte ein Edelmann namens Erminione Glaucio, ein wahrhaft großer, in der Stadt sehr geschätzter und reicher, aber an Verstand sehr armer Mann. Denn als er schon recht bei Jahren war und sich ohne Kinder sah, beschloß er zu heiraten. Er nahm sich Filenia zum Weibe, die wunderschöne und durch unzählige Tugenden ausgezeichnete Tochter des Messer Cefarino Centuriones, eines Mannes aus adligem Geschlecht. Sie war ein junges Mädchen, mit dem sich kein anderes in der Stadt vergleichen konnte. Und da er fürchtete, sie möchte wegen ihrer einzigartigen Schönheit von vielen umschwärmt werden und irgendeinen schimpflichen Fehltritt begehen, demzufolge die Leute auf ihn als Ehemann mit Fingern wiesen, beschloß er, sie in einen hohen Turm seines Palastes zu sperren und sie den Blicken aller zu entziehen.

Nun wohnte in der Stadt ein junger, aber sehr kluger und gewitzter Student aus Kreta, namens Ippolito, der wegen seines freundlichen Wesens und seiner Schönheit von allen sehr geliebt und geschätzt wurde. Dieser hatte Filenia, bevor sie sich verheiratete, lange Zeit den Hof gemacht und war außerdem sehr befreundet mit Messer Erminione, der ihn wie seinen Sohn liebte. Er war des Studierens ein wenig überdrüssig gewesen, und der

Wunsch, seinem ermüdeten Geist Erholung zu gönnen, hatte ihn bewogen, Athen zu verlassen, war nach Kandia gegangen und hatte sich dort einige Zeit aufgehalten.

Nach Athen zurückgekehrt, erfuhr er, daß Filenia eine Ehe eingegangen war. Dies schmerzte ihn über die Maßen und um so mehr, als er sich der Möglichkeit beraubt sah, sie nach Gefallen zu sehen, und es ihm unerträglich war, daß ein so schönes und reizendes Mädchen mit solch einem geifernden und zahnlosen Greis verheiratet war. Als nun der verliebte Ippolito die glühenden Stacheln und scharfen Pfeile der Liebe nicht länger in Geduld ertragen konnte, sann er auf geheime Mittel und Wege, durch die er zur Erfüllung seiner Wünsche gelangen könnte. Und nachdem er viele Möglichkeiten bedacht hatte, wählte er mit großer Überlegung eine davon aus, die ihm die verheißungsvollste schien. Um seinen Plan auszuführen, ging er in die Werkstatt eines benachbarten Tischlers und bestellte bei ihm zwei ziemlich lange, breite und hohe Truhen, übereinstimmend in Maß und Ausführung, so daß man sie nicht leicht voneinander unterscheiden konnte. Dann begab er sich zu Messer Erminione, tat, als bedürfe er seiner, und sprach mit großer Schlauheit folgendes zu ihm: »Lieber Messer Erminione, den ich nicht weniger wie einen Vater stets geliebt und verehrt habe, wüßte ich nicht, wie sehr Ihr mir zugetan seid, so würde ich es nicht wagen, Euch mit einem so großen Wunsche beschwerlich zu fallen und Euch um einen Dienst zu bitten. Da ich Euch jedoch stets hilfreich gegen mich gefunden habe, zweifle ich nicht, das von Euch zu erlangen, was ich wünsche und was mir am Herzen liegt. Ich muß in wichtigen Geschäften nach der Stadt Frenna reisen und dort so lange bleiben, bis sie erledigt sind. Und da ich im Hause niemanden habe, dem ich vertrauen könnte, da es sich in den

Händen von Dienern und Mägden befindet, deren ich nicht allzu sicher bin, möchte ich mit Eurem Einverständnis bei Euch eine Truhe voll der wertvollsten Dinge, die ich besitze, deponieren.«

Messer Erminione, der an nichts Böses dachte, erwiderte dem Studenten, es sei ihm recht; und damit die Truhe sicherer sei, wolle er sie in seinem Schlafgemach unterbringen.

Der Student dankte ihm dafür aufs herzlichste, versprach ihm, diesen Dienst ewig in Erinnerung zu behalten, und bat ihn dann dringend, sich herbeizulassen und mit ihm nach Hause zu gehen, damit er ihm die in der Truhe verwahrten Gegenstände zeigen könne. Messer Erminione ging also mit in das Haus Ippolitos, und dieser zeigte ihm dort eine Truhe voller Gewänder, Juwelen und Halsketten von nicht geringem Werte. Dann rief Ippolito einen seiner Diener, stellte ihn Messer Erminione vor und sagte zu ihm: »Jedesmal, wenn mein Diener die Truhe holen kommt, so schenkt ihm ebensoviel Glauben wie mir selbst.«

Nachdem Messer Erminione fortgegangen war, legte sich Ippolito in die andere Truhe, die jener glich, die mit den Kleidern und Juwelen angefüllt war, schloß sich darin ein und befahl dem Diener, sie zu Messer Erminione zu tragen. Der Diener, der in alles eingeweiht war, gehorchte seinem Herrn und rief einen Lastträger. Dieser lud sich die Truhe auf die Schulter und schaffte sie in den Turm, wo sich die Kammer befand, in welcher Messer Erminione nachts mit seiner Frau schlief. Messer Erminione gehörte zu den vornehmsten Männern der Stadt Athen, und da er großen Reichtum und Einfluß besaß, ergab sich infolge des Ansehens für ihn die Notwendigkeit, für einige Tage nach einem Porto Pireo genannten Ort zu gehen, der zwanzig Stadien von Athen entfernt lag. Dort hatte er einige Streitigkeiten und Meinungsverschiedenheiten zwischen den Städtern und den Landbewohnern zu schlichten, was er sehr ungern tat. Als nun Messer Erminione mißgelaunt infolge seiner Eifersucht, die ihn Tag und Nacht quälte, fortgegangen war und der Jüngling in der Truhe die schöne Frau mehrmals hatte seufzen, klagen, weinen und ihr hartes Geschick und den Augenblick ihrer Verheiratung mit dem Zerstörer ihres Lebens verwünschen hören, wartete er auf den günstigen Augenblick, wo sie eingeschlafen sein werde. Und als er Filenia im ersten Schlummer glaubte, verließ er die Truhe, trat an ihr Bett und flüsterte: »Wach auf, meine Seele, dein Ippolito ist bei dir.«

Sie wachte auf, und als sie ihn sah und erkannte, denn es brannte Licht im Zimmer, wollte sie schreien. Aber der Jüngling drückte ihr die Hand auf den Mund und verhinderte sie daran und sagte dann beinahe in Tränen: »Sei still, mein Herz! Siehst du nicht, daß ich dein Ippolito, dein treuer Liebhaber bin, für den das Leben ohne dich eine Qual ist?«

Als sich die schöne Frau ein wenig beruhigt und den alten Erminione und den jungen Ippolito im Geiste miteinander verglichen hatte, zeigte sie sich mit dem Vorgehen Ippolitos nicht unzufrieden; sie pflegte im Gegenteil mit ihm die ganze Nacht unter verliebten Reden des Beilagers, wobei sie nicht verfehlten, auf die Maßnahmen des einfältigen Gatten zu schelten und die weiteren Zusammenkünfte zu verabreden. Mit Tagesanbruch schloß sich der Jüngling in die Truhe ein, und während der Nacht verließ er sie nach Belieben und lag bei Filenia.

Es waren bereits eine ganze Reihe von Tagen vergangen, als Messer Erminione, bewogen durch die Unbequemlichkeit, die er aushalten mußte, und seine rasende

Eifersucht, die ihn beständig quälte, die Streitigkeiten an jenem Orte schnell beilegte und heimkehrte. Als Ippolitos Diener von Messer Erminiones Rückkehr erfahren hatte, ging er bald darauf zu ihm und bat im Namen seines Herrn um die Truhe. Sie wurde ihm gemäß der getroffenen Vereinbarung freundlich ausgeliefert, worauf er einen Lastenträger nahm und die Truhe nach Hause schaffen ließ.

Nachdem Ippolito sein Versteck verlassen hatte, ging er auf den Marktplatz, wo er Messer Erminione traf. Sie umarmten sich, und der Student bedankte sich aufs herzlichste für den erwiesenen Dienst, auch erklärte er, daß sowohl er wie seine Habe jederzeit zu Erminiones Verfügung ständen.

Als nun eines schönen Morgens Messer Erminione Glaucio mit seiner Frau länger als gewöhnlich im Bette lag, geschah es, daß sein Blick auf einige Speichelspuren fiel, die auf der Wand vor seinen Augen in ziemlicher Höhe und in beträchtlicher Entfernung von ihm zu sehen waren. Da packte ihn wieder seine alte peinigende Eifersucht, er verwunderte sich höchlich und begann sich den Kopf darüber zu zerbrechen, ob die Speichelspuren von ihm oder jemand anderem herrührten. Und nachdem Erminione lange hin und her gesonnen hatte, wollte es ihm gar nicht in den Sinn, daß sie von ihm stammen sollten. Daher befürchtete er sehr, was auch wirklich geschehen war, wandte sich gegen seine Frau und fuhr sie mit zorniger Miene an: »Von wem stammt der Speichel, so hoch da oben? Von mir stammt er nicht, ich habe nie dorthin gespuckt; du hast mich zweifellos betrogen.«

Da antwortete Filenia lächelnd: »Wißt Ihr nichts Besseres?«

Als Messer Erminione sie lachen sah, geriet er noch

mehr in Hitze und rief: »Ha, du lachst, ruchloses Weib, das du bist! Und worüber lachst du?«

»Über Eure Dummheit lache ich«, antwortete Filenia. Er ärgerte sich darüber nicht wenig, und da er ausprobieren wollte, ob er so hoch spucken könne, bemühte er sich hustend und räuspernd, mit seinem Speichel das Ziel zu erreichen. Aber er bemühte sich vergeblich, denn seine Spucke fiel wieder zurück und ihm ins Gesicht und besudelte es gänzlich.

Nachdem der arme Greis sich mehrmals darin versucht hatte, fand er, daß es immer schlechter gelang. Als er dies erkannte, schloß er daraus mit Sicherheit von seiner Frau hintergangen worden zu sein, wandte sich gegen sie und warf ihr die größten Beschimpfungen an den Kopf, die jemals einer liederlichen Frau gesagt wurden. Und hätte er nicht für sein Leben gefürchtet, so hätte Erminione sie in diesem Augenblick mit seinen eigenen Händen getötet. So aber bezwang er sich und wollte lieber auf gerichtlichem Wege gegen Filenia einschreiten als seine Hände mit ihrem Blute besudeln. Nicht zufrieden damit, daß er sie beschimpft hatte, ging er voller Ingrimm und Zorn zum Palast und erhob dort vor dem Stadtrichter eine Klage gegen seine Frau wegen Ehebruchs. Da der Stadtrichter Filenia jedoch nicht verurteilen konnte, ohne dem Gesetz zu genügen, schickte er nach ihr, um sie einem eingehenden Verhör zu unterwerfen. Es bestand in Athen die strenge Anordnung, daß jede von ihrem Gatten des Ehebruchs angeklagte Frau vor eine rote Säule gestellt werden müsse, auf der eine Schlange lag. Dann mußte sie schwören, daß sie den Ehebruch nicht begangen habe. Und wenn dies geschehen, wurde sie gezwungen, die Hand in den Rachen der Schlange zu legen. Hatte sie falsch geschworen, trennte ihr die Schlange sofort durch einen

Biß die Hand vom Arm, andernfalls ließ sie sie unversehrt.

Ippolito, der bereits vernommen hatte, daß die Klage erhoben worden sei und der Stadtrichter nach Filenia geschickt habe, damit sie erscheine und sich verteidige, legte als schlauer Mensch und in dem brennenden Verlangen, ihr das Leben zu retten, seine Kleider ab und zog einige Lumpen an, die ihm das Aussehen eines Verrückten gaben. Er verließ darauf unbemerkt sein Haus, rannte wie ein Narr zum Palast und ließ beständig die größten Verrücktheiten von der Welt los. Während die Häscherschar des Stadtrichters die junge Frau zum Palast führte, strömte das ganze Volk zusammen, um zu sehen, wie die Sache ablaufen würde. Der Narr, der bald dem, bald jenem einen Stoß versetzte, drängte sich so weit nach vorn, daß es ihm gelang, der trostlosen Frau die Arme um den Hals zu schlingen und ihr einen süßen Kuß zu geben, gegen den sie sich nicht sträuben konnte, da ihr die Hände auf den Rücken gebunden waren. Als sie nun vor Gericht erschienen war, sprach der Stadtrichter zu ihr: »Filenia, wie du siehst, steht hier Messer Erminione, dein Mann, und klagt dich des Ehebruchs an und verlangt, daß ich dich aufgrund des Gesetzes bestrafe. Du sollst nun, wenn du kannst, deine Unschuld eidlich versichern.«

Die junge Frau, die gewitzt und sehr klug war, schwor keck, daß niemand sie in Sünden berührt habe außer ihr Mann und jener Narr da. Nachdem Filenia den Eid abgelegt hatte, führten sie die Diener der Gerechtigkeit zur Schlange. Man legte Filenias Hand in ihren Rachen, aber die Natter ließ sie unversehrt, denn die Angeklagte hatte wahrheitsgemäß bekannt, daß niemand außer ihrem Gatten und dem Narren sie in Sünden berührt habe. Als das Volk und die Verwandten, die gekommen waren, das schreckliche Schauspiel mit anzusehen, dies bemerkten, erklärten sie Filenia für die unschuldigste Frau von der Welt und riefen, Messer Erminione verdiene den Tod, welcher Filenia zugedacht war. Da er aber von Adel war, eine weitverzweigte Verwandtschaft besaß und zu den Ersten der Stadt zählte, wollte der Stadtrichter nicht, wie das Gesetz es erlaubte, daß er öffentlich verbrannt werde. Um nicht gegen seine Pflicht zu verstoßen, ließ er Erminione jedoch ins Gefängnis werfen, wo er in kurzer Zeit starb. Mit einem so kläglichen Tode büßte der Ehemann seine rasende Eifersucht, und die junge Frau befreite sich aus den Schlingen eines schimpflichen Todes. Wenige Tage darauf nahm Ippolito sie zu seinem rechtmäßigen Weibe und verlebte mit ihr viele glückliche Jahre.

Simplicio di Rossi

In dem Flecken Santa Eufemia unter Campo Sampiero auf dem Gebiet der berühmten und weit bekannten Stadt Padua wohnte schon vor langer Zeit Ghirotto Scanferla, ein für einen Landmann sehr reicher und mächtiger, aber aufrührerischer Mann und unruhiger Kopf. Dieser hatte eine junge Frau namens Giliola, die für eine Dörflerin bei allen Leuten für sehr schön galt. In diese verliebte sich heftig ein gewisser Simplicio di Rossi, ein Bürger von Padua, und weil sein Haus nicht weit von dem Hause Ghirottos entfernt stand, ging er mit seiner Gattin, die artig, gesittet und schön war, oft in der Gegend spazieren. Und so viele Eigenschaften die Gattin auch besaß, die sie schätzenswürdig machten, kümmerte er sich dennoch nicht viel um sie und war so sehr von Liebe zu Giliola entzündet, daß er Tag und Nacht nicht mehr zur Ruhe zu gelangen wußte. Er hielt seine Liebe in seinem Herzen verborgen und wagte sie auf keine Weise zu entdecken, teils aus Furcht vor ihrem Mann, teils wegen des rechtschaffenen Wandels der Giliola, teils auch um der klugen Gattin kein Ärgernis zu geben. Simplicio hatte am Hause einen Brunnen, aus welchem so klares, wohlschmeckendes Wasser hervorsprudelte, daß nicht nur Lebende, sondern auch Tote zu ihrem Nutzen davon getrunken hätten. Daher kam Giliola morgens und abends und sooft es nötig war, zu der klaren Quelle, schöpfte Wasser mit einem Eimer und trug es nach Hause. Die Liebe, die in der Tat niemanden frei ausgehen läßt, spornte Simplicio unaufhörlich an. Da er jedoch das Leben, das Giliola führte, und den guten Ruf, der dafür bürgte, kannte, wagte er nicht, sich gegen sie zu äußern, sondern weidete sich nur zuweilen an ihrem Anblick und tröstete damit sein Herz. Sie selbst wußte nichts davon und hatte es nie bemerkt; denn als eine rechtschaffene, in gutem Ruf stehende Frau hatte sie nur acht auf ihren Mann und ihr Haus und auf sonst nichts. Als nun eines Tages Giliola an den Brunnen ging, wie sie es im Gebrauch hatte, um Wasser zu schöpfen, traf sie zufällig auf Simplicio und sagte in aller Einfalt, wie es jede andere Frau auch getan hätte, zu ihm: »Guten Tag, Herr!« Er aber antwortete ihr: »Zwick.«

Er meinte, durch dieses Wort sie aufmerksam und etwas vertraut zu machen; sie aber dachte an weiter nichts, antwortete ihm auch nicht, sondern ging weiter ihren Angelegenheiten nach. Simplicio hatte ihr oft diese Antwort gegeben, wenn sie ihn sah und grüßte. Giliola aber, die seine Bosheit nicht merkte, kehrte ohne aufzublicken nach Hause zurück. Da jedoch Simplicio mit dieser Antwort immer fortfuhr, nahm sich die junge Frau vor, es Ghirotto, ihrem Manne, zu sagen. Und als sie eines Tages im zärtlichen Gespräch mit ihm war, sagte sie: »Mein lieber Mann, ich muß Euch etwas sagen, worüber Ihr vielleicht lachen werdet.«

»Nun was?« fragte Ghirotto.

»Sooft ich«, versetzte Giliola, »an den Brunnen gehe, um Wasser zu schöpfen, finde ich Herrn Simplicio und sage ihm guten Tag; er aber antwortet mir immer: ›Zwick!‹ Ich habe mich oft und viel über das Wort besonnen, konnte mir aber nie vorstellen, was er damit meine.«

»Und du«, sagte Ghirotto, »was hast du ihm geantwortet?«

»Ich«, entgegnete Giliola, »habe ihm niemals etwas darauf erwidert.«

»Aber in Zukunft«, fuhr Ghirotto fort, »wenn er wieder zu dir sagt: ›Zwick‹, so antworte ihm ›Zwack!‹ Dann sieh zu und merke, was er dir sagt! Sonst aber antworte ihm nichts, sondern geh wie gewöhnlich nach Hause!« Giliola ging wie immer nach dem Brunnen, um Wasser zu holen, traf Simplicio und sagte ihm: »Guten Tag!« Er antwortete ihr nach seiner Gewohnheit: »Zwick!« Giliola aber entgegnete, wie ihr Gatte sie unterwiesen hatte: »Zwack!«

Darüber geriet Simplicio in Entzücken, dachte, sie habe seine Liebe bemerkt, meinte auch, er habe sie jetzt ganz zu seinem Befehl, faßte sich deshalb ein Herz und fragte weiter: »Wann soll ich kommen?«

Giliola aber antwortete nichts, wie ihr Gatte ihr aufgegeben hatte, kehrte nach Hause zurück und sagte, von ihrem Gatten befragt, wie es gegangen sei, sie habe befolgt, was er ihr vorgeschrieben, und als Herr Simplicio sie gefragt habe: ›Wann soll ich kommen?‹, habe sie ihm nichts geantwortet. Obschon er nur ein Landmann, war Ghirotto scharfsinnig genug, die Worte Simplicios wohl zu verstehen, und wurde sehr ärgerlich; denn er stellte sich vor, daß diese Reden auf etwas ganz anderes hinauslaufen sollten, als Perlen im Dunkeln einzufädeln. Darum sprach er zu seiner Frau: »Wenn du wieder hinkommst und er sagt: ›Wann soll ich kommen?‹, so antworte ihm: ›Heute abend.‹ Dann komm nach Hause und laß mich machen.«

Als nun der folgende Tag gekommen war, ging Giliola nach ihrer Gewohnheit, um Wasser aus dem Brunnen zu holen, und fand Simplicio vor, welcher sie mit dem größten Verlangen erwartete.

Sie sagte zu ihm: »Guten Tag, Herr!«

Darauf antwortete Simplicio: »Zwick!«

Und sie sagte zu ihm: »Zwack.«

Er fuhr fort: »Wann soll ich kommen?«

»Heute abend«, antwortete Giliola.

Giliola kehrte nun nach Hause zurück und sagte zu ihrem Mann. »Ich habe ausgeführt, was Ihr mir befohlen habt.«

»Und was hat er dir geantwortet?« fragte Ghirotto.

»Gut, heute abend«, sagte Giliola.

Ghirotto, der schon ganz voll war, aber nicht von Nudeln und Makkaroni, sagte: »Giliola, komm, wir wollen zwölf Sack Korn messen; denn ich will tun, als ginge ich in die Mühle, und wenn Herr Simplicio kommt, so empfange ihn freundlich und ehrenvoll. Dann halte einen leeren Sack in Bereitschaft neben den mit Korn gefüllten, und wenn du hörst, daß ich nach Hause gekommen bin, so mach, daß er in den bereitliegenden Sack schlüpft, um sich zu verstecken! Das Weitere überlaß mir!«

»Es sind aber nicht so viel Säcke im Hause, als Ihr verlangt«, sagte Giliola.

»So schicke«, fiel Ghirotto sogleich ein, »unsere Nachbarin Cia zum Herrn Simplicio und sieh zu, daß er dir zwei leiht, und laß ihm sagen, ich wünsche die Säcke zu haben, weil ich diesen Abend in die Mühle gehe.«

Und so geschah es. Simplicio, der Giliolas Reden aufs beste aufgefaßt hatte und sah, daß sie zu ihm schickte, um zwei Säcke von ihm zu entlehnen, glaubte wirklich, ihr Mann gehe in die Mühle. Er hielt sich nun für den glücklichsten und zufriedensten Mann von der Welt, da er sich einredete, sie sei ebenso von Liebe zu ihm entzündet wie er zu ihr. Aber der arme Narr ahnte nicht, was gegen ihn gesponnen und vorbereitet war, sonst hätte er sich vielleicht etwas vorsichtiger benommen.

Herr Simplicio, der in seinem Hofe viele gute Kapaunen hatte, nahm zwei der besten heraus und schickte sie durch seinen Diener der Giliola mit dem Auftrag, sie möge sie zubereiten, denn er werde heute abend nach der getroffenen Verabredung zu ihr kommen. Als die dunkle Nacht gekommen war, ging Simplicio heimlich von zu Hause weg und nach Ghirottos Haus hin, wo er von Giliola artig empfangen wurde. Als er nun die Säcke voll Korn sah, fragte er Giliola, da er geglaubt hatte, ihr Mann sei schon zur Mühle gegangen: »Wo ist Ghirotto? Ich glaubte, er sei in der Mühle. Nun sehe ich aber hier noch die Säcke im Hause. Was bedeutet das?«

Giliola antwortete: »Herr, macht Euch keine Gedanken und fürchtet nichts! Es wird alles gut gehen. Es ist nämlich um die Vesperzeit sein Schwager ins Haus gekommen, der die Nachricht brachte, seine Schwester sei von einem unaufhörlichen Fieber schwer belästigt, daß er sie wohl morgen nicht mehr am Leben treffen würde. Er stieg daher zu Pferd und ritt weg, um sie vor ihrem Tode nochmals zu sehen.«

Simplicio, der eigentlich hätte Simpel heißen sollen, nahm dies alles für wahr hin und beruhigte sich. Während nun Giliola geschäftig war, die Kapaunen zu braten und den Tisch zu decken, siehe, da kam Ghirotto, ihr Mann, plötzlich in den Hof geritten. Und sobald ihn Giliola hörte, sagte sie, sich sehr betrübt stellend: »Ach, weh uns! Wir sind des Todes.«

Ohne einen Augenblick zu verlieren, hieß sie Simplicio in den Sack schlüpfen, der leer geblieben war. Er kroch hinein, wiewohl nicht ohne Widerstreben, und der Sack mit Herrn Simplicio wurde hinten an die anderen Säcke, die mit Korn gefüllt waren, angelehnt. So wartete Giliola, daß ihr Mann ins Haus käme.

Als Ghirotto ins Haus trat, den Tisch gedeckt und die Kapaunen sah, die in der Pfanne brieten, sagte er zu seiner Gattin: »Was bedeutet das, daß du mir ein so kostbares Abendessen bereitet hast?« Giliola antwortete: »Ich dachte, Ihr werdet recht müde und matt nach Hause kommen und vielleicht erst um Mitternacht. Damit Ihr Euch dann etwas erquicken und bei Euren beständigen Anstrengungen in Kräften halten könnt, wollte ich Euch etwas Gutes zum Nachtessen bereiten.«

»Meiner Treu«, sagte Ghirotto, »daran hast du wohlgetan; es ist mir ganz unwohl, ich kann es kaum erwarten, bis ich zur Nacht essen und ins Bett gehen darf, damit ich morgen zeitig in die Mühle komme. Aber ehe wir uns zum Essen setzen, will ich sehen, ob die Säcke, welche nach der Mühle wandern sollen, auch die rechte Schwere haben und voll sind.«

Er trat zu den Säcken, begann zuerst sie zu zählen und fand, daß es dreizehn waren. Er tat, als habe er nicht recht gezählt, zählte also nochmals von vorn, und da er wieder dreizehn fand, sagte er zu seiner Frau. »Wie kommt denn das, Giliola, daß hier dreizehn Säcke stehen? Wir haben doch nur zwölf zugerüstet. Was soll das nun bedeuten?«

Sie gab ihm zur Antwort: »Ich weiß wohl, als wir das Korn einfüllten, waren es nur zwölf Säcke. Wie aber der dreizehnte hinzukam, das kann ich nicht sagen.«

Herr Simplicio, der in dem Sacke steckte und wohl wußte, daß es dreizehn waren, aber nicht mit seinem Willen, verhielt sich ganz still, betete leise Vaterunser, verwünschte in seinem Herzen das Weib, seine Liebe und sich selbst, daß er ihr getraut hatte. Und wenn er hätte aus ihren Händen kommen können, so wäre er gern geflohen. Aber er fürchtete fast noch mehr den Spott als den Schaden.

Ghirotto jedoch kannte den Sack wohl, packte ihn, schleppte ihn hinaus vor die Tür, die er listigerweise hatte offenhalten lassen, in der Absicht nämlich, daß jener, wenn er die Püffe bekäme, freies Feld habe, um aus dem Sack zu kriechen und zu fliehen, wohin ihm beliebe. Ghirotto hatte einen zu diesem Zweck bereitgehaltenen Knotenstock ergriffen und fing nun an, ohne Atemnot so gewaltig auf ihn loszuschlagen, daß Simplicio am ganzen Leibe kein ganzes heiles Glied blieb und er halbtot am Boden lag. Wäre nicht die Frau gewesen, die aus Mitleid oder aus Furcht, ihr Mann möchte dafür mit dem Bann belegt werden, ihm den Stock aus der Hand riß, so hätte er ihn vielleicht getötet.

Ghirotto ging daher weg und gab das Unternehmen auf. Herr Simplicio kroch aus dem Sack und eilte nach Hause, so schnell er nach dieser üblen Behandlung vermochte, denn er meinte, Ghirotto sei mit seinem Stocke ihm ständig auf den Fersen. Er legte sich zu Bett und blieb mehrere Tage darin, bis er sich wieder erholt hatte. Ghirotto hatte unterdessen mit seiner Giliola auf Kosten des Herrn Simplicio trefflich zur Nacht gegessen und begab sich nunmehr zur Ruhe.

Nach einigen Tagen, als Giliola an den Brunnen kam, sah sie Simplicio wieder, der in der Halle an seinem Hause auf und ab ging. Sie grüßte ihn mit heiterem Gesicht, indem sie sagte: »Zwick!«

Herr Simplicio aber, der noch die wegen dieser Worte empfangenen Schläge fühlte, rief ihr entgegen:

»Nicht guten Tag! Nicht Zwick noch Zwack!
Ihr kriegt mich nimmer in den Sack!«

Als Giliola das hörte, schwieg sie und kehrte errötend nach Hause zurück. Simplicio aber änderte nach einer so außerordentlichen Erfahrung seinen Sinn und behandelte seine Frau, die er fast gehaßt hatte, mit großer Aufmerksamkeit und Liebe und warf seinen Haß auf fremde Weiber, damit ihm fürder das nicht mehr widerfahre, was ihm das Schicksal zu seiner Bekehrung beschieden hatte.

Die Schlauheit der Bergamasken

Wie ich des öftern von meinen Großeltern erzählen hörte, waren vor langen Jahren einmal einige Florentiner und Bergamasker Kaufleute zusammen unterwegs, die sich, wie das so zu sein pflegt, über dies und jenes unterhielten. Da sagte im Verlaufe des Gesprächs ein Florentiner: »Soviel wir sehen können, seid Ihr Bergamasken ausgemachte Dickköpfe und Ignoranten; und wenn das bißchen Handel nicht wäre, welchen Ihr treibt, wäret Ihr infolge Eurer Dummheit zu gar nichts zu brauchen. Und wenn Euch das Glück im Handel günstig ist, so kommt das nicht etwa von der Schärfe Eures Verstandes oder von Euren Kenntnissen, sondern vielmehr von Eurer Unersättlichkeit und der Gewinnsucht, die Euch beherrscht. Wie gesagt, ich kenne keine beschränkteren und unwissenderen Menschen als Euch.« Da meldete sich ein Bergamaske und sagte: »Ich wiederum erkläre Euch, daß wir Bergamasken Euch in jeder Hinsicht überragen. Obgleich Ihr Florentiner eine weiche Sprache habt, die den Ohren der Zuhörer angenehmer ist als die unsere, steht Ihr doch in jeder anderen Betätigung weit unter uns. Denn wenn wir es genau betrachten, gibt es unter unserem Volke keinen, der nicht einige wissenschaftliche Bildung besäße, mag er nun hochstehen oder gering sein. Außerdem sind wir zu jedem anspruchsvollen Unternehmen befähigt, was bei Euch doch ganz gewiß nicht der Fall ist; und wenn, so nur bei wenigen.«

Nachdem nun der Streit eine Weile heftig hin und her

gewogt war und weder die Bergamasken den Florentinern, noch die Florentiner den Bergamasken weichen wollten, vielmehr jeder seine Partei verteidigte, ließ sich ein Bergamaske vernehmen und sagte: »Wozu so viel Worte? Lassen wir es auf eine Probe ankommen und veranstalten einen feierlichen Disput, an dem sich die Blüte der Gelehrten beteiligt. Dann wird sich herausstellen, wer von uns die Klügeren sind.« Die Florentiner erklärten sich damit einverstanden. Jetzt entstand die Frage, ob die Florentiner nach Bergamo oder die Bergamasken nach Florenz kommen sollten. Nach vielem Hin und Her beschlossen sie endlich, das Los solle entscheiden. Sie schrieben also zwei Zettel, taten sie in ein kleines Gefäß, und die Ziehung ergab, daß die Florentiner nach Bergamo gehen mußten. Zum Tag der Disputation wurde der erste Mai bestimmt.

Hierauf suchten die Kaufleute ihre Heimatstädte auf und erstatteten ihren Gelehrten Bericht über alles. Als diese erfahren hatten, worum es sich handelte, waren sie sehr zufrieden und trafen Vorbereitungen für einen schönen und langen Redestreit.

Die Bergamasken als schlaue und gewitzte Köpfe nahmen sich vor, es so einzurichten, daß die Florentiner verwirrt und mit langer Nase abziehen müßten. Sie riefen zu diesem Zweck alle Gelehrten der Stadt zusammen, sowohl Grammatiker wie Redner, Zivil- wie Kirchenrechtler, Philosophen wie Theologen und Doktoren jeglicher anderen Art, wählten die besten unter ihnen aus und behielten sie in der Stadt zurück, damit sie den festen Kern in dem Redestreit mit den Florentinern bildeten. Die andern aber steckten sie in bäuerische Gewänder und schickten sie aus der Stadt hinaus auf die Straße, welche die Florentiner passieren mußten. Man trug ihnen auf, mit diesen immer nur lateinisch zu reden. Nachdem also die Gelehrten von Bergamo grobe Gewänder angelegt hatten, mischten sie sich unter die Bauern und begaben sich an verschiedene Beschäftigungen: Die einen hoben Gräben aus, andere bearbeiteten den Boden mit der Hacke, wieder andere taten dies, noch andere das.

Während die bergamaskischen Gelehrten sich also mit diesen Hantierungen beschäftigten, so daß es schien, als seien sie Bauern, siehe, da kamen die Florentiner mit großem Gepränge dahergeritten. Und als sie jene Leute gewahrten, die bei den Erdarbeiten beschäftigt waren, riefen sie: »Gott schütze Euch, Brüder!« – »Bene veniant tanti viri!« antworteten darauf die Bauern. Die Florentiner dachten, die Leute machten Ulk und fragten: »Wieviel Millien sind's noch bis nach der Stadt Bergamo?« – »Decem vel circa«, erwiderten die Bergamasken. Als die Florentiner diese Antwort vernahmen, sagten sie: »Brüder, wir reden in der Vulgärsprache zu Euch, wie kommt es, daß Ihr uns lateinisch antwortet?« Da sagten die Bergamasken: »Ne miremini excellentissimi domini. Unusquisque enim nostrum sic, ut auditis, loquitur, quoniam majores et sapientiores nostri sic nos docuerunt.« Als die Florentiner ihren Weg fortsetzten, bemerkten sie einige andere Bauern, die an der Landstraße Gräben aushoben, machten Halt und riefen: »Holla Kameraden, Gott mit Euch!« Da antworteten die Bergamasken: »Et Deus vobiscum semper sit!« – »Wie lange müssen wir noch reiten bis Bergamo?« fragten die Florentiner. »Exigua vobis restat via«, lautete die Antwort. Ein Wort gab das andere, und bald standen sie mitten in einem Redestreit über Philosophie. Und so gut waren die Argumente, die die bergamaskischen Bauern vorbrachten, daß die Florentiner kaum zu antworten wußten. Daher sagten sie voll Verwunderung zueinander: »Wie ist es möglich, daß

diese gewöhnlichen, sich mit dem Landbau und anderen bäuerlichen Arbeiten befassenden Leute eine so gute humanistische Bildung haben?«

Sie ritten weiter und gelangten an eine unweit der Stadt gelegene Herberge, die in recht gutem Zustand war. Aber bevor sie dort ankamen, trat ihnen ein Stallknecht entgegen und lud sie mit den Worten ein: »Domini; libetne vobis hospitari? Hic enim vobis erit bonum hospitium«, in seiner Herberge abzusteigen. Und da die Florentiner infolge des langen Rittes bereits müde waren, stiegen sie von ihren Pferden. Als sie eben die Treppe hinaufsteigen wollten, um sich zur Ruhe zu begeben, kam ihnen der Herbergswirt entgegen und redete sie an: »Excellentissimi domini, placetne vobis, ut praeparetur coena? Hic enim sunt bona vina, ova recentia, carnes, volatilia et alia huiusmodi.« Die Florentiner waren ganz verblüfft und wußten nicht, was sie sagen sollten. Alle, mit denen sie sprachen, antworteten auf lateinisch und nicht anders, als hätten sie zeitlebens nichts weiter getan als studiert. Es dauerte nicht lange, da kam eine Magd, die in Wirklichkeit Nonne und eine sehr gebildete und gelehrte Dame war, die man schlauerweise zu dieser Rolle veranlaßt hatte. Sie fragte: »Indigentne dominationes vestrae re aliqua? Placet, ut sternentur Lectuli, ut requiem capiatis?« Diese Worte der Magd verblüfften die Florentiner noch mehr, und sie verwickelten sie in ein Gespräch. Nachdem sie – immer lateinisch – über viele Dinge diskutiert hatte, kam sie auf die Theologie zu sprechen und redete mit solcher Sachkenntnis, daß es keinen gab, der sie nicht sehr gelobt hätte. Während die Magd sprach, kam einer, der als Bäkker verkleidet und ganz schwarz von Kohlen war, dazu. Als er den Disput hörte, den die Florentiner mit der Magd hatten, mischte er sich hinein und interpretierte die Heilige Schrift mit solcher Gelehrsamkeit, daß sämtliche Florentiner Doktoren sich innerlich darüber einig waren, bis dahin noch nichts Besseres in dieser Hinsicht gehört zu haben. Nach beendeter Disputation begaben sich die Florentiner zur Ruhe, und als es Tag geworden war, berieten sie untereinander, ob sie wieder umkehren oder weiterreiten sollten. Und nach vielem Für und Wider kamen sie zu dem Beschlusse, das Umkehren sei das bessere; denn wenn schon die Bauern, Wirte, Knechte und Frauen von so großer Gelehrsamkeit seien, wie müsse es da erst in der Stadt sein, wo es doch ganz vollkommene Leute gäbe, die sich mit nichts weiter befassen, als beständig zu studieren. Nachdem sie also diesen Beschluß gefaßt hatten, stiegen sie unverzüglich, ohne auch nur die Mauern der Stadt Bergamo gesehen zu haben, zu Pferde und wandten sich nach Florenz zurück. Auf diese Weise blieben die Bergamasken durch ihre Schlauheit den Florentinern gegenüber siegreich. Und von da ab erfreuten sich die Bergamasken des kaiserlichen Privilegs, sicher alle Teile der Welt ohne irgendwelche Behinderung durchreisen zu können.

Die ungezähmte Keiferin

Der weise und vorsichtige Arzt, wenn er sieht, daß sich eine Krankheit im menschlichen Körper festsetzen will, ergreift zu seiner Erhaltung diejenigen Mittel, welche ihm die beste Vorbeugung zu treffen scheinen, und wartet nicht erst, bis die Krankheit ausbricht, denn ein frisches Übel ist leichter zu heilen als ein eingewurzeltes. Ebenso – die Frauen werden mir verzeihen – muß es der Mann machen, wenn er eine Frau nimmt, das heißt, er darf sie keine Herrschaft über ihn ergreifen lassen, so daß er andernfalls nachher nichts mehr tun kann und sie begleiten muß bis zum Tod, wie das einem Soldaten begegnete, der sein Weib züchtigen wollte, aber zu lange gewartet hatte. So mußte er geduldig alle ihre Fehler ertragen.

Es lebten vor nicht langer Zeit in Corneto, einem römischen Kastell im Erbgut des heiligen Petrus zwei Herzensfreunde, die sich mit nicht geringerer Liebe zugetan waren, als hätte sie dieselbe Mutter geboren. Der eine von ihnen hieß Pisardo, der andere Silverio; beide hatten das Kriegshandwerk ergriffen und standen im Solde des Papstes. So groß indessen ihre Liebe zueinander war, so wohnten sie doch nicht beisammen. Der jüngere, Silverio, heiratete die Tochter eines Schneiders, mit Namen Spinella, ein schönes, reizendes Mädchen, doch von sehr hitzigem Geblüt.

Als die Hochzeit gefeiert und die Frau ihm ins Haus geführt wurde, nahm ihn ihre Schönheit, die ihm über allen Vergleich erhaben schien, so sehr gefangen, daß er sich ihr in allem, was sie von ihm verlangte, gefällig erwies. Dadurch wurde Spinella so übermütig und herrschsüchtig, daß sie ihren Gatten wenig oder gar nicht achtete. Schon hatte er es durch seine Schwäche dahin gebracht, wenn er ihr befahl, dies zu tun, daß sie jenes tat, und wenn er sagte: »Komm hierher!« so ging sie dorthin und lachte ihn aus. Und weil der Pinsel nicht durch fremde, sondern durch seine eigenen Augen sah, wagte er es nicht, sie zurechtzuweisen noch auf Heilung des Übels zu sinnen, sondern ließ sie tun, was ihr einfiel und beliebte.

Ehe das Jahr um war, nahm Pisardo die zweite Tochter des Schneiders mit Namen Fiorella, welche nicht minder schön von Angesicht und auch nicht minder hitzköpfig war als ihre Schwester Spinella. Nach der Hochzeit, als die Frau ihm ins Haus geführt wurde, ergriff Pisardo ein Paar Männerhosen und zwei Prügel und sprach: »Fiorella, das sind Mannshosen; fasse du dieses Ende, ich will das andere fassen. Wir wollen um die Hosen ringen, wer von uns sie tragen soll, und wer Sieger bleibt, der soll sie anziehen; wer aber verliert, der muß dem andern gehorchen.«

Fiorella hatte kaum die Worte ihres Mannes gehört, so antwortete sie mit vieler Mäßigung: »Ach, mein Gemahl, was sind das für Reden, die Ihr führt? Seid nicht Ihr der Mann und ich bin die Frau? Muß die Frau nicht dem Manne gehorchen? Wie sollte ich denn solche Torheit begehen? Tragt Ihr also nur die Hosen, sie schicken sich besser für Euch als für mich.«

»Gut«, sprach Pisardo, »ich werde also die Hosen tragen und der Herr im Hause sein, und du wirst als mein liebes Weib mir Gehorsam leisten. Aber hüte dich, anderen Sinnes zu werden, daß du der Mann sein willst und ich die Frau werden soll, damit du dich nicht hernach über mich zu beklagen hast!«

Fiorella war klug, bestätigte nochmals, was sie gesagt hatte, und der Mann übergab ihr unter diesem Vorbehalt das Regiment des ganzen Hauses, überwies ihr die fahrende Habe und belehrte sie über die Art und Weise, wie er zu leben gewohnt war. Darauf sprach er: »Komm mit mir, Fiorella, ich will dir meine Pferde zeigen und dich lehren, wie du sie behandeln mußt, wenn es not tut.«

Als sie in den Stall kamen, sprach er: »Was meinst du zu diesen meinen Pferden, Fiorella? Sind sie nicht schön? Werden sie nicht gut gehalten?«

»Gewiß, Herr«, antwortete Fiorella.

»Aber gib acht«, sprach Pisardo, »wie lenksam und geschmeidig sie sind.«

Dann nahm er eine Peitsche zur Hand und schlug erst dieses, dann jenes und rief abwechselnd: »Rechts! Links!«

Die Pferde nahmen den Schwanz zwischen die Beine, stellten sich alle in eine Reihe und gehorchten ihrem Herrn. Pisardo besaß unter anderm ein Pferd, das zwar von ziemlich gutem Aussehen, aber träge und widerspenstig war und worauf er deshalb wenig hielt. Zu diesem ging er mit der Peitsche, hieß es sich rechts und links wenden und züchtigte es. Aber das von Natur störrische Pferd ließ sich schlagen und tat nichts von alledem, was sein Herr verlangte, sondern schlug bald mit dem einen Huf, bald mit dem andern, bald mit beiden aus. Als nun Pisardo die Hartnäckigkeit des Pferdes sah, nahm er einen derben Knüppel und gerbte ihm das Fell dermaßen, daß er selbst davon ermüdete. Aber das Pferd ward nur eigensinniger als bisher, ließ sich schlagen und rührte sich nicht. Über diese Hartnäckigkeit des Pferdes erglühte Pisardo vor Zorn, legte die Hand an das Schwert, das er an der Seite hatte, und erstach es. Fiorella, die dies mit ansah, hatte Mitleid mit dem Pferde und sprach: »Ach, mein Gemahl, warum habt Ihr das Pferd getötet? Es war doch ein schönes Tier; es ist schade, daß Ihr es umgebracht habt.«

Aber Pisardo versetzte mit zornglühendem Antlitz: »Wisse, daß ich alle, die mein Brot essen und meinen Willen nicht tun, mit dieser Münze bezahle.«

Bei dieser Antwort erschrak Fiorella und sprach bei sich selbst: »Weh mir Armen, mir Elenden, wie übel bin ich mit diesem angekommen! Ich glaubte, ich habe einen besonnenen Mann zum Gemahl, und bin an einen Wüterich geraten. Wie hat er das schöne Pferd um nichts und wieder nichts umgebracht!«

So beklagte sie sich bei sich selbst, ohne zu ahnen, mit welcher Absicht ihr Mann so spreche. Dieser Vorfall hatte Fiorella solche Furcht und Schrecken vor ihrem Manne eingeflößt, daß er sich nur zu rühren brauchte, so zitterte sie an allen Gliedern; und wenn er etwas befahl, so tat sie es auf der Stelle. Kaum hatte der Mann den Mund geöffnet, so verstand sie, was sein Wille war, und niemals fiel ein unfreundliches Wörtchen zwischen ihnen.

Silverio, welcher den Pisardo sehr liebte, besuchte ihn oft und aß zu Mittag und zu Abend bei ihm. Als er aber Fiorellas Betragen und Aufführung bemerkte, wunderte er sich sehr und sprach bei sich selbst: »O Gott, warum konnte ich nicht das Glück haben, Fiorella zum Weibe zu bekommen wie mein Bruder Pisardo? Schaut, wie gut sie das Haus in Ordnung hält und ihn ohne das geringste Widerstreben bedient! Wie sie ihrem Manne gehorcht und alles tut, was er befiehlt! Aber die meinige –

ich Ärmster – tut just das Gegenteil und behandelt mich so übel wie nur möglich!«

Eines Tages war Silverio bei Pisardo, und nach allerlei Gesprächen sagte er zu ihm: »Lieber Bruder Pisardo, du weißt, wie sehr wir uns lieben. Ich möchte von dir hören, wie du es gemacht hast, deine Frau so zu erziehen, daß sie dir so unbedingt gehorcht und dich so liebreich behandelt. Ich mag Spinella eine Sache noch so freundlich auftragen, sie gibt mir eine barsche Antwort und tut dann gerade das Gegenteil von dem, was ich befehle.«

Pisardo lächelte und erzählte ihm Wort für Wort, wie er es gehalten, als er sein Weib heimgeführt habe, riet ihm, auch ein Gleiches zu tun und zu sehen, ob es anschlage, denn wenn es nicht anschlage, so wisse er nicht, was er ihm weiter raten solle. Dem Silverio gefiel dieser Vorschlag äußerst wohl, er beurlaubte sich von ihm, rief, als er nach Hause kam, unverweilt seine Frau, nahm ein Paar seiner Beinkleider und zwei Stöcke und tat, was ihm Pisardo geraten hatte. Als Spinella dies sah, sprach sie: »Was macht Ihr da für Streiche, Silverio? Was für Grillen sind Euch in den Kopf gefahren? Solltet Ihr etwa närrisch geworden sein? Glaubt Ihr, ich wisse nicht, daß die Männer und nicht die Frauen Hosen tragen? Wozu jetzt ohne allen Anlaß dergleichen Unsinn machen?«

Aber Silverio antwortete nichts, sondern befolgte die einmal begonnene Ordnung und gab ihr jetzt die Regeln für die Führung des Hauswesens. Spinella, deren Verwunderung immer mehr stieg, sagte mit spöttischem Lächeln: »Glaubt Ihr vielleicht, Silverio, ich wisse noch nicht Eure Sachen in Ordnung zu halten, daß Ihr mich so ernstlich darüber belehrt?«

Aber der Ehemann schwieg und begab sich jetzt mit der Gattin nach dem Stalle, wo er mit den Pferden ganz so verfuhr, wie Pisardo getan hatte, auch eines davon tö-

tete. Als Spinella diese Torheit erblickte, dachte sie bei sich, ihr Mann müsse in Wahrheit den Verstand verloren haben, und sprach: »Was sollen diese Narrheiten bedeuten, die Ihr so unbesonnen vollführt? Solltet Ihr etwa zu Euerm Unstern verrückt geworden sein?«

Silverio antwortete: »Ich bin nicht verrückt, aber alle, die mein Brot essen und meinen Willen nicht tun, bestrafe ich so, wie du gesehen hast.«

Nun begriff Spinella den törichten Vorsatz ihres einfältigen Gatten und sprach. »O Tropf, man sieht wohl, daß Euer Pferd ein dummes Tier war, weil es sich so jämmerlich umbringen ließ. Aber wo denkt Ihr hin? Meint Ihr vielleicht mit mir zu verfahren wie mit dem Pferde? Wahrhaftig, wenn Ihr das glaubt, so irrt Ihr Euch gewaltig, und viel zu spät versucht Ihr jetzt dafür zu sorgen, wofür Ihr früher hättet sorgen sollen. Aus Knorpel ist Knochen geworden, die Wunde ist in Krebs übergegangen, es gibt kein Mittel mehr für einen so alten Schaden. Hättet Ihr doch früher Euerm Unheil zu helfen gesucht! O Narr, hirnloser Narr, merkt Ihr denn nicht, zu welchem Schaden, zu welchem Spott Euch Eure zahllosen Torheiten gereichen? Und was wird Euch das alles helfen? Nichts und wieder nichts!«

Als Silverio diese Worte des klugen Weibes vernahm, merkte er wohl, daß er mit seiner allzu großen Zärtlichkeit wenig Gutes gestiftet habe. Er entschloß sich daher, so schwer es ihm auch fiel, sein trauriges Los lebenslänglich mit Geduld zu ertragen. Spinella hatte nun gesehen, daß der Ratschlag ihrem Manne wenig gefrommt habe, und wenn sie bisher ihren Willen fingerlang durchgesetzt hatte, so machte sie ihn nun in der ganzen Armeslänge geltend, denn es liegt in der Natur halsstarriger Weiber, lieber tausendmal den Tod zu dulden, als ihren festen Vorsatz aufzugeben.

Das lebende Kruzifix

Florenz, die alte, herrliche Stadt, beherbergte einmal einen hochwürdigen Pater namens Magister Tiberio. Welchem Orden er angehörte, wage ich nicht zu behaupten, da ich mich dessen augenblicklich nicht erinnere. Er war in den Wissenschaften beschlagen, ein tüchtiger Prediger, ein feiner Disputator und genoß große Achtung und Verehrung. Gewisse Gründe, die mir unbekannt sind, ließen es ihm geraten erscheinen, die Mönchskutte auszuziehen und Priester zu werden. Und obwohl er nach der Ablegung des Mönchhabits nicht mehr die frühere Verehrung genoß, blieb sein Name bei einigen wenigen Edelleuten, vor allem aber beim gewöhnlichen Volke in Ansehen. Und da er ein guter Beichtvater war, kam eine sehr schöne Frau zum Beichten zu ihm. Sie hieß Savia, ein Name, der ihrer bescheidenen Zurückhaltung auch wirklich entsprach. Ihr Gatte war ein Bildhauer, der Holzfiguren anfertigte, hieß Meister Chechino und wurde zu seiner Zeit in dieser Kunst von niemandem übertroffen.

Nachdem Savia sich nun vor Magister Tiberio auf die Knie niedergelassen hatte, sagte sie: »Ehrwürdiger Priester, mein Beichtvater, dem ich bisher meine Geheimnisse anvertraut habe, ist gestorben, und da Euer Ruf zu mir gedrungen ist, habe ich Euch an seiner Stelle zum Seelsorger gewählt und bitte Euch, daß Ihr Euch meiner Seele annehmen möget.«

Als Magister Tiberio sah, wie schön und frisch gleich

einer eben aufgebrochenen Rose sie war, verliebte er sich dermaßen in sie, daß er beim Abnehmen der Beichte ganz außer Fassung geriet und es nicht über sich brachte, die junge Frau aus dem Beichtstuhl gehen zu lassen. Als Magister Tiberio nun zur Sünde der Ausschweifung kam, fragte er sie: »Habt Ihr, Madonna, irgendwann eine besondere Zuneigung zu irgendeinem Priester oder Mönch gehabt, habt Ihr einen solchen geliebt?« Und da Savia nicht ahnte, worauf er hinaus wollte, antwortete sie schlicht: »Ja, Vater, ich habe meinen Beichtvater außerordentlich geliebt wie einen Vater und ihm die Ehrerbietung und Verehrung gezollt, die er verdiente.« Nachdem Magister Tiberio die günstige Stimmung der Frau herauszuhören glaubte, veranlaßte er sie mit milden, klugen Worten ihren Namen und Stand zu nennen und das Haus zu bezeichnen, in dem sie wohnte. Er bat sie, ihn ebenso liebzuhaben wie ihren verlorenen Seelsorger, und er werde, wenn das Osterfest vorbei, sie zum Zeichen der christlichen Liebe besuchen und ihr geistlichen Trost verabreichen. Sie bedankte sich bei ihm sehr für die gute Absicht, empfing die Absolution und ging.

Als Savia fort war, begann Magister Tiberio die Schönheit der Frau und ihre Art und Weise sich im einzelnen vorzustellen und ins Gedächtnis zurückzurufen, was zur Folge hatte, daß er sich noch mehr in sie verliebte und bei sich beschloß, ihre Liebe zu erringen. Doch glückte ihm dies nicht; denn er verstand sich nicht so gut auf die Ausführung wie auf das Plänemachen.

Als das Auferstehungsfest vorüber war, begann Magister Tiberio vor dem Hause Savias auf und ab zu spazieren, und wenn er Savia sah, nickte er ihr zu und grüßte sie ehrbar. Sie aber war klug genug, die Augen nicht aufzuschlagen und zu tun, als sähe sie ihn nicht. Als Magister Tiberio seine Fensterpromenaden fortsetzte und sie immer wieder grüßte, beschloß sie, sich nicht mehr blikken zu lassen, um nicht in irgendwelchen Verdacht zu geraten. Dies verdroß den Priester sehr, aber da ihn die Liebe so stark gefesselt hatte, daß er sich nicht aus eigener Kraft befreien konnte, entschloß er sich, einen Chorknaben zu ihr zu senden. Dieser sollte mit ihr sprechen und sie bitten, es so einzurichten, daß er sie als geistlicher Vater in ihrem Hause besuchen könne. Der Chorknabe kam zu Savia, und sie ließ ihn seinen Auftrag ausrichten, antwortete aber als kluge, vorsichtige Frau nichts darauf. Als Magister Tiberio, der ein Schlaukopf war, vernommen hatte, Frau Savia hätte keine Antwort gegeben, urteilte er bei sich selbst, daß sie sehr klug sei und er mehrmals an die Türe klopfen müsse, um zum Ziel zu kommen. Er beschloß daher, das begonnene Werk nicht im Stich zu lassen, und schickte ihr beständig Botschaften und folgte ihr, wo immer sie ging.

Savia entging die Beharrlichkeit Magister Tiberios nicht. Und da sie für ihre Ehre fürchtete, wurde sie sehr ärgerlich und sagte eines Tages zu ihrem Gatten: »Chechino, schon seit vielen Tagen sendet Magister Tiberio, mein Seelsorger, Boten auf Boten, die mich sprechen sollen. Wo er mich nur sieht, grüßt er mich, ja verfolgt mich und will mit mir reden. Um mir diese Belästigung vom Halse zu schaffen, lasse ich mich nicht mehr am Fenster blicken, schlage die Augen nicht mehr auf und erscheine an keinem öffentlichen Orte.« – »Und was antwortest du ihm?« fragte Meister Chechino. – »Nichts«, erwiderte die Frau. »Du hast dich klug benommen und deinem Namen Ehre gemacht, doch wenn er dich noch einmal grüßt und irgend etwas zu dir sagt, so antworte ihm klug und auf jene ehrbare Art, die du für richtig hältst, und erzähle mir dann, was darauf erfolgt ist.«

Als sich Savia eines Tages nach dem Mittagessen in der Werkstatt aufhielt – Meister Chechino war fortgegangen, weil er einige Geschäfte zu erledigen hatte –, tauchte Magister Tiberio auf, und als er sie allein in der Werkstatt fand, sagte er zu ihr: »Guten Tag, Madonna.« Sie antwortete ihm freundlich: »Guten Tag und guten Weg, mein Vater.«

Als Magister Tiberio sie seinen Gruß erwidern hörte, was sie bisher nicht getan hatte, glaubte er ihr hartes Herz etwas erweicht zu haben und verliebte sich noch heftiger in sie. Er trat in die Werkstatt, begann ein liebevolles Gespräch mit ihr und verweilte länger als eine Stunde. Da er jedoch fürchtete, Meister Chechino möchte heimkehren und seine Frau im Gespräch mit ihm finden, verabschiedete er sich und bat sie, ihm ihre Gunst zu bewahren, er stände jederzeit ganz zu ihren Diensten. Sie dankte ihm dafür sehr und erklärte sich gleichfalls zu jedem Dienst bereit.

Als Magister Tiberio fortgegangen war, erschien Meister Chechino, und Savia erzählte ihm ausführlich, was sich begeben hatte. »Dein Verhalten war gut und deine Antworten klug«, meinte Messer Chechino, »wenn er aber wieder zu dir kommt, so zeige ihm ein freundliches Gesicht und gehe so weit in deiner Liebenswürdigkeit, wie dir schicklich scheint.« Und Savia erklärte, so tun zu wollen.

Magister Tiberio hatte an dem süßen Geplauder der geliebten Frau großen Gefallen gefunden und fing nun an, ihr einige Geschenke zu übersenden, um sie zu ehren. Savia nahm sie an. Eines Tages bat er sie mit sehr eindringlichen, wohlbegründeten Worten um ihre Liebe und drang in sie, ihm diese nicht zu verweigern, da sie sonst die Ursache seines unvermeidlichen Todes sein würde. Da antwortete sie: »Ich würde, mein Vater, Euren und meinen Wunsch erfüllen, doch fürchte ich von meinem Gatten überrascht zu werden und gleichzeitig Ehre und Leben zu verlieren.« Diese Worte gingen Magister Tiberio sehr gegen sein Liebesverlangen und ließen ihn in Gegenwart der Dame beinahe die Besinnung verlieren. Als er sich wieder gefaßt hatte, bat er sie, doch nicht die Schuld an seinem Tode auf sich zu laden. Savia tat nun, als habe sie Erbarmen mit Tiberio, versprach, ihn zu befriedigen, und kam mit ihm überein, am nächsten Abend mit ihm zusammen zu sein, da ihr Mann morgens zum Ankauf von Holz die Stadt verlassen wolle. Diese Eröffnung machte Magister Tiberio zum glücklichsten Menschen, den man sich denken konnte, und er nahm Abschied von der Angebeteten und ging.

Als Meister Chechino heimkehrte, erzählte ihm Savia ausführlich, was sie eingefädelt habe. »Das genügt noch nicht«, sagte er darauf, »wir wollen ihm einen Schimpf antun, damit er sich unser Haus aus dem Sinn schlägt und es sich nie wieder einfallen läßt, dich zu belästigen. Geh jetzt und richte das Bett ehrenvoll zu seinem Empfang her. Entferne alles, was sich in der Kammer befindet mit Ausnahme der Truhen, die ringsherum stehen, dann räume die beiden Schränke ab, daß nichts darauf stehenbleibt, während ich die Werkstatt ausräumen und alles verstecken werde. Wenn dies geschehen, wollen wir ihm eine Posse spielen, die ich dir jetzt erläutern werde.« Und damit unterwies er sie Punkt für Punkt in dem, was sie zu tun hatte. Als Savia den Willen des Mannes vernommen hatte, versprach sie, danach zu handeln.

Magister Tiberio konnte es kaum erwarten, daß die Nacht herankam, die ihm die engen Umschlingungen mit der geliebten Frau bringen sollte. Er ging auf den Marktplatz, kaufte allerlei ein, sandte es in Savias Haus und ließ ihr sagen, sie möge alles sorgsam zubereiten. Er würde zur vereinbarten Stunde kommen, um mit ihr zu Abend zu speisen. Als Savia die Lebensmittel erhalten hatte, begann sie das Abendessen zuzurichten. Meister Chechino aber versteckte sich und erwartete das Erscheinen Magister Tiberios. Während er so auf der Lauer lag, siehe, da kam Magister Tiberio, trat ins Haus, und als er die Geliebte erblickte, die das Abendessen bereitete, wollte er ihr einen Kuß geben. Sie widerstrebte jedoch und sagte: »Geduldet Euch noch ein wenig, liebe Seele, nachdem Ihr schon so lange Geduld geübt habt. Es ziemt sich nicht, schmutzig vom Hantieren in der Küche, wie ich bin, Euch zu berühren.« Und damit machte sie sich mit den Hühnern am Bratspieß und dem Kalbfleisch im Topfe zu schaffen.

Meister Chechino hatte sich an eine verborgene Öffnung gestellt, die in die Kammer ging, und lauschte auf die Unterhaltung und beobachtete das Tun der beiden. Er fürchtete insgeheim, daß er der Getäuschte sein könnte. Während sich also Savia in den Grenzen der Schicklichkeit hielt und sich bald hier, bald dort zu schaffen machte, war es Magister Tiberio, als wollte seine Seele vor Ungeduld den Körper verlassen. Und damit die geliebte Frau schneller fertig werde, legte er mit Hand an, um alles zuzurichten; doch nur mit dem Erfolge, daß sie es noch weniger eilig hatte. Als Magister Tiberio sah, daß sich die Sache in die Länge zog, und es ihm schien, als verging die Zeit allzu schnell, sagte er zu Savia: »So groß ist meine Sehnsucht, in Euren Armen zu ruhen, daß mir der Appetit vergangen ist und ich diesen Abend auf keinen Fall speisen werde.« Und damit zog er sich aus und kletterte ins Bett. Savia, die heimlich über ihn lachte, sagte scherzend zu ihm: »Nur eine wahre Närrin würde auf das Abendessen verzichten. Wenn Ihr, mein Vater, so närrisch seid, nicht essen zu wollen, so habt nur Ihr den Schaden davon, ich jedenfalls will jetzt nicht auf die Mahlzeit verzichten.« Und damit fuhr sie fort, sich ihren Obliegenheiten zu widmen. Magister Tiberio drang nichtsdestoweniger in sie, ins Bett zu kommen, aber sie zögerte um so mehr. Als Savia schließlich sah, daß er ärgerlich war, beruhigte sie ihn: »Lieber Vater, ich würde niemals mit einem Manne schlafen, der in der Nacht das Hemd anbehält – wenn Ihr wollt, daß ich mich zu Euch ins Bett lege, so zieht es aus, dann werdet Ihr mich ganz zu Willen haben.« Die Erfüllung dieses Wunsches schien Tiberio eine Kleinigkeit. So zog er sich sofort das Hemd aus und lag nun nackt da, wie ihn Gott geschaffen. Als Savia sah, daß sie den biederen Pater dort hatte, wo sie ihn haben wollte, nahm sie das Hemd und alle seine Kleider, legte sie in eine Truhe und schloß diese zu. Dann tat sie, als wolle sie sich ausziehen, waschen und parfümieren, erledigte dabei jedoch allerlei Verrichtungen im Hause, so daß der arme, einfältige Tropf im Bett in seiner Verlassenheit in gar üblen Zuständen war.

Meister Chechino, der durch das Loch alles beobachtet hatte, verließ nun ganz leise das Haus und klopfte dann an die Außentür. Als die Frau ihren Gatten pochen hörte, tat sie, als geriete sie in Bestürzung, und rief am ganzen Leibe zitternd: »Weh mir, Messere, wer klopft da an die Haustür? Das ist gewiß mein Gatte! O ich Unglückliche! Was machen wir, daß er Euch hier nicht findet oder daß er Euch nicht sieht?« – »Gebt mir schnell meine Kleider, damit ich mich anziehen kann!« rief Magister Tiberio. »Dann werde ich mich unterm Bett verstecken.« – »Nein«, rief die Frau, »laßt Eure Kleider Kleider sein, das würde Euch zu sehr aufhalten. Steigt vielmehr auf den Schrank, hier auf der rechten Seite der

Kammer – ich will Euch dabei helfen –, und streckt Euch oben mit ausgebreiteten Armen aus. Wenn mein Mann hereinkommt und Euch so kreuzartig dastehen sieht, wird er denken, Ihr wäret eines von jenen Kruzifixen, die er tagsüber anfertigt, und wird sich nichts weiter dabei denken.«

Da klopfte der Gatte zum zweitenmal, und zwar ungestüm an die Haustür. Magister Tiberio, der das Spiel nicht durchschaute und die tückische Absicht Meister Chechinos nicht ahnte, stieg auf den Schrank, stellte sich mit ausgebreiteten Armen wie ein Kruzifix hin und verharrte regungslos. Savia aber lief hinunter und öffnete dem Gatten, der sich erzürnt stellte, weil sie nicht sofort aufgemacht hatte. In die Kammer getreten, tat er, als sehe er Magister Tiberio nicht, setzte sich mit seiner Gattin zu Tisch, und nachdem sie gegessen hatten, gingen sie beide zu Bett. Wie verdrießlich dies für Magister Tiberio war, das auszumalen, überlasse ich Euch, die Ihr die Schmerzen der Liebe vielleicht schon selbst empfunden habt – namentlich als er den Gatten sich an jener Speise gütlich tun hörte, nach der sich der Priester so glühend gesehnt. Zu allem übrigen hatte er nun noch den Schaden und den Spott.

Schon begann sich die Morgenröte zu zeigen, und man sah Apollo mit seinen glühenden Strahlen sich aus den Meeresfluten erheben, als Meister Chechino aufstand, seine Werkzeuge zurechtlegte und an die Arbeit ging. Kaum hatte er damit angefangen, da erschienen drei Laienschwestern aus dem benachbarten Kloster. »Meister«, begannen sie, »unsere Mutter Äbtissin hat uns zu Euch geschickt und läßt Euch bitten, uns das Kruzifix auszuhändigen, welches sie seinerzeit bestellt hat.« Da antwortete Meister Chechino: »Liebe Schwestern, richtet der Mutter Äbtissin aus, daß das Kruzifix begonnen, aber noch nicht fertig ist und sie in höchstens zwei Tagen zufriedengestellt werden wird.«

»Lieber Meister«, entgegneten darauf die Nönnlein, »nehmt es nicht übel, aber unsere Mutter hat uns ausdrücklich aufgetragen, den Gekreuzigten fertig oder unfertig mitzubringen, da Ihr ihn schon allzu lang in der Arbeit habt.« Meister Chechino tat, als versetze ihn das Drängen der Schwestern in Erregung, und er rief gleichsam erzürnt: »Tretet hier in die Kammer, liebe Frauen, da werdet Ihr das Kruzifix angefangen, aber nicht vollendet sehen!« Als die Schwestern in die Kammer hineingegangen waren, sagte Meister Chechino: »Erhebt die Augen zu jenem Schrank, schaut es Euch an und urteilt selbst, ob es vielversprechend ist und wie wenig noch an seiner Vollendung fehlt, dann könnt Ihr der Mutter Äbtissin berichten, was Ihr mit eigenen Augen gesehen habt.« Die Nönnlein erhoben die Augen, sahen das Kruzifix und riefen voller Erstaunen: »O Meister, wie naturgetreu habt Ihr es gemacht! Der Körper sieht ganz lebendig aus und wie aus Fleisch, gerade wie wir selber. Er ist gewiß wunderschön und wird der Äbtissin und den Nonnen sehr gefallen. Etwas mißfällt uns allerdings daran doch, wofür Ihr nicht gesorgt habt, nämlich daß man den Unflat, den er da vorn hängen hat, nicht so offen sieht. Dieses Ding könnte einen gewaltigen Skandal im ganzen Kloster hervorrufen.«

»Ich sagte Euch doch«, antwortete Meister Chechino, »daß es noch nicht ganz fertig sei! Grämt Euch darum nicht! Wäre es nur so leicht, ein Mittel gegen den Tod zu finden, wie diesem Mangel abzuhelfen, dem ich jetzt in Eurer Gegenwart abhelfen werde!« Und er ergriff ein haarscharfes Eisen und sagte den Nönnlein: »Tretet näher und gebt wohl acht, wie ich ihm das Ding ohne jede Schwierigkeit abnehme.«

Magister Tiberio, der sich bis dahin so still verhalten hatte wie ein Toter, hörte das Gespräch, sah Meister Chechino mit dem frischgeschliffenen Messer in der Hand vor sich. Ohne auch nur noch einen Augenblick zu zögern oder noch einen Ton von sich zu geben, sprang er vom Schranke herunter und rannte, nackt wie er war, auf und davon. Meister Chechino folgte mit dem Eisen in der Hand hinter ihm drein, um ihm den Unflat, den er vorne hatte, abzuschneiden. Savia, die befürchtete, es möchte irgend etwas Peinliches daraus entstehen, erwischte den Gatten beim Rock und hielt ihn zurück, damit der Pater seine Flucht ungehindert bewerkstellige. Die Nönnlein aber, welche aufmerksam auf das zu beseitigende Objekt geschaut hatten, fingen laut an zu schreien: »Mirakel! Mirakel! Das Kruzifix ist davongelaufen!« und waren nicht zum Schweigen zu bringen.

Auf das Geschrei eilte eine gewaltige Menge Volks herbei, und als sie den Hergang erfuhr, hatte sie ihren Spaß daran. Magister Tiberio aber holte sich andere Kleider und verließ die Stadt, ohne daß man erfahren hätte, wohin er gegangen – er wurde nie wieder gesehen.

Das Mädchen im Schrein

Wie ich mehrmals von alten Leuten erzählen hörte, hatte Tebaldo, Fürst von Salerno, eine verständige, liebenswürdige Gemahlin von hoher Abkunft und eine Tochter, die an Schönheit und Sittsamkeit alle Jungfrauen ihres Landes weit übertraf. Als nun die junge und kluge Frau todkrank wurde, bat sie ihren Mann, den sie zärtlich liebte, nur diejenige zur neuen Gemahlin zu nehmen, welcher der Ring, den sie am Finger trug, vollkommen passe wie ihr selber. Der Fürst, der seine Gemahlin ebensosehr liebte wie sie ihn, schwur bei seinem Haupte, zu tun, was sie verlange.

Bald nachdem die schöne Frau gestorben und ehrenvoll begraben war, bekam Tebaldo Lust, wieder eine Frau zu nehmen. Er gedachte aber des Versprechens, das er der Verstorbenen gegeben, und wollte ihr Gebot nicht übertreten. Es ward bald überall bekannt, daß Tebaldo, Fürst von Salerno, sich wieder verheiraten wolle, und viele Jungfrauen glaubten durch ihre Geburt und ihre Eigenschaften seiner würdig zu sein. Allein bedacht, den letzten Wunsch der verstorbenen Gemahlin zu erfüllen, forderte er von den Frauen, die man ihm zur Ehe antrug, den Ring erst zu versuchen, und da er keiner passen wollte und der einen zu eng, der anderen zu weit war, schlug er sie alle miteinander aus.

Es trug sich bald darauf zu, daß die Tochter Tebaldos, Doralice mit Namen, als sie eines Tages mit ihrem Vater bei der Mahlzeit saß, den Ring der verstorbenen Mutter auf dem Tisch liegen sah. Sie steckte ihn an den Finger und sprach zum Vater: »Seht doch, lieber Vater, wie gut mir der Ring meiner Mutter paßt!«

Der Vater sah, daß er wirklich wie für ihren Finger gemacht war. Allein, es währte nicht lange, da kam Tebaldo der seltsame teuflische Gedanke, seine Tochter Doralice zur Frau zu haben, und er schwankte lange Zeit zwischen dem Ja und Nein. Endlich aber, besiegt von seinem ruchlosen Wunsch und von ihrer Schönheit entzündet, rief er sie zu sich und sprach zu ihr: »Meine liebe Tochter Doralice, als deine Mutter am Rande des Grabes war, bat sie mich flehentlich, keine andere Frau zu nehmen als die, welcher der Ring passen würde, den sie selbst in ihrem Leben am Finger trug, und ich schwur ihr bei meinem Haupte, ihrem Willen zu folgen. Da ich nun viele Jungfrauen habe die Probe machen lassen und keine gefunden, welcher der mütterliche Ring so gut paßt wie dir, so habe ich mich entschlossen, dich zur Frau zu nehmen. So erreiche ich meinen Wunsch und breche nicht das deiner Mutter gegebene Wort.«

Die Tochter, nicht weniger tugendhaft als schön, war sehr bestürzt über die böse Absicht des ruchlosen Vaters. Allein, sie verbarg es, denn sie wollte seinen gottlosen Vorschlag jetzt nicht beantworten, um ihn nicht zu erbittern. Sie stellte sich daher vergnügt und entfernte sich. Da sie niemand auf der Welt hatte, in den sie mehr Vertrauen setzte als in ihre Amme, so nahm sie sogleich ihre Zuflucht zu dieser als der Quelle jeden Heils und bat sie, ihr einen Rat zu geben. Als diese die verruchte Absicht des Vaters vernahm, ward sie sehr unwillig. Sie kannte aber das feste edle Gemüt des Mädchens, die eher das schwerste Leiden erdulden als der Raserei des Vaters nachgeben würde. Sie tröstete Doralice und versprach ihr Beistand, damit ihre Jungfräulichkeit nicht

schmählich geschändet würde. Die Amme dachte nun hin und her auf ein Mittel, ihr Töchterchen zu retten. Es fiel ihr bald dies, bald jenes ein, doch fand sie immer noch nichts, das ihr vollkommene Sicherheit gewährte. Flucht und Entfernung von dem Vater schien ihr zwar das beste, allein, sie fürchtete zugleich die List desselben und daß er die Tochter einholen und umbringen würde. Als die treue Alte sich so ihren Kopf zerbrach, fiel ihr mit einem Male folgendes wunderbare Mittel ein: In dem Zimmer der verstorbenen Mutter befand sich ein überaus schöner und sehr kunstvoll gearbeiteter Schrein, in welchem Doralice ihre reichen Kleider und kostbaren Kleinode aufbewahrte, und niemand verstand ihn zu öffnen als die weise Amme. Diese nahm heimlich die Kleider und das Geschmeide heraus und setzte einen Becher voll Getränk von solcher Kraft hinein, daß, wer auch nur einen kleinen Löffel davon nahm, lange Zeit ohne andere Nahrung leben konnte. Dann rief sie ihr junges Fräulein, sprach ihr gut zu und bat sie so lange in dem Schrein zu verweilen, bis ihr Gott ein besseres, freudigeres Leben gewähren und der Vater von seinem bösen Vorhaben absehen würde. Und Doralice, der treuen Amme gehorsam, folgte ihrem Rat und ließ sich von ihr einschließen. Der Vater, der seine lüsternen Triebe nicht unterdrückte, seinen zügellosen Willen nicht bezwang, fragte mehrmals nach der Tochter. Da er sie nicht fand und nicht erfahren konnte, wo sie sei, geriet er in eine solche Wut, daß er drohte, sie schmachvoll umbringen zu lassen.

Nach Verlauf einiger Tage trat Tebaldo eines Morgens ganz früh in das Zimmer, wo der Schrein stand, und als er ihn so vor Augen hatte, konnte er seinen Anblick nicht ertragen und befahl, daß man ihn wegnehmen und verkaufen solle, damit er einen so verdrießlichen Gegenstand nicht immer vor sich sehe. Die Diener, schnell bereit, den Befehlen ihres Herrn zu gehorchen, luden ihn auf die Schultern und trugen ihn auf den Marktplatz. Es traf sich, daß gerade in demselben Augenblick ein reicher genuesischer Kaufmann auf den Markt kam und den schönen, prächtig gearbeiteten Schrein erblickte. Er gefiel ihm so sehr, daß er sich vornahm, ihn um jeden Preis zu kaufen. Er ging also zu dem Diener hin, dem er übergeben war, fragte, was der Schrein koste, erhandelte ihn, lud ihn einem Lastträger auf den Rücken und ließ ihn auf sein Schiff bringen. Der Amme, die alles mit angesehen hatte, war dieser Vorgang sehr lieb, obgleich sie sich über den Verlust des Mädchens grämte. Denn wo zwei große Übel drohen, freut man sich, dem größten davon zu entgehen.

Der genuesische Kaufmann verließ Salerno mit seinem reich befrachteten Schiff und gelangte zur Insel Britannien, die heutzutage England heißt. Dort lief er in eine Bucht ein, hinter der sich eine weite Ebene dehnte, und sah daselbst Genese, vor kurzem zum König des Landes gekrönt, der an der Küste der Insel einer wunderschönen Hirschkuh nachjagte, die sich aus Furcht soeben in die Wellen des Meeres gestürzt hatte. Der König, vom langen Ritt müde und abgemattet, wollte ausruhen, und da er das Schiff sah, begehrte er vom Schiffsherrn einen Trunk. Dieser tat, als ob er den König nicht kenne, benahm sich sehr freundlich und mit gebührender Höflichkeit gegen ihn und wußte ihn listig zu bereden, mit ihm das Schiff zu besteigen. Der König erblickte den schönen, zierlich gearbeiteten Schrein und bekam eine solche Sehnsucht danach, daß er es nicht erwarten konnte, ihn zu besitzen. Er fragte also den Schiffsherrn, wie hoch er ihn schätze, und dieser antwortete, daß er einen sehr hohen Preis gelte. Allein, der König, ganz bezaubert von diesem Kleinod, ging nicht eher fort, als bis er mit dem Kaufmann darüber handelseinig geworden. Er ließ sich das Geld bringen, bezahlte den Kaufmann, nahm von ihm Abschied und befahl, den Schrein zum Palast und in sein Zimmer zu schaffen. Genese hatte, weil er sehr jung war, noch keine Frau, und sein Zeitvertreib bestand darin, täglich ganz früh auf die Jagd zu gehen. Doralice, die im Schrein verborgen war, der in Geneses Zimmer stand, hörte und verstand alles, was im Zimmer des Königs vorging, und begann nach so viel überstandenen Gefahren auf ein günstigeres Geschick zu hoffen.

Sobald nun der König sich entfernt hatte und nach seiner Gewohnheit auf die Jagd gegangen war, verließ die Prinzessin den Schrein, ordnete mit großer Geschicklichkeit das Zimmer, reinigte es, machte das Bett, legte die Bettücher zurecht und breitete eine mit großen Perlen reich bestickte Decke und zwei kostbar gestickte Kopfkissen darüber. Dann streute das schöne Mädchen Rosen, Veilchen und andere süß duftende Blumen auf das zierliche Bett nebst Lavendel und dergleichen Kräutern, die einen angenehmen und erfrischenden Geruch verbreiteten. Und so tat sie es alle Tage, ohne daß jemand sie gesehen hätte.

Der König Genese war ganz entzückt davon, denn jedesmal, wenn er von der Jagd zurückkam und in sein Zimmer trat, schien es ihm, als ob alle Spezereien des Morgenlandes ihm entgegendufteten. Er wollte nun nach einigen Tagen von seiner Mutter und ihren Fräulein wissen, wer ihm so freundlich und sinnig sein Zimmer schmücke und mit Wohlgerüchen erfülle. Sie antworteten ihm, sie wüßten nichts davon; denn sooft sie kämen, das Bett zu machen, fänden sie es mit Rosen und Veilchen bedeckt und von süßen Kräutern duftend. Der König nahm sich vor, um jeden Preis zu erfahren, wie die Sache zugehe. Er gab vor, eines Morgens früh nach einem zehn Meilen entfernten Schloß zu gehen, verbarg sich jedoch in dem Zimmer an einem Ort, wo er durch eine Spalte sehen konnte, und wartete ab, was sich begeben würde. Und es dauerte nicht lange, da stieg Doralice, schöner als die helle Sonne, aus dem Schrein, reinigte das Zimmer, ordnete die Wandteppiche, bereitete das Bett und ordnete alles, wie sie es bisher zu tun pflegte. Das liebenswürdige Mädchen hatte ihr artiges, löbliches Geschäft beendigt und wollte wieder in den Schrein gehen. Allein, der König, der alles aufmerksam beobachtet hatte, war schnell hinter ihr, ergriff sie bei der Hand, sah ihre schöne Lilienfrische und fragte sie, wer sie sei. Das Mädchen antwortete ihm zitternd, sie sei die einzige Tochter eines Fürsten, dessen Namen sie nicht mehr wisse, weil sie schon seit so langer Zeit in dem Schrein verborgen gesessen. Warum sie aber darin gewesen, wollte sie ihm nicht sagen. Der König nahm sie darauf mit Bewilligung seiner Mutter zur Gemahlin, und sie gebar ihm zwei Söhne.

Da Tebaldo, der immer noch auf seinem gottlosen Willen beharrte, die Tochter nicht fand, die er viele Tage wieder und wieder gesucht hatte, fiel es ihm ein, sie könnte in dem verkauften Schrein gesessen haben und nun in der Welt umherirren. Von seinem Unwillen und Zorn hingerissen, entschloß er sich zu versuchen, ob er sie nicht irgendwo finden könne. Er verkleidete sich als Kaufmann, nahm viele Juwelen und andere kostbar aus Gold gearbeitete Gegenstände und verließ damit unerkannt Salerno. Nachdem er viele Länder durchwandert, traf er endlich auf den, der den Schrein zuerst gekauft, und fragte ihn, ob er etwas daran verdient und in wessen Hände der Schrein gekommen sei. Der Kaufmann ant-

wortete, er habe ihn an den König von England verkauft und noch einmal so viel dafür bekommen, als er ihn gekostet. Tebaldo war sehr erfreut, dies zu erfahren, nahm seinen Weg nach England, und als er dort angekommen und zur Hauptstadt gelangt war, stellte er an den Mauern des Palastes alle seine Kleinodien und kostbaren Dinge aus, unter welchen auch Nocken und Spindeln waren, und fing an zu schreien: »Nocken und Spindeln, ihr Frauen!«

Ein Fräulein des Schlosses hörte es, lief zum Fenster und sah den Kaufmann mit den Waren. Da eilte sie zu der jungen Königin und sagte ihr, es sei auf der Straße ein Händler mit goldenen Nocken und Spindeln. Die Königin befahl, man solle ihn heraufkommen lassen. Er wurde also die Stiegen des Palastes hinauf bis in den Saal der Königin geführt, doch von dieser nicht erkannt, weil sie ihres Vaters nicht mehr gedachte; wohl aber erkannte der Kaufmann die Tochter. Als nun die Königin die prächtigen Spindeln und Nocken sah, fragte sie, wieviel das Stück davon koste.

»Sehr viel«, erwiderte er; »allein, wenn mir Eure Hoheit vergönnen wollte, eine Nacht in der Kammer Eurer beiden Söhnchen zu schlafen, würde ich Euch zur Vergeltung alle diese Waren zum Geschenk machen.«

Die leichtgläubige, arglose Frau, die von dem Händler nichts Böses fürchtete, willigte auf Zureden ihrer Fräulein in sein Gesuch. Bevor er aber von den Dienern zu Bett geführt wurde, verabredete die Königin mit einer ihrer Frauen, ihm einen Schlaftrunk zu geben. Als die Nacht gekommen war und der Kaufmann sich müde stellte, führte ihn die Frau in das Gemach der Söhne des Königs, wo ihm ein herrliches Bett bereitet worden war, und ehe er sich zur Ruhe legte, fragte sie ihn: »Habt Ihr Durst, mein Vater?«

»Ja, mein Kind«, sagte er. Da nahm sie einen silbernen Becher und reichte Wein, in welchen sie den Schlaftrunk gemischt hatte. Allein der tückische verschmitzte Kaufmann nahm zwar den Becher und tat, als ob er tränke. Er goß aber den Wein in seine Kleider und legte sich dann zur Ruhe. Es war in der Schlafkammer der Kinder eine kleine Türe, welche zum Zimmer der Königin führte. Um Mitternacht, als dem Kaufmann alles ruhig schien, schlich er leise hinein zu ihr, näherte sich dem Bett und nahm ein kleines Messer, das die Königin an der Seite trug und er vorher bemerkt hatte. Dann ging er zur Wiege, tötete beide Kinder, trug sogleich das blutige Messer zurück und steckte es wieder in die Scheide. Als dies vollbracht war, öffnete er ein Fenster und ließ sich an einem Strick hinunter. Und kaum war es Tag, so ging er zu einem Bartscherer, ließ sich den langen Bart abnehmen, damit man ihn nicht wiedererkenne, zog neue weite und lange Kleider an und wanderte durch die Stadt.

Die schläfrigen Ammen erwachten zur gewohnten Stunde, um die Kinder zu säugen, beugten sich über die Wiege und fanden die Kleinen ermordet. Da erhoben sie ein großes Geschrei und Geheul, rauften sich die Haare aus, zerrissen ihre Kleider und zerschlugen sich die Brust. Die traurige Kunde gelangte alsbald zu König und Königin, die mit entblößten Füßen und im Hemde dem jammervollen Schauspiel zueilten und bei dem Anblick ihrer toten Kinder in Tränen des bittersten Schmerzes ausbrachen.

Schon hatte sich das Gerücht von der Ermordung der beiden Kinder durch die ganze Stadt verbreitet. Zugleich erzählte man, es sei ein berühmter Sterndeuter in der Stadt angelangt, der aus dem wechselnden Laufe der Gestirne alles, was sich in der Welt begebe, erkenne und die Zukunft vorhersage. Dieser große Ruf drang auch zu Ohren des Königs, und er ließ den Sterndeuter zu sich bescheiden. Der Fremde ging zum Palast und stellte sich dem König vor, der ihn befragte, ob er ihm wohl sagen könne, wer seine Kinder getötet habe. Er antwortete, er wisse es, näherte sich dem Ohre des Königs und sagte ihm leise folgendes: »Geheiligte Majestät, befiehl, daß alle Männer und Frauen Deines Hofes, die ein Messer an der Seite tragen, sich vor Dein Antlitz stellen, und bei wem Du das Messer in der Scheide mit Blut befleckt findest, der ist der wahre Mörder Deiner Söhne gewesen.«

Hierauf mußten auf Befehl des Königs alle Hofleute vor ihm erscheinen, und mit eigenen Händen untersuchte er einen nach dem andern, ob ihre Messer befleckt seien. Er fand aber an keinem die blutigen Zeichen, kehrte zum Sterndeuter zurück und sagte ihm, daß er nichts gefunden, obgleich man bei allen nachgesucht, seine alte Mutter und die Königin ausgenommen.

»Geheiligte Majestät«, sprach der vermeintliche Sterndeuter, »sucht wohl nach und nehmt keine Rücksicht auf die Person, denn Ihr werdet ohne Zweifel den Täter finden.«

Der König suchte zuerst bei der Mutter nach und fand aber nichts. Dann rief er die Königin, nahm die Scheide, die sie an der Seite trug, und erblickte das ganz mit Blut befleckte Messer. Außer sich vor Zorn und Wut angesichts dieses überzeugenden Beweises wandte er sich zu der Königin und schrie sie an. »O gottvergessenes, erbarmungsloses Weib, Feindin Deines eigenen Fleisches, Verräterin an Deinen eigenen Kindern, wie war es Dir möglich, Deine Hände mit dem unschuldigen Blute dieser Unmündigen zu besudeln? Ja, ich schwöre es, Du sollst die Strafe dafür erleiden, die eine solche Schändlichkeit verdient!«

Von Wut entflammt, wollte er sich augenblicklich durch einen schmachvollen Tod an ihr rächen. Doch kam ihm gleich darauf ein anderer Gedanke, sie eine lange schmerzlichere Qual erdulden zu lassen. Er befahl, die Königin zu entkleiden, nackt bis an den Hals in die Erde einzugraben und ihr mit guten, feinen Speisen das Leben zu fristen, indes die Würmer langsam an ihrem Fleische zehrten und sie so eine härtere und längere Todesstrafe litte. Die Königin hatte schon früher manches Elend ertragen und war sich ihrer Unschuld bewußt; sie unterwarf sich daher auch dieser schrecklichen Marter mit geduldiger Seele. Der Sterndeuter war höchst erfreut, die Königin als eine Verbrecherin zu den grausamsten Qualen verdammt zu sehen, nahm Abschied von dem König, verließ Britannien und kam heimlich in seinen Palast zurück, wo er der Amme alles erzählte, was ihm begegnet war und wie der König Doralice zu jammervoller Todesstrafe verurteilt habe. Bei dieser Nachricht stellte sich die Amme sehr vergnügt, allein im Herzen war sie äußerst betrübt. Von Mitleid für die Gemarterte bewegt, von zärtlicher Liebe für sie fortgerissen, verließ sie eines Morgens früh Salerno und ritt ganz allein Tag und Nacht hindurch, bis sie das Königreich England erreichte. Hier stieg sie sogleich zum Palast hinauf, wo sie den König von vielen Hofleuten umgeben in einem weiten Saale fand, warf sich ihm zu Füßen und flehte ihn um ein geheimes Gehör an. Sie habe ihm Dinge zu sagen, die die Ehre der Krone beträfen. Der König umarmte sie, hob sie auf, entließ die Anwesenden und setzte sie neben sich, als sie allein waren. Da sprach die Amme, die von allem Vorhergehenden wohlunterrichtet war, folgendes zu ihm voll Ehrfurcht: »Wisse, geheiligte

Krone, daß Doralice, Deine Gemahlin und meine Tochter – denn ich trug sie zwar nicht unter diesem unglücklichen Herzen, aber säugte und ernährte sie an diesem Busen – völlig unschuldig an dem Verbrechen ist, um dessentwillen Du sie zu einem so grausamen Tode verdammtest. Wenn Du alles umständlich gehört und Dich überzeugt haben wirst, wer der ruchlose Mörder war und weshalb er Deine Kinder getötet, so bin ich gewiß, daß Du, von Mitleid gerührt, sie augenblicklich von ihren bittern Qualen befreien wirst. Und wenn Du mich als eine Lügnerin ansiehst, so erbiete ich mich, dieselbe Strafe zu erdulden, die jetzt der erbarmungswürdigen Königin auferlegt ist.«

Und so erzählte sie ihm von Anfang bis zu Ende alles, was sich zugetragen. Als der König diese ganze Geschichte gehört hatte, schenkte er den Worten der Amme völligen Glauben, ließ die Königin, die mehr tot als lebendig war, unverzüglich aus ihrer Gruft ziehen und sie auf das sorgfältigste heilen und pflegen, wodurch sie sich dann auch in kurzer Zeit völlig erholte. Darauf ließ der König große Zurüstungen im ganzen Reiche machen, sammelte ein mächtiges Heer und schickte es nach Salerno. Die Stadt wurde nach kurzer Frist erobert und Tebaldo, mit festen Stricken an Händen und Füßen gefesselt, gefangen nach England geführt. Da der König sich noch genauer von dem begangenen Verbrechen überzeugen wollte, ließ er ihm den Prozeß machen und ihn auf die Folter spannen, wo er erst tüchtige Streiche erhielt. Tebaldo ließ sich aber nicht lange foltern, sondern gestand alles der Reihe nach, worauf er am folgenden Tag auf einem von vier Pferden gezogenen Karren durch die ganze Stadt geführt, mit glühenden Zangen gepeinigt, dann wie Gan von Mainz gevierteilt und sein Fleisch den gefräßigen

Hunden vorgeworfen wurde. Und so endete der schändliche Tebaldo elend sein Leben. Der König aber und die Königin Doralice lebten viele Jahre in vergnügter Ehe miteinander und hinterließen mehrere Kinder.

Das Irrlicht

Ragusa, die hochberühmte Stadt Dalmatiens, liegt am Meere, und unweit davon befindet sich die kleine Insel Isola di Mezzo, auf welcher sich ein festes, wohlbegründetes Schloß erhebt. Zwischen Ragusa und dieser Insel ragt eine Klippe aus dem Meere, auf der man weiter nichts antrifft als ein ganz kleines Kirchlein und eine ärmliche, zur Hälfte mit Ziegeln gedeckte Hütte. Es wohnten daselbst keine Menschen, weil der Boden unfruchtbar und die Luft ungesund ist; mit Ausnahme eines gewissen Theodoro Calogero, der zur Abbüßung seiner Sünden mit frommer Hingebung jenes Gotteshaus betreute. Da er keine Möglichkeit hatte, seinen Lebensunterhalt zu gewinnen, ging er bald nach Ragusa, bald nach der Isola di Mezzo und bettelte. Und als Theodoro seiner Gewohnheit gemäß auf der Insel um Brot bettelte, geschah es eines Tages, daß er etwas fand, was er nimmermehr zu finden gehofft hätte. Es begegnete ihm eine schöne, liebreizende Jungfrau, Malgherita mit Namen, der es beim Anblick seiner männlichen Wohlgestalt und Größe bedünken wollte, daß er doch vielmehr zum Genusse menschlicher Freuden als zur Einsamkeit geschaffen sei. Sie schloß ihn deswegen so innig in ihr Herz, daß sie Tag und Nacht keinen anderen Gedanken hatte als ihn. Der ahnungslose Calogero setzte seine Bettelgänge fort und erschien häufig in Malgheritas Haus, um Almosen zu erbitten. Malgherita, die von Liebe zu ihm entbrannt war, ließ ihn nicht umsonst bitten, doch wagte sie nicht, ihm ihre Liebe zu entdecken. Schließlich aber gab ihr Amor, der getreue Freund aller, die seinen Spuren folgen, und der allezeit sichere Führer zu dem ersehnten Ziele, den nötigen Mut. Sie trat an ihn heran und sprach folgendermaßen zu ihm: »Bruder Theodoro, einziger Trost meiner Seele, mich quält eine so heftige Liebe zu Euch, daß Ihr mich bald entseelt sehen werdet, wenn Ihr mir keine Hilfe leiht. Ich vermag den Liebesgluten nicht länger Widerstand zu leisten, helft mir so schnell wie möglich, sonst tragt Ihr Schuld an meinem Tode!« Nach diesen Worten brach Malgherita in heftiges Weinen aus. Calogero aber, der bis dahin nicht bemerkt hatte, daß sie ihn liebte, stand blöde da und wußte sich nicht zu helfen. Nachdem er sich ein wenig gefaßt, begann er ein Gespräch mit ihr, und es gab so lange ein Wort das andere, bis sie beide die himmlischen Dinge beiseite ließen und sich den verliebten zuwandten. Es gab nun nichts Wichtigeres mehr zu bedenken, als eine günstige Gelegenheit zu finden, um ihre sehnsüchtige Begierde zu stillen. »Verlaßt Euch darauf, Geliebter«, sagte die kluge Jungfrau zu ihm, »daß ich Euch den Weg zeigen werde, den wir einschlagen müssen. Es ist der folgende: Ihr stellt in der vierten Stunde dieser Nacht ein brennendes Licht an das Fenster Eurer Hütte. Sobald ich es erblickt habe, komme ich zu Euch.« – »Wie gedenkst du aber über das Meer zu kommen, liebe Tochter?« wandte Theodoro Calogero ein. »Du weißt, daß weder ich noch du ein Boot zur Überfahrt besitzen. Unsere Ehre und unser beider Leben wäre in großer Gefahr, wollten wir uns anderen anvertrauen.« – »Seid unbesorgt«, erwiderte die Jungfrau, »und laßt mich machen, denn ich weiß ein Mittel, zu Euch zu gelangen ohne Gefahr für Ehre und Leben: Sobald ich das brennende Licht erspäht habe, komme ich schwimmend zu

Euch herüber, und kein Mensch erfährt etwas von unserem Tun.« – »Du läufst aber Gefahr zu ertrinken, da du als ein so junges, zartes Mädchen unmöglich Kraft und Atem genug haben wirst, dich die weite Strecke hindurch über Wasser zu halten«, gab Theodoro zu bedenken. Aber sie wußte ihn mit den Worten zu beschwichtigen: »Ich fürchte nicht, daß mir der Atem ausgeht; denn ich könnte mit einem Fische um die Wette schwimmen.«

Calogero gab am Ende dem festen Willen der Jungfrau nach, und sobald die finstere Nacht hereingebrochen war, zündete er ihrer Weisung gemäß das Licht an, legte ein schneeweißes Leintuch zurecht und erwartete überglücklich das ersehnte Mädchen. Malgherita hatte zu ihrer innigsten Freude kaum das Lichtzeichen entdeckt, als sie ihre Kleider von sich warf und sich barfuß und im bloßen Hemde an das Ufer des Meeres schlich, wo sie sich auch der letzten Hülle entledigte, sie, wie es der Brauch, um den Kopf wickelte und sich in die Fluten warf. Und so emsig wußte sie ihre Arme und Beine beim Schwimmen zu rühren, daß sie in weniger als einer Viertelstunde bei der Hütte des sie erwartenden Calogero anlangte. Theodoro nahm das Mädchen, sowie er es erblickte, bei der Hand, führte es in seine schlecht gedeckte Behausung, wo er mit dem schneeweißen Leinentuch eigenhändig jedes Fleckchen ihres Körpers trocknete. Dann geleitete er sie in eine kleine Zelle, legte sie auf ein schmales Bett, lagerte sich neben sie und genoß mit ihr die letzten Früchte der Liebe. Nachdem die beiden Liebenden zwei gute Stunden mit süßen Gesprächen und innigen Umarmungen zugebracht hatten, verließ das Mädchen hochbefriedigt und glücklich den Einsiedler, doch nicht ohne sich mit ihm über die nächste Zusammenkunft verständigt zu haben. Und jedesmal, wenn Malgherita, welche die süße Speise des Einsiedlers

nicht mehr entbehren konnte, das Licht erschaute, schwamm sie zu ihm hinüber.

Das treulose blinde Schicksal, das die Herrschaft der Könige dem Wechsel unterwirft, alles auf dieser Welt wandelt und jedem Glücklichen feind ist, aber litt nicht, daß Malgherita sich lange ihres teuern Geliebten erfreute. Neidisch auf der beiden Glück, trat es dazwischen und vereitelte alle ihre Absichten. Eines Nachts, als die Luft ringsherum von einem lästigen Nebel erfüllt war, warf sich die Jungfrau, die das Licht hatte schimmern sehen, ins Meer und ward beim Schwimmen von einigen Fischern, die in der Nähe fischten, wahrgenommen. Im Glauben, der schwimmende Körper sei ein Fisch, beobachteten sie ihn aufmerksam und erkannten, daß es sich um eine Frau handelte, die in der Hütte des Einsiedlers verschwand. Darob verwundert, ruderten sie nunmehr bis dicht an die Einsiedelei heran und blieben in der Nacht so lange verborgen, bis das Mädchen sie wieder verließ und nach der Isola di Mezzo zurückschwamm. Die Unglückliche vermochte sich aber nicht so zu verbergen, daß sie von den Fischern nicht entdeckt worden wäre.

Nachdem die Fischer das Mädchen erkannt hatten, nachdem sie ferner mehrmals die gefahrvolle Überquerung des Meeres gesehen und die Bedeutung des angezündeten Lichtes begriffen hatten, beschlossen sie untereinander, die Sache geheimzuhalten. Als sie später jedoch die Schande bedachten, welche der ehrbaren Familie daraus erwachsen könnte, und die Todesgefahr, in welche das junge Mädchen sich begab, wurden sie anderen Sinnes und entschlossen sich, den Brüdern Malgheritas unter allen Umständen ihre Beobachtungen mitzuteilen. Und so suchten sie das Haus der Brüder auf und erzählten ihnen alles Punkt für Punkt. Als die Brüder die betrübende Nachricht hörten, vermochten sie nicht daran zu glauben und wollten sich zuvor mit eigenen Augen von ihrer Richtigkeit überzeugen. Nachdem sie aber die Gewißheit erlangt hatten, kamen sie überein, die Schwester sterben zu lassen. Sie faßten folgenden Plan und setzten ihn ins Werk: In der Dämmerung des Abends bestieg der jüngere Bruder ein Boot, fuhr allein in aller Heimlichkeit zu Calogero und ersuchte ihn, ihm für diese Nacht Herberge zu gewähren, weil ihm ein Unfall zugestoßen sei, um dessentwillen er Gefahr laufe, von den Gerichten verhaftet und zum Tode verurteilt zu werden.

Calogero, der wußte, daß er Malgheritas Bruder vor sich hatte, nahm ihn freundlich auf, verbrachte die ganze Nacht mit ihm in vielseitigen Gesprächen und setzte ihm das Elend alles Irdischen und die schweren Sünden auseinander, welche die Seele zerstören und zur Sklavin des Teufels machen.

Während also der jüngste der Brüder bei Calogero weilte, verließen die anderen heimlich ihre Wohnung, nahmen eine Segelstange und ein Licht, bestiegen ein Boot und fuhren auf die Hütte des Einsiedlers zu. In ihrer Nähe angelangt, richteten sie die Segelstange auf, befestigten die angezündete Laterne daran und warteten ab, was erfolgen werde.

Das Mädchen hatte kaum das brennende Licht erspäht, so vertraute sie sich wie gewohnt dem Meere an und schwamm eilig der Hütte ihres Geliebten zu. Ihre Brüder aber lagen regungslos auf der Lauer. Sowie sie das Geräusch hörten, das Malgherita im Wasser machte, griffen sie zu ihren Rudern und entfernten sich ganz langsam und geräuschlos mit dem brennenden Licht von der Hütte, ohne von der Schwester gehört oder in der Finsternis der Nacht gesehen zu werden. Das arme Mädchen sah nichts als das Licht und folgte ihm. Die Brüder aber entfernten sich allmählich so weit, daß sie Malgherita auf die offene See hinauslockten, worauf sie die Segelstange einzogen und das Licht auslöschten. Als das Mädchen das Licht nicht mehr erblickte und nicht mehr wußte, wo sie war, geriet sie in große Bestürzung und gab sich verloren, da sie sich außer dem Bereich aller menschlichen Hilfe sah. So verschlang das Meer die Ermattete nach der langen Anstrengung des Schwimmens wie ein geborstenes Schiff. Überzeugt, daß es eine Rettung für ihre Schwester nicht mehr geben konnte, verließen die Brüder die Unglückliche und kehrten nach Hause zurück. Als es Tag geworden war, dankte der jüngste Bruder Calogero für seine gastliche Aufnahme und verließ ihn.

Bald verbreitete sich im ganzen Kastell die Kunde, Malgherita Spolatina werde vermißt. Die Brüder taten, als wären sie darüber aufs äußerste betrübt, doch in ihren Herzen waren sie sehr froh. Erst mit Ausgang des dritten Tages warf das Meer den Leichnam der Unglückseligen an Calogeros Ufer. Als dieser ihn gefunden und erkannt hatte, war er gewillt, sich das Leben zu nehmen. Doch dann ergriff er die Tote, ohne daß jemand es gesehen hätte, und trug sie in sein Haus, wo er sich über das bleiche Antlitz der Geliebten warf und lange Zeit ihren Verlust beweinte und er immer wieder vergeblich ihren Namen rief. Nachdem er sich satt geweint hatte, beschloß er, ihr ein würdiges Grab zu geben und durch Gebete, Fasten und andere gottselige Werke ihrer Seele zu helfen. Er nahm deshalb den Spaten zur Hand, mit dem er hie und da sein Gärtchen umzugraben pflegte, hob in seinem Kirchlein eine Grube aus und drückte der Toten unter vielen Tränen Augen und Mund zu. Dann wand Theodoro Calogero einen Kranz von Veilchen und Rosen, setzte ihn ihr aufs Haupt und senkte sie, indem er sie küßte und segnete, in das Grab und bedeckte sie mit Erde.

Auf solche Weise wurde die Ehre der Brüder und der Schwester gerettet, und niemals verlautete, was aus Malgherita Spolatina geworden war.

Der gestohlene Schmuck

Vor Zeiten lebte in der Stadt Verona ein Messer Brocardo di Cavalli, ein gar reicher und in der Stadt hochangesehener Mann. Da er noch unverheiratet war, nahm er sich eine Tochter des Messer Can dalla Scala zur Frau, mit Namen Veronica. Obwohl diese schön, anmutig und von edler Herkunft war, erfreute sie sich doch nicht der Liebe ihres Gatten. Dieser hielt sich vielmehr, wie das häufig geschieht, eine Konkubine, die der Inhalt seines Herzens war. Um seine Gattin kümmerte er sich nicht. Dies verursachte ihr großen Schmerz, und sie konnte es nicht ertragen, daß ihre einzigartige, von allen bewunderte Schönheit von ihrem Manne auf eine so beleidigende Weise verachtet wurde.

Als sich die schöne Frau zur Sommerszeit auf dem Lande aufhielt, ging sie einmal ganz allein vor der Tür ihres Hauses auf und ab und dachte bei sich selbst über alle Einzelheiten des Verhaltens und der Taten ihres Gatten nach, über die geringe Liebe, die er ihr entgegenbrachte, und wie eine gemeine und unsaubere Dirne ihm so schnell die Augen und den Verstand blenden konnte. Da sprach sie schmerzerfüllt zu sich selbst: Oh, wieviel besser wäre es doch gewesen, wenn mein Vater mich mit einem armen Manne verheiratet hätte statt mit diesem Reichen; ich würde dann gewiß heiterer und zufriedener leben, als ich tue! Was helfen mir die Reichtümer? Was nützen mir die prunkvollen Gewänder, die Edelsteine, Halsketten, Anhänger und die anderen kostbaren Kleinodien? Wahrlich, alle diese Dinge sind Rauch im Vergleich zu den Wonnen einer wahren Ehe!

Während Signora Veronica mit diesen leidvollen Gedanken beschäftigt war, erschien unversehens ein armes Bettelweiblein, das sich damit beschäftigte, hier und dort etwas zu stehlen, und so schlau und durchtrieben war, daß es nicht nur ein harmloses Dämchen, sondern sogar jeden hervorragenden, noch so klugen Mann verblüfft hätte. Als diese Bettlerin, die Finetta hieß, die vornehme Dame vor ihrem Hause auf und ab gehen und in tiefe Gedanken versunken sah, war ihr Plan auch schon gemacht. Sie näherte sich ihr, grüßte sie ehrerbietig und bat sie um ein Almosen. Die Dame, die anderes im Kopfe hatte, als Almosen zu geben, wies sie mit ärgerlicher Miene ab. Aber die schlaue und abgefeimte Finetta wich nicht, schaute vielmehr der Dame ins Antlitz, und als sie die Trauer darauf las, sagte sie: »O holde Dame, was ist Euch begegnet, daß ich Euch so gedankenvoll sehe? Sollte Euch etwa gar Euer Gatte das Leben schwer machen? Wollt Ihr, daß ich Euch Eure Zukunft weissage?« Als die Dame diese Worte hörte und sah, daß das arme Weiblein die Wunde herausgefunden hatte, die so heftig schmerzte, brach sie in ein krampfhaftes Weinen aus, und man hätte meinen können, ihr Gatte läge tot vor ihren Augen. Finetta, die die heißen Tränen sah und die tiefen Seufzer, das qualvolle Schluchzen und das herzbrechende Jammern hörte, fragte sie: »Und was ist die Ursache Eures bittern Leides, edle Dame?« Da antwortete Signora Veronica: »Als du fragtest, ob mein Gatte mir das Leben schwer mache, da hast du mir das Herz mit dem Messer geöffnet.« Finetta sagte: »Edle Frau, ich brauche einem Menschen nur einen Augenblick ins Gesicht zu sehen, da kann ich ihm auch schon sein ganzes Leben Punkt für Punkt erzählen. Eure Wunde ist noch frisch und daher leicht zu heilen, wäre sie dagegen alt und brandig, so wäre es schwer, sie zu kurieren.« Als die Dame dies hörte, erzählte sie von den Gepflogenheiten ihres Mannes, von dem liederlichen Leben, das er führte, von dem Kummer, den er ihr bereitete, und überging nicht die kleinste Einzelheit.

Nachdem Finetta den mitleiderweckenden Bericht vernommen hatte und sah, daß alles nach Wunsch ging, tat sie den nächsten Schritt und sagte: »Meine liebe Frau, klagt nicht, seid getrost und guter Dinge, wir werden schon Hilfe finden! Wenn Ihr damit einverstanden seid, werde ich bewirken, daß Euer Gatte Euch aufs innigste liebt und wie ein Narr hinter Euch her ist.« Indem sie so miteinander sprachen, traten sie in das Gemach, wo Veronica mit ihrem Manne schlief, und nachdem sie sich beide niedergesetzt hatten, fuhr Finetta fort: »Madonna, wenn es Euch recht ist, daß wir eine für unseren Zweck erforderliche Verrichtung vornehmen, so schickt alle Mägde aus dem Zimmer und ordnet an, daß sie sich mit den häuslichen Arbeiten beschäftigen. Wir bleiben unterdessen hier und nehmen das vor, was nötig ist.« Als dann die Tür verschlossen war, sagte Finetta: »Bringt mir eine Eurer goldenen Halsketten, und zwar die schönste, und eine Schnur Perlen.« Signora Veronica öffnete eine Kassette, entnahm ihr die Halskette samt einem schönen Anhänger und eine Schnur orientalischer Perlen und übergab die Schmuckstücke Finetta. Hierauf verlangte diese ein Tuch aus weißem Linnen, das ihr sofort gereicht wurde, nahm die Kleinodien einzeln in die Hand, machte einige Zeichen darüber und legte sie nacheinander auf das weiße Tuch, worauf sie es in Gegenwart der Dame fest zusammenknüpfte, einigen Hokuspokus damit trieb, es endlich Madonna Veronica reichte und zu ihr sagte: »Nehmt dieses Tuch, Madonna, und legt es eigenhändig unter das Kopfkissen, auf dem Euer Gemahl schläft, dann werdet Ihr Euer blaues Wunder erleben. Aber öffnet das Tuch nicht vor morgen; denn sonst würde sich alles in Rauch auflösen.« Frau Veronica nahm das Tuch mit den Schmuckstücken darin und legte es unter das Kopfkissen, auf dem ihr Gatte Messer Brocardo zu schlafen pflegte.

Als dies geschehen war, sagte Finetta: »Jetzt laßt uns in den Weinkeller gehen.« Unten angekommen, eräugte Finetta sofort das angestochene Faß und sagte: »Zieht alle Kleider aus, die Ihr anhabt, Madonna!« Frau Veronica entkleidete sich und stand nun splitternackt da. Dann zog Finetta den Hahn aus dem Fasse, das voll guten Weines war, und sagte: »Madonna, steckt Euren Finger hier ins Loch und haltet es wohlverschlossen, damit kein Wein verlorengeht, und rührt Euch nicht von der Stelle, bis ich wieder da bin. Ich werde jetzt hinausgehen und einige Zeichen machen, und dann wird alles in Ordnung kommen.« Madonna Veronica, die ihr vollen Glauben schenkte, verharrte, nackt, wie sie war, bewegungslos und hielt das Spundloch mit dem Finger zu.

Währenddessen eilte die raffinierte Finetta in die Schlafkammer, wo sich das zusammengeknüpfte Tuch mit den Schmuckstücken befand, öffnete es, nahm die Halskette und die Perlen heraus, füllte dann das Tuch mit Erde und kleinen Steinen, legte es wieder an seinen Ort und machte sich davon. Die nackte Frau mit dem Finger im Spundloch des Fasses wartete und wartete auf Finettas Wiederkehr. Als sie schließlich sah, daß die Bettlerin nicht wiederkam und es bereits spät war, fürchtete sie, ihr Gatte möchte zurückkehren, und wenn er sie so nackt und in dieser Stellung fände, für verrückt halten. Sie nahm daher den Hahn, der in der Nähe lag, schloß das Spundloch, zog sich an und ging ins Haus hinauf.

Es dauerte nicht lange, da kehrte Messer Brocardo, der Gatte Madonna Veronicas, heim, grüßte sie mit freundlichem Gesicht und sagte: »Sei mir gegrüßt, mein liebes Weibchen, Erquickung und Wonne meines Herzens!« Als sie den ungewohnten Gruß, der ganz gegen seine Art war, hörte, war sie aufs höchste erstaunt und dankte insgeheim Gott, daß er ihr ein solches Weiblein gesandt habe, durch dessen Hilfe sie von ihrem schweren Herzeleid geheilt worden war. Und diesen ganzen Tag und die folgende Nacht verbrachten sie in engen Umarmungen und würzigen Küssen, gerade als hätten sie sich eben erst verheiratet. Glücklich und selig über die Liebkosungen, mit denen ihr Gatte sie überschüttete, erzählte ihm Madonna Veronica von dem Leid, Kummer und Verdruß, den sie aus Liebe zu ihm gelitten hatte. Und er versprach ihr, sie als sein geliebtes Weib in Ehren zu halten, und versicherte, was bisher geschehen, würde sich nicht wiederholen.

Als der andere Morgen gekommen und ihr Gatte aufgestanden und, wie die großen Herrn es tun, auf die Jagd gegangen war, trat Madonna Veronica an das Bett, hob das Kopfkissen auf, zog das Tuch hervor, in das die Schmuckstücke eingewickelt worden waren, und knüpfte es auf. Aber statt der Halskette und der Perlen, die sie zu finden glaubte, fand sie es voller Steine. Frau Veronicas Bestürzung war nicht gering, und sie wußte nicht, wie sie sich helfen sollte; denn sie fürchtete, ihr Gatte möchte sie töten, wenn er dahinterkäme. Als die schöne Dame in dieser Angst viele Pläne in ihrem Herzen bewegte und nicht wußte, wie sie es anstellen sollte, um ihrer kostbaren Schmuckstücke wieder habhaft zu werden, kam sie schließlich auf den Gedanken, denjenigen,

der ihr so lange Zeit den Hof gemacht hatte, auf ehrbare Weise zum besten zu halten.

Es wohnte in Verona ein Ritter, schön von Gestalt, hochgemuten Geistes, berühmt durch seine Tapferkeit und aus edler Familie. Dieser war wie jeder andere den Gluten der Liebe unterworfen und hatte sich so heftig in Madonna Veronica verliebt, daß er keine Ruhe zu finden vermochte. Ihr zuliebe turnierte und focht er häufig, gab Feste und Gastmähler und tauchte die ganze Stadt in Fröhlichkeit. Sie aber hatte ihre Liebe ganz ihrem Manne geweiht und kümmerte sich wenig um ihn und seine Feste. Dies verursachte dem Ritter Herzeleid und Kummer, wie ihn noch nie ein Liebender empfunden. Nachdem ihr Gatte also das Haus verlassen hatte, eilte Madonna Veronica ans Fenster, und zufällig kam gerade jener Ritter vorbei, der aufs glühendste in sie verliebt war. Sie rief ihn mit aller Umsicht zu sich herein und sagte zu ihm: »Ritter, ich brauche Euch nicht an die glühende, hingebende Liebe zu erinnern, die Ihr mir schon seit langer Zeit entgegenbringt. Obgleich ich Euch vielleicht in allen meinen Handlungen hart und grausam erschienen bin, so kam das doch nicht daher, daß ich Euch nicht liebe und Euch nicht im Innern meines Herzens eingegraben trage, vielmehr weil ich meine Ehre wahren wollte, die ich stets allem anderen vorangestellt habe. Und daher dürft Ihr Euch nicht wundern, wenn ich Euer heißes Begehren nicht sogleich erfüllt habe. Die Ehre, welche die keusche Frau dem zügellosen Gatten macht, hat Anspruch darauf, sehr hochgeschätzt zu werden. Obwohl Euer schlecht begründetes Urteil mich für hart, lieblos und spröde gegen Euch erklärt hat, werde ich mich davon doch nicht abhalten lassen, mit Vertrauen und Zuversicht zu Euch meine Zuflucht zu nehmen, in dem ich die Quelle meines Heils erblicke. Und wenn Ihr mir als liebevoller Ritter in meiner großen Bedrängnis zu Hilfe eilt und mir schleunigst beisteht, werdet Ihr mich für immer an Euch ketten und über mich wie über Euch selbst verfügen können.« Hierauf erzählte sie ihm alle Einzelheiten ihres Unglücks. Als der Ritter die Worte vernommen hatte, dankte er ihr zunächst für ihr Vertrauen, dann bedauerte er die ihr widerfahrene Unannehmlichkeit und versprach, ihr zu helfen.

Nachdem der Ritter sie ungesehen verlassen hatte, stieg er zu Pferde und verfolgte mit vier getreuen Genossen das Bettelweib, das sich mit den Kleinodien auf der Flucht befand. Und bevor noch der Abend hereinbrach, holte er sie bei einem über die Ufer getretenen Flusse ein, den sie eben überschreiten wollte. Als er sie an ihren Kennzeichen erkannt hatte, packte er sie bei den Haaren und zwang sie, alles zu gestehen. Vergnügt über die wiedergewonnenen Schmuckstücke, kehrte der Ritter nach Verona zurück und übergab sie, sowie sich eine Gelegenheit bot, der Dame. Und so sah sie sich, ohne daß ihr Gatte etwas von dem Vorgefallenen gemerkt hatte, wieder im Besitz ihrer Kostbarkeiten und hatte dazu ihre Ehre gewahrt.

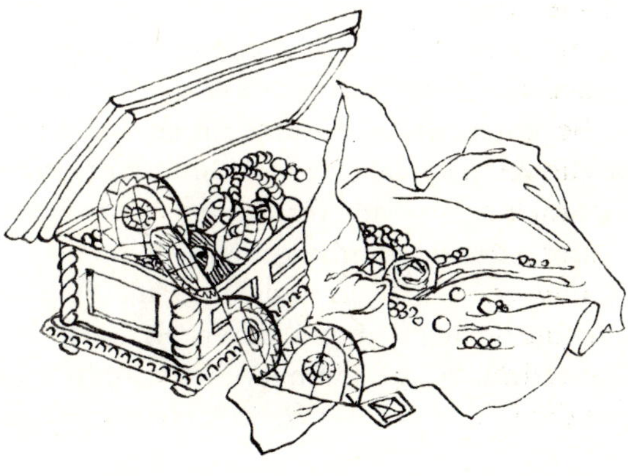

Die bucklige Plage

Bertoldo von Valsabbia hatte drei Söhne, die alle drei bucklig waren und einander so sehr glichen, daß es ebenso unmöglich war, sie auseinanderzuhalten, wie drei schlaffe Hodensäcke von hinten. Der eine von ihnen hieß Zambone, der zweite Bertaccio und der dritte Santo.

Zambone war der Älteste und zählte noch keine sechzehn Jahre, als er erfahren hatte, daß sein Vater Bertoldo wegen der großen Teuerung, die in jener Gegend und überhaupt allerorten herrschte, ein kleines Gütchen verkaufen wolle – gibt es doch in jenem Landstrich wenige oder niemanden, der nicht ein Stückchen Land besäße –, um seine Familie ernähren zu können. Zambone wandte sich an seine jüngeren Brüder Bertaccio und Santo und sprach folgendermaßen zu ihnen: »Meine lieben Brüder, damit unser Vater nicht das bißchen Land, das er besitzt und das uns nach seinem Tode den Unterhalt gewähren soll, veräußern muß, wäre es wohlgetan, ihr ginget in die Welt hinaus, um eine Kleinigkeit zu verdienen, wodurch sich unsere Familie über Wasser halten ließe. Ich würde dann mit dem Alten daheim bleiben und für ihn sorgen. So könnten wir Kosten vermeiden, und unterdessen würde die Teuerung vorübergehen.«

Da erwiderten Bertaccio und Santo, die nicht weniger verschlagen und berechnend waren als Zambone: »Lieber Bruder, du hast uns so unvermittelt mit deinem Vorschlag überfallen, daß wir nicht wissen, was wir dir erwidern sollen. Laß uns diese ganze Nacht Zeit, die Sache zu überlegen, dann werden wir dir morgen antworten.«

Die beiden Brüder Bertaccio und Santo waren gleichzeitig geboren worden und zusammen Zambone an Verstand überlegen. Und war jener ein zweiundzwanzigkarätiger Schurke, so waren sie sechsundzwanzigkarätige; denn immer, wenn die Natur es in körperlicher Hinsicht fehlen läßt, hebt sie diesen Mangel durch Verleihung von Verstandesschärfe und Schlauheit auf.

Am folgenden Morgen suchte Bertaccio als Abgesandter und Beauftragter seines Bruders Santo Zambone auf und hub folgendermaßen an zu reden: »Mein lieber Bruder, wir haben unsere Angelegenheiten reiflich überdacht und sind nach noch reiflicherer Überlegung zu dem Schlusse gekommen, daß du als zweifellos der älteste von uns zuerst in die Welt gehen mußt. Wir, die wir noch klein sind, wollen uns um das Haus kümmern und für unseren Vater sorgen. Solltest du unterdessen so glücklich sein, etwas Gutes für dich und für uns zu finden, so schreibe es uns, und wir werden dir nachziehen.«

Als Zambone, der Bertaccio und Santo betrügen zu können glaubte, diese Antwort hörte, war er wenig erbaut und sagte murrend bei sich selbst: Wahrhaftig, die Schlingel sind noch schlechter und durchtriebener als ich. Er hatte ihnen jenen Vorschlag in der Hoffnung gemacht, sie in die Fremde schicken zu können, damit sie infolge der Teuerung Hungers stürben und er im Alleinbesitz des ganzen Erbes bliebe, zumal der Vater wohl nicht mehr lange zu leben hatte. Aber es kam für ihn anders, als er gedacht.

Nachdem also Zambone die Ansicht Bertaccios und Santos gehört hatte, machte er aus den paar Lumpen, die er besaß, ein Bündel, nahm einen Schnappsack, den er mit Brot, Käse und einer Flasche Wein füllte, und verließ, die Füße mit einem Paar zerrissener Schweinslederstiefel bekleidet, das väterliche Haus und machte sich auf den Weg nach Brescia. Da er jedoch keine Arbeit fand, ging er weiter nach Verona, wo er einen Hutmacher traf, der ihn fragte, ob er sich aufs Hutmachen verstehe. Doch Zambone mußte verneinen. Als er sah, daß hier nichts für ihn zu holen war, ließ er Verona und auch Vicenza hinter sich und kam nach Padua. Dort wurden einige Ärzte seiner ansichtig und fragten ihn, ob er sich auf die Wartung von Maultieren verstehe. Er antwortete: Nein, doch könne er den Boden pflügen und Reben ausschneiden. Da er jedoch nicht mit ihnen einig werden konnte, verließ er die Stadt, um nach Venedig zu gehen.

Nachdem Zambone lange gewandert war und keine für ihn passende Stellung gefunden hatte, wurde er sehr mißmutig. Nach langem Marsch aber kam er, als es Gott gefiel, nach Lizzafosina. Aber ohne Geld wollte ihn dort niemand aufnehmen. Als er nun sah, daß die Bootsknechte, welche die Schleppvorrichtung auf den Barken drehten, einige Pfennige verdienten, versuchte er es mit dieser Beschäftigung. Das Schicksal, das stets die Armen, die Feigen und die Unglücklichen verfolgt, wollte, daß das Tau riß, und indem es sich blitzschnell an der Vorrichtung aufrollte, ihm eine Stange gegen die Brust schlug und ihn besinnungslos zu Boden stürzen ließ. Eine ganze Weile lag Zambone wie tot da. Und wären nicht einige gutherzige Leute gewesen, die ihn an den Händen und Füßen in die Barke hinuntergetragen und nach Venedig mitgenommen hätten, er wäre dort gestorben.

Als Zambone wieder gesund war, verließ er jene guten Leute und schlenderte durch die Stadt, um zu sehen, ob er nicht eine Arbeit fände, die für ihn paßte. So kam er durch die Straße, wo sich die Gewürzläden befanden, und wurde von einem Gewürzkrämer gesehen, der in einem Mörser Mandeln zur Marzipanbereitung zerstieß. Der fragte ihn, ob er bei ihm arbeiten wolle, und Zambone bejahte. Nachdem er in den Laden getreten war, gab ihm der Meister gemischtes Mandelwerk zum Auseinanderlesen und wies ihn an, die schwarzen von den weißen zu sondern. Er gesellte ihn einem anderen Jüngling bei, mit dem er zusammen arbeiten sollte. Als nun Zambone mit dem Lehrling das Konfekt sortierte, vollzog dieser Nichtsnutz die Auslese in der Weise, daß er den Überzug, dieweil er süß schmeckte, entfernte und sich einverleibte, während er den Kern übrigließ. Da ergriff der Besitzer, der alles gesehen hatte, einen Stock und verwalkte sie beide, indem er rief: »Wenn ihr das tun wollt, ihr Gauner, Schelme und Spitzbuben, so macht's mit euerm und nicht mit meinem Eigentum!« Er schlug zu jedem Worte den Takt mit dem Stock, worauf er sie alle beide zum Teufel jagte.

Nachdem Zambone den Gewürzkrämer, der ihn so schlecht behandelt, verlassen hatte, schlug er die Richtung nach San Marco ein. Er ging über den Gemüsemarkt und hatte das Glück, von einem Chioggianer Grünhändler namens Viviano Vianel angerufen und gefragt zu werden, ob er bei ihm arbeiten wolle. Er würde ihn gut behandeln und anständig bezahlen. Zambone, der das Wappen von Siena mit sich trug, das heißt einen Wolfshunger hatte, sagte ja! Und nachdem der Händler einiges Grünzeug an seine Kunden verkauft hatte, nahm er Zambone mit auf seine Barke und fuhr nach Chioggia. Dort wies ihn Viviano an, im Garten zu arbeiten und die Weinpflanzungen instand zu halten.

Zambone fand sich in Chioggia bald sehr gut zurecht

und kannte viele Freunde seines Herrn. Und da es nunmehr die Zeit der ersten Feigen war, nahm Viviano drei der schönsten und legte sie auf einen Teller, um sie seinem Gevatter namens Ser Pietro in Chioggia zum Geschenk zu übersenden. Er rief daher Zambone, übergab ihm die drei Feigen und sprach also zu ihm: »Zambone, nimm diese drei Feigen, bringe sie zu Ser Pietro und sage ihm, er möge mir das Vergnügen machen, sie sich schmecken zu lassen.« Bereitwillig erwiderte Zambone: »Gerne, Herr«, nahm die Feigen und ging vergnügt von dannen.

Als Zambone so fürbaß ging, betrachtete der Schelm die Feigen mit lüsternen Blicken und sprach zu seinem Gaumen: Was soll ich tun? Soll ich sie essen oder soll ich sie nicht essen? Da antwortete der Gaumen: Ein Ausgehungerter achtet kein Gesetz. Und da er abgesehen von seinem Hunger von Natur aus verfressen war, befolgte Zambone den Rat des Gaumens. Er nahm eine der Feigen in die Hand, begann sie am dicken Ende zu drücken und preßte, indem er bei sich sagte: Sie ist gut, sie ist nicht gut, sie ist gut, den Inhalt so lange hin und her, bis er ihn schließlich ganz herausquetschte, so daß nichts als die Haut zurückblieb. Nachdem Zambone die Feige verzehrt hatte, schien es ihm, als habe er unrecht gehandelt, doch da die Gier ihn noch weiter peinigte, ließ er sich's nicht anfechten, griff zur zweiten und machte es mit ihr ebenso wie mit der ersten. Als Zambone bewußt wurde, welchen Exzeß er begangen, wußte er nicht aus noch ein, ob er weitergehen oder umkehren solle. Nachdem er eine Zeitlang geschwankt, faßte er sich ein Herz und beschloß weiterzugehen.

Am Hause des Gevatters Ser Pietro angelangt, pochte Zambone an die Tür. Und da ihn die Bewohner kannten, wurde ihm sogleich aufgemacht. Er stieg die Treppe hinauf und fand Ser Pietro in der Wohnung auf und ab spazieren. »Was führt dich her, lieber Zambone?« fragte er ihn. »Was bringst du Gutes?« – »Etwas sehr Gutes!« erwiderte Zambone. »Mein Herr schickt Euch drei Feigen, aber von den dreien habe ich zwei gegessen.« – »Ja, wie ging denn das zu, mein Sohn?« fragte Ser Pietro. – »Das ging so zu«, antwortete Zambone, nahm die dritte Feige, steckte sie in den Mund und verzehrte sie ohne weitere Umstände. Und so hatte er alle drei Feigen aufgefressen. Als Ser Pietro sah, daß er ganze Arbeit gemacht hatte, sagte er zu Zambone: »Mein Sohn, richte deinem Herrn meinen besten Dank aus und sage ihm, er möge sich nicht mit derartigen Geschenken in Unkosten stürzen.« – »Oh, das tut er gern!« versicherte Zambone. »Zweifelt nicht daran, und ich desgleichen!« Damit machte er kehrt und ging nach Hause zurück.

Als Viviano vom Betragen und der Naschsucht Zambones Kunde erhalten hatte und sah, daß er stets hungrig war und daher unmäßig in sich hineinschlang, und da ihm außerdem nicht gefiel, wie liederlich Zambone seine Arbeit verrichtete, jagte er ihn aus dem Hause.

Da sich der arme Teufel Zambone vor die Tür gesetzt sah und nicht wußte, wohin sich wenden, beschloß er nach Rom zu gehen und zu versuchen, ob er dort nicht mehr Glück haben werde als bisher. Gedacht, getan. In Rom angekommen, hielt Zambone eifrig nach einem neuen Herrn Umschau. Der Zufall brachte ihn mit einem Kaufmann namens Ambrogio dal Mul zusammen, der einen großen Tuchladen hatte. Sie wurden einig, und er begann den Laden zu besorgen. Und da Zambone nun schon genug Unglück durchkostet hatte, beschloß er, das Gewerbe zu erlernen und sich zu bemühen, ein brauchbarer Mensch zu werden. Und weil er geweckt und verschlagen – wiewohl bucklig und häßlich – war, verstand er sich in kurzer Zeit auf den Betrieb des Ladens und auf den Handel allgemein, so daß der Besitzer sich bald nicht mehr selbst mit dem Verkauf und Einkauf befaßte, großes Vertrauen in Zambone setzte und sich seiner überall bediente, wo es ihm bequem war.

Einmal ergab sich für Messer Ambrogio die Notwendigkeit, mit Tuch auf den Jahrmarkt von Recanati zu gehen, und da er sah, daß Zambone perfekt im Geschäft geworden war und er sich auf ihn verlassen konnte, schickte er ihn mit Waren auf den Jahrmarkt, während er selbst zurückblieb, um den Laden zu führen. Nachdem Zambone fort war, wollte es das Geschick, daß Messer Ambrogio infolge einer schrecklichen Ruhr so heftig erkrankte, daß er innerhalb weniger Tage starb. Als seine Frau – sie hieß Madonna Felicetta – ihren Gatten tot liegen sah, war ihr Schmerz und Jammer so groß, daß sie sich auch zum Sterben hätte hinlegen mögen, wenn sie an den Verlust ihres Mannes und den wahrscheinlichen Rückgang des Handels dachte.

Als Zambone die traurige Kunde vom Tode seines Herrn zu Ohren kam, kehrte er nach Rom zurück und nahm sich mit Gottes Beistand, mit Eifer und Glück des Geschäftes an. Madonna Felicetta sah, wie gut Zambone seine Sache machte und bemüht war, die Umsätze zu vergrößern. Das Trauerjahr ging zu Ende, und Felicetta fürchtete, Zambone samt den Kunden ihres Ladens zu verlieren. Sie beriet sich daher mit einigen Gevatterinnen, ob sie sich wieder verheiraten solle oder nicht und ob sie Zambone, den Geschäftsführer, zum Manne nehmen solle. Er hatte ja lange Zeit mit ihrem verstorbenen Gatten zusammengearbeitet und das Geschäft erfolgreich geführt. Den Gevatterinnen schien dies zweckmäßig, und sie rieten ihr dazu. So wurde denn Hochzeit gefeiert. Nun war Madonna Felicetta die Gattin Ser Zambones und Ser Zambone der Gatte Madonna Felicettas.

Als nun Ser Zambone sah, daß er eine solche Höhe erklommen und eine Frau nebst einem so schönen, gutgehenden Laden hatte, schrieb er seinem Vater von dem großen Glück, das er in Rom gefunden. Dem Vater, der seit dem Tage seines Weggangs nie wieder etwas von ihm gehört hatte, kostete die Freude über diese Nachricht das Leben, aber Bertaccio und Santo empfanden darüber lebhafte Befriedigung.

Nun traf es sich eines Tages, daß Madonna Felicetta ein Paar neue Strümpfe brauchte, denn die ihrigen waren durchlöchert und zerrissen. Sie sagte daher ihrem Gatten Ser Zambone, er müsse ihr ein Paar machen lassen. Ser Zambone antwortete ihr jedoch, er hätte anderes zu tun, und wenn die Strümpfe zerrissen wären, so möge sie sich dabeimachen und sie ausbessern und Flikken daraufsetzen. Madonna Felicetta, die von ihrem ersten Manne verwöhnt worden war, erklärte, sie sei nicht willens, geflickte und angestückte Strümpfe zu tragen, sie wolle neue haben. Ser Zambone antwortete ihr jedoch, bei ihm zu Hause mache man es so, er habe keine Lust, ihr neue machen zu lassen. Jeder beharrte auf seinem Standpunkt, und so gab ein Wort das andere, bis Ser Zambone schließlich ausholte und ihr eine derartige Ohrfeige versetzte, daß sie sich rund herumdrehte. Als Madonna Felicetta sich von Ser Zambone geschlagen fühlte, wollte sie sich erst recht nicht zufriedengeben und fing an, ihm die gröbsten Beleidigungen an den Kopf zu werfen, worauf Ser Zambone, der sich darob in seiner Ehre gekränkt fühlte, so gewaltig mit den Fäusten auf sie einschlug, daß die Ärmste sich schließlich fügen mußte.

Als die Sommerzeit vorüber und die Kälte gekommen

war, bat Madonna Felicetta Ser Zambone um ein Seidenfutter, um damit ihren Pelz wieder instand zu setzen. Dieser war in schlechtem Zustande, und damit er sich überzeuge, daß das alte Futter zerrissen, brachte und zeigte sie es ihm. Auf Ser Zambone machte dies aber keinen Eindruck, und er antwortete ihr, sie möge es ausbessern. Bei ihm zu Hause pflege man keinen solchen Aufwand zu treiben. Da wurde Madonna Felicetta sehr zornig und erklärte, sie wolle das Futter unter allen Umständen. Ser Zambone bedeutete ihr aber, sie möge schweigen und ihn nicht in Wut bringen, es könnte ihr sonst übel ergehen. Ein neues Futter bekäme sie nicht. Madonna Felicetta aber reizte ihn, indem sie sagte, sie verlange ein neues Futter. Schließlich gerieten beide in eine so wahnwitzige Wut, wie sie noch niemand mit Augen gesehen, bis Ser Zambone seiner Gewohnheit gemäß zum Stocke griff und ihr einen Pelz von soviel Schlägen anmaß, wie überhaupt auf ihr sitzen wollten und sie dann halbtot liegenließ. Madonna Felicetta sah, daß Ser Zambones Gesinnung gegen sie sich vollständig geändert hatte, und begann laut den Tag und die Stunde zu verfluchen, da man ihr geraten hatte, ihn zum Gatten zu nehmen, und schrie: »Das also, du gemeiner Kerl, du Undankbarer, du Schuft, du hergelaufenes Subjekt, du Vielfraß, du Verruchter, ist der Dank, ist die Vergeltung, die du mir für die Wohltaten, die ich dir erwies, zuteil werden läßt. Aus dem niedrigen Knecht, der du warst, habe ich dich zum Herrn, nicht nur meines Vermögens, sondern sogar meiner eignen Person gemacht – und dafür behandelst du mich auf diese Weise! Aber wart nur, du Verräter, das soll dir nie und nimmer vergessen werden!«

Als Zambone merkte, daß Madonna Felicetta nicht aufhören wollte mit Schimpfen, es vielmehr immer ärger trieb, ließ er den Stock wieder ausgiebig auf ihr tanzen.

Und durch die häufige Anwendung dieses Mittels schüchterte er sie schließlich so ein, daß sie sich, wenn sie ihn nur sprechen oder sich bewegen hörte, vor Angst ins Hemd pinkelte.

Der Winter war vorüber und der Sommer gekommen. Ser Zambone mußte in Geschäften – namentlich um eine gewisse Summe Geld von Schuldnern einzukassieren – nach Bologna gehen und sich dort eine ganze Reihe von Tagen aufhalten. Er sagte daher zu Madonna Felicetta: »Ich tue dir zu wissen, daß ich zwei Brüder habe, beide nicht weniger bucklig als ich und mir so außerordentlich ähnlich, daß man uns nicht auseinanderzuhalten vermag. Und wer uns alle drei zusammen sähe, würde nicht wissen, wer von uns ich und wer sie. Sollten sie nun zufällig nach Rom kommen und sich in unserm Hause einquartieren wollen, so nimm sie unter keinen Umständen auf, damit sie nicht mit deinem Eigentum auf und davon gehen, denn es sind schlechte, abgefeimte und gerissene Kerle. Und sollte ich erfahren, daß du sie trotzdem beherbergt hast, so werde ich dich zur unglücklichsten Frau der Welt machen.« Nach diesen Worten begab er sich auf die Reise.

Es vergingen keine zehn Tage nach Ser Zambones Abreise, da kamen seine Brüder Bertaccio und Santo in Rom an und suchten und fragten so lange nach ihrem Bruder, bis ihnen sein Laden gezeigt wurde. Als Bertaccio und Santo den schönen Laden Ser Zambones sahen und bemerkten, wie gut er mit Tuch versehen war, machten sie große Augen und verwunderten sich über die Maßen, daß es ihm möglich gewesen, in so kurzer Zeit zu diesem schönen Besitz zu gelangen. Noch ganz außer sich vor Erstaunen, traten sie in den Laden ein und fragten nach Ser Zambone. Es wurde ihnen jedoch geantwortet, er sei nicht zu Hause, auch nicht einmal in

Rom. Da antwortete Bertaccio, sie hätten ihn gerne gesprochen, da er aber fort sei, möchten sie mit seiner Frau reden. Madonna Felicetta wurde gerufen und erschien im Laden. Kaum aber wurde sie Bertaccios und Santos ansichtig, da gab es ihr einen Stich ins Herz, und sie wußte, daß ihre Schwäger vor ihr standen. Als Bertaccio sie erblickte, fragte er: »Madonna, seid Ihr Zambones Gattin?« – »Freilich«, antwortete sie. Worauf Bertaccio: »Dann gebt uns die Hand, denn wir sind die Brüder Zambones, Eures Gatten, und Eure Schwäger.«

Madonna Felicetta, die sich der Worte ihres Mannes erinnerte und gleichzeitig der Schläge, mit denen er sie zu traktieren pflegte, wollte sie nicht begrüßen. Doch brachten es die Brüder durch viele Schmeichelreden und gute Worte dahin, daß sie ihnen schließlich die Hand gab. Und sowie sie die beiden auf diese Weise begrüßt hatte, sagte Bertaccio: »O meine liebe Schwägerin, gebt uns eine Kleinigkeit zu frühstücken, denn wir sind halbtot vor Hunger.« Sie wollte sich aber um nichts in der Welt dazu überreden lassen. Die Brüder wußten ihr jedoch soviel gute Worte zu geben, sie so schön zu bitten und ihr zu schmeicheln, daß Madonna Felicetta schließlich Mitleid fühlte, sie ins Haus führte und ihnen gut zu essen und noch besser zu trinken gab, ja ihnen sogar eine Schlafstelle anwies.

Es waren noch keine drei Tage vergangen, da kehrte Zambone heim, während Bertaccio und Santo sich gerade mit der Schwägerin unterhielten. Als Madonna Felicetta hörte, daß ihr Mann zurückgekehrt, geriet sie in größte Bestürzung und wußte in ihrer Angst nicht, was tun, damit Zambone die Brüder nicht zu Gesicht bekäme. Und da sie keinen anderen Rat wußte, ließ sie sie schnell in die Küche gehen. Dort befand sich eine Vertiefung, in welcher die Schweine beim Schlachten abgebrüht und enthaart wurden. Und ungeachtet des üblen Zustandes, in dem die Grube sich befand, hob Felicetta die Abdeckung hoch und ließ die beiden sich in dem Loche verbergen.

Als Ser Zambone in die Wohnung hinaufkam und seine Frau mit feuerrotem Gesicht sah, schwieg er eine Weile nachdenklich und fragte dann: »Wie kommt's, daß ich dich so rot und verwirrt sehe? Solltest du etwa einen Buhlen im Hause haben? Sag, was ist los!« Etwas unsicher antwortete Felicetta, sie habe niemand im Hause. Ser Zambone aber sah sie scharf an und sagte: »Du hast gewiß etwas ausgefressen! Solltest du etwa gar meine Brüder in der Wohnung versteckt haben?« – »O nein!« antwortete sie kecklich. Da griff er seiner Gewohnheit gemäß zum Stock und ließ ihn auf ihr tanzen. Bertaccio und Santo, die unten im Schweineloch kauerten, hörten alles und hatten solche Angst, daß sie sich in die Hosen machten und sich nicht zu rühren wagten. Nachdem Ser Zambone den Stock weggelegt hatte, suchte er das ganze Haus ab, um vielleicht etwas zu entdecken. Da er aber sah, daß nichts zu finden war, beruhigte er sich ein wenig und machte sich allerlei im Hause zu schaffen. Dieses dauerte aber so lange, daß Bertaccio und Santo sowohl infolge der Angst wie der gewaltigen Hitze und des unerträglichen Gestanks, der die Schweinegrube erfüllte, dort unten den Geist aufgaben.

Als nun die Stunde gekommen, da Ser Zambone auf den Marktplatz zu gehen pflegte, um seine Geschäfte zu betreiben, wie es die guten Kaufleute tun, verließ er endlich das Haus. Kaum war er fort, so ging Madonna Felicetta zu der Vertiefung, um ihre Schwäger fortzuschikken, damit Zambone sie nicht im Hause fände. Als sie aber den Deckel von der Öffnung nahm, fand sie alle beide tot und genau wie Schweine aussehend. Als die

Ärmste diese Bescherung sah, wußte sie vor Angst und Schrecken nicht aus noch ein. Damit nun weder Ser Zambone noch sonst jemand etwas davon erfahre oder merke, suchte sie sie möglichst schnell aus dem Hause hinauszubefördern. Wie ich gehört habe, herrschte in Rom seinerzeit die Sitte, daß Pilger oder Fremde, die tot auf der Straße oder in Häusern aufgefunden wurden, von speziellen Totengräbern mitgenommen, zu den Mauern der Stadt getragen und in den Tiber geworfen wurden, so daß man nie wieder etwas von ihnen hörte.

Madonna Felicetta hatte sich gerade an ein Fenster begeben, um auszuspähen, ob sich nicht einer ihrer Freunde zeige, der die Leichen fortschaffen lassen könnte, als glücklicherweise einer jener Totengräber vorbeikam. Sie winkte ihn herbei und teilte ihm mit, sie habe einen Toten im Haus, er möge heraufkommen, um ihn mitzunehmen und dem Brauche gemäß in den Tiber zu werfen. Felicetta hatte zuvor eine der beiden Leichen aus der Grube herausgezogen und neben sich auf den Boden gelegt. Als nun der Totengräber heraufgekommen war, half sie ihm den Körper auf die Schulter zu laden und sagte ihm, er möge nachher wiederkommen, sie würde ihn dann bezahlen. Der Totengräber ging zu den Mauern, warf die Leiche in den Tiber und kehrte, nachdem er sich dieses Geschäfts entledigt, zu Felicetta zurück, um sich von ihr einen Florin für seinen Dienst ausbezahlen zu lassen. Während der Totengräber den Leichnam davongetragen hatte, hatte Madonna Felicetta, die sehr listig war, den anderen Toten aus der Grube gezogen und ihn genau so neben dieselbe gelegt, wie der andere gelegen hatte. Nun kehrte der Totengräber zu Madonna Felicetta zurück, um seine Bezahlung in Empfang zu nehmen. Da fragte sie ihn: »Hast du den Leichnam in den Tiber geworfen?« – »Jawohl, Madonna«, antwortete der Totengräber. – »Hast du ihn wirklich hineingeworfen?« fragte sie noch einmal. – »Nun freilich, und wie!« versicherte er. Empört rief Madonna Felicetta: »Wie? Du willst ihn in den Tiber geworfen haben? Schau einmal nach, ob er nicht noch da ist! Als der Totengräber den Leichnam erblickte, glaubte er wirklich, es sei derselbe. Da stand er ganz entsetzt und beschämt da, lud ihn schließlich brummend und fluchend auf die Schultern, trug ihn auf die Einfassung des Flusses hinauf und warf auch ihn in den Tiber und sah eine Weile zu, wie er flußabwärts trieb.

Als aber der Totengräber zurückkehrte, um endlich sein Geld bei Madonna Felicetta zu kassieren, begegnete er Ser Zambone, dem dritten Bruder, der gerade heimkehrte. Der Totengräber erblickte Ser Zambone, der jenen andern beiden, die er in den Tiber geworfen, so außerordentlich ähnelte, und geriet darüber in solchen Zorn, daß er Gift und Galle spuckte. In der Tat glaubte er, es sei derselbe, den er bereits zweimal in den Tiber geworfen und irgendein Kobold, der wieder zurückkehrte. So sprang er ihm, eine Hebestange schwingend, nach, schlug sie Ser Zambone um den Kopf und schrie: »Ha, du miserabler Kerl, du Schurke! Glaubst du denn, ich hätte Lust, den ganzen heutigen Tag nichts weiter zu tun, als dich immer wieder in den Tiber zu schmeißen?« Und damit verdrosch er ihn dermaßen, daß der unglückliche Ser Zambone sich gleichfalls anschickte, zu Pilatus zu reden. Dann nahm er den Körper, aus dem das Leben noch nicht ganz gewichen war, und warf ihn in den Tiber. Und so endeten Zambone, Bertaccio und Santo auf jämmerliche Weise.

Als Madonna Felicetta Kunde von dem Geschehenen erhielt, empfand sie die größte Freude und Befriedigung, daß sie nunmehr von ihren vielen Leiden erlöst war und ihre ehemalige Freiheit wiedererrungen hatte.

Der Ring

Gallese, König von Portugal, hatte einen Sohn namens Nerino, den er dergestalt erziehen ließ, daß er bis zu seinem achtzehnten Lebensjahr keine andere Frau zu sehen bekam als seine Mutter und die Amme, die ihn stillte. Als nun aber Nerino zur Volljährigkeit gelangt war, beschloß der König, ihn auf die Universität Padua zu schicken, um dort die lateinische Literatur, die Sprache und die Sitten Italiens kennenzulernen. Gedacht, getan. Als der junge Nerino in Padua angelangt war, schloß er Freundschaft mit vielen Studenten, welche ihm täglich den Hof machten. Unter diesen war außerdem ein Arzt, der sich Meister Raimondo Brunello der Physikus nannte. Da sie nun oft sich über verschiedene Dinge miteinander unterhielten, kamen sie eines Tages, wie es unter jungen Leuten zu geschehen pflegt, auch auf die Schönheit der Frauen zu sprechen. Der eine sagte dies, der andere jenes. Nerino aber, weil er früher keine Frau gesehen hatte, außer seine Mutter und seine Amme, behauptete mit großer Entschiedenheit, daß seinem Urteil nach in der ganzen Welt keine schönere, anmutigere und stattlichere Frau zu finden sei als seine Mutter.

Alle, die man ihm nannte, erklärte er im Vergleich mit seiner Mutter zu Gesindel. Meister Raimondo, welcher eine der schönsten Frauen hatte, die je die Natur geschaffen, rückte sich über die Possen die Halskrause zurecht und sprach: »Herr Nerino, ich kenne ein Weib von so großer Schönheit, sähet Ihr sie, Ihr würdet sie nicht minder schön, vielmehr schöner als Eure Mutter erachten.«

Nerino antwortete, er könne nicht glauben, daß sie schöner sei als seine Mutter, aber es würde ihm Vergnügen machen, ihr zu begegnen. Worauf Raimondo versetzte: »Wenn es Euch gefällig ist, sie zu sehen, so bin ich erbötig, sie Euch zu zeigen.«

»Das wird mir sehr lieb sein«, entgegnete Nerino, »ich werde Euch dafür verbunden sein.«

»Wenn es Euch also beliebt«, begann hierauf Meister Raimondo, »so kommt morgen früh in die Domkirche, und ich verspreche, sie Euch zu zeigen.«

Alsdann ging er nach Hause und sprach zu seiner Frau: »Steh morgen zeitig auf, ordne dein Haar, mache dich schön und kleide dich anständig, denn ich will, daß du zur Zeit der Messe in den Dom gehst, das Hochamt zu hören.«

Genobbia – so hieß die Gattin des Meisters Raimondo – war nicht gewohnt, überflüssige Wege zu machen, sondern brachte fast den ganzen Tag mit Nähen und Sticken zu Hause zu. Sie verwunderte sich daher über dieses Ansinnen nicht wenig; weil es aber sein Wunsch und Wille war, so ergab sie sich darein und kleidete und richtete sich so herrlich her, daß sie nicht eine Frau, sondern eine Göttin zu sein schien.

Genobbia ging nun nach ihres Gatten Befehl in den heiligen Tempel, und bald kam auch Nerino, der Königssohn, in die Kirche. Da er Genobbia sah, hielt er sie in seinem Sinne für außerordentlich schön. Nachdem die schöne Genobbia sich wieder entfernt hatte, kam Meister Raimondo, trat zu Nerino und sprach: »Nun, was dünkt Euch von der Frau, die soeben aus der Kirche gegangen ist? Meint Ihr, daß sich irgendeine neben sie stellen dürfe? Ist sie nicht schöner als Eure Mutter?«

»In der Tat«, sagte Nerino, »sie ist schön. Die Natur könnte keine schönere schaffen. Aber seid so gut und sagt mir, wessen Frau sie ist und wo sie wohnt!«

Darauf antwortete ihm aber Meister Raimondo nicht, denn er wollte es nicht verraten.

»Lieber Meister Raimondo«, sagte hierauf Nerino, »wenn Ihr es mir nicht sagen wollt, wer sie ist und wo sie wohnt, so versprecht mir wenigstens, daß ich sie noch einmal zu sehen bekomme.«

»Recht gern«, antwortete Raimondo. »Kommt morgen wieder her in die Kirche, so will ich dafür sorgen, daß Ihr sie wie heute sehen könnt.«

Darauf begab sich Meister Raimondo nach Hause und sprach zu seiner Frau: »Genobbia, morgen früh halt dich bereit, denn ich will, daß du zur Messe in den Dom gehst, und wenn du dich jemals schön gemacht und prachtvoll gekleidet hast, so tu es morgen!«

Darüber verwunderte sich Genobbia von neuem, wie das erstemal. Weil sie aber dem Befehl ihres Mannes Gehorsam schuldig war, tat sie, was er von ihr verlangte.

Als der Morgen kam, begab sich Genobbia in reicher Kleidung und mehr als gewöhnlich geschmückt nach der Kirche. Es währte nicht lange, so kam auch Nerino, und als er sie so äußerst schön sah, erglühte er so heftig in Liebe zu ihr, als nur je ein Mann für ein Weib geglüht hat. Meister Raimondo kam nun auch hinzu, und Nerino bat ihn, er möge ihm sagen, wer sie sei, die in seinen Augen so viel Schönheit besitze. Aber Meister Raimondo, der sich stellte, als habe er seiner Praxis wegen große Eile, wollte es ihm jetzt nicht sagen, sondern ließ den Jüngling in seinem Fette schmoren und ging lachend davon. Nerino geriet in großen Zorn wegen des Mangels an Achtung, womit ihn Raimondo zu behandeln schien, und sprach zu sich selbst: »Du willst nicht, daß ich wissen soll, wer sie ist, aber ich werde es dir zum Trotz schon erfahren.«

Er verließ die Kirche und wartete draußen so lange, bis die schöne Frau ebenfalls herauskam, worauf er sie so bescheiden wie freundlich grüßte und bis zu ihrem Hause begleitete. Da nun Nerino die Wohnung der Frau ermittelt hatte, begann er ihr den Hof zu machen und ließ selten einen Tag verstreichen, wo er nicht zehnmal vor ihrem Hause vorübergegangen wäre. Er wünschte eine Unterredung mit ihr zu haben und versank unaufhörlich in Gedanken, wie er es einrichten könne, daß er seinen Zweck erreiche und die Ehre der Frau unverletzt bleibe. Trotz langem Hinundhersinnen wollte ihm kein Mittel einfallen, das ihm heilsam wäre. Er geriet nun so lange auf die abenteuerlichsten Einfälle, bis er die Bekanntschaft einer Alten machte, welche dem Hause Genobbias gegenüber wohnte. Dieser machte er verschiedene kleine Geschenke, wodurch er ihre Freundschaft gewann und heimlich in ihr Haus schleichen konnte. Das Haus dieser Alten hatte ein Fenster, das nach dem Saal von Genobbias Wohnung blickte. Von dort aus konnte Nerino sie mit Muße betrachten, wie sie sich in ihrem Hause hin und her bewegte. Doch wollte er sich selbst nicht zeigen, um ihr keinen Anlaß zu geben, sich künftig vor seinen Blicken zu verbergen.

Als Nerino nun alle Tage auf seinem geheimen Beobachtungsposten zubrachte und der heißen Flamme nicht widerstehen konnte, die ihm das Herz verzehrte, beschloß er bei sich, Genobbia einen Brief zu schreiben und zu einer Zeit ins Haus zu werfen, wo er ihren Mann nicht daheim glaubte. Und also tat er, ja wiederholte es. Aber Genobbia warf seine Briefe ungelesen und ohne viel Bedenken ins Feuer. Doch als sie dies mehrmals getan hatte, fiel es ihr ein, auch einmal einen zu öffnen und zu sehen, was darin stehe. Als sie ihn aufgemacht, sah sie, daß der Briefschreiber Nerino der Sohn des Königs von Portugal sei, der sich heftig in sie verliebt habe, worüber sie erst eine Weile in Nachdenken versank, dann aber in Anbetracht des üblen Lebens, das sie bei ihrem Manne führte, guten Mut schöpfte und Nerino freundliche Blicke zuwarf. Auf geschickte Weise schaffte sie ihn ins Haus, wo ihr der Jüngling dann die heiße Liebe erklärte, die er zu ihr im Herzen trage, und die Qualen, die er um ihretwillen stündlich erdulden müsse, und erzählte ebenso, wie er sich in sie verliebt habe. Und sie, die schön, liebreizend und mitleidig war, versagte ihm ihre Liebe nicht. Während sie nun beide in gegenseitiger Liebe vereinigt waren und verliebter Gespräche pflogen, da klopfte plötzlich Meister Raimondo an die Haustüre. Als Genobbia dies hörte, hieß sie Nerino sich auf das Bett legen, zog die Vorhänge zu und wies ihn an, hier das Fortgehen ihres Gatten abzuwarten. Raimondo trat ins Haus, steckte irgendeine seiner Siebensachen zu sich und entfernte sich wieder, ohne etwas bemerkt zu haben.

Des anderen Tages, als Nerino sich auf dem Marktplatz erging, kam zufällig Meister Raimondo vorüber. Nerino deutete durch Winken an, daß er ihn zu sprechen wünsche, dann ging er auf ihn zu und sprach: »Messere, ich habe Euch eine gute Botschaft zu bringen!«

»Und welche?« fragte Meister Raimondo.

»Ich kenne jetzt die Wohnung jener wunderschönen Frau, und ich hatte anmutige Unterredungen mit ihr! Und als ihr Mann nach Hause kam, verbarg sie mich in dem Bette und zog die Vorhänge zu, damit er mich nicht sehen konnte, worauf er sich auch sogleich wieder entfernte.«

»Ist das möglich?« rief Meister Raimondo.

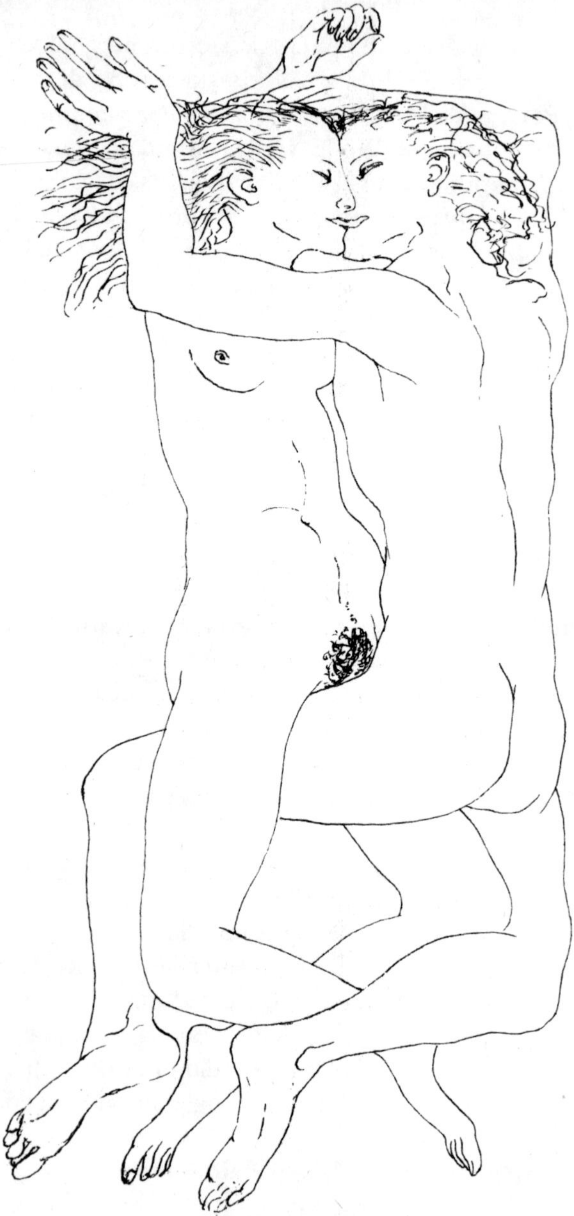

»Möglich«, versetzte Nerino, »und tatsächlich. In meinem Leben habe ich noch kein herrlicheres, holdseligeres Weib gesehen. Solltet Ihr sie vielleicht nächstens besuchen, so empfehlt mich ihr und bittet sie, mich in gutem Andenken zu behalten!«

Meister Raimondo versprach ihm, dies zu tun, und nahm unwillig Abschied. Doch fragte er zuvor Nerino: »Werdet Ihr wieder hingehen?«

Nerino versetzte: »Das könnt Ihr Euch denken!«

Meister Raimondo begab sich nach Hause, entschloß sich aber, seiner Frau nichts zu sagen, sondern abzuwarten, bis er die beiden zusammen fände. Am folgenden Tag besuchte Nerino wieder Genobbia. Während sie sich den Freuden der Liebe und ergötzlichen Gesprächen hingaben, kam plötzlich der Mann nach Hause. Sie aber verbarg Nerino geschwind in einer Truhe und warf eine Menge Kleider darüber, die sie lüften wollte, um sie vor Motten zu bewahren. Der Mann stellte sich, als suche er etwas von seinen Sachen, durchstöberte das ganze Haus, guckte sogar in das Bett hinein, aber er fand nichts und ging sodann beruhigt hinweg und besuchte seine Patienten.

Nerino entfernte sich gleichfalls, und als er dem Meister Raimondo wieder begegnete, sprach er zu ihm: »Herr Doktor, da komme ich eben von der schönen Frau; aber das neidische Geschick hat mir alle Freude verdorben, denn ihr Mann kam dazu und störte alles.«

»Und wie entkamt ihr?« fragte Meister Raimondo.

»Sie schloß eine Truhe auf«, antwortete Nerino, »und steckte mich hinein, und darüber warf sie eine Menge Kleider, welche sie bearbeitete, daß sie nicht von Motten zerfressen würden. Er aber kehrte das Bett um und um, und als er nichts fand, ging er seiner Wege.«

Wie verdrießlich dies Meister Raimondo gewesen sein

muß, mag sich jeder vorstellen, der weiß, wie die Liebe tut. Inzwischen hatte Nerino Genobbia einen schönen kostbaren Diamant geschenkt, in dessen goldener Fassung sein Kopf und sein Name eingegraben standen. Des andern Tages, als Meister Raimondo ausgegangen war, seine Kranken zu besuchen, ließ die Frau Nerino wieder ins Haus. Kaum war sie mit ihm in den Freuden der Liebe und anmutigen Wechselreden begriffen, so kehrte jener schon wieder nach Hause zurück. Aber die verschlagene Genobbia hatte kaum die Rückkehr ihres Mannes wahrgenommen, so öffnete sie einen großen Schrank, der in ihrer Kammer stand, und verbarg Nerino darin.

Meister Raimondo trat ins Haus, stellte sich, als suche er etwas von seinen Sachen, und kehrte in der Stube alles zuunterst und zuoberst. Als er weder im Bette noch in den Truhen fand, was er suchte, nahm er wie ein Rasender ein brennendes Holzscheit und hielt es, fest entschlossen, die ganze Kammer mit allem, was darin war, anzuzünden, an die vier Pfähle des Gemachs. Schon hatten die Wände und Querbalken Feuer gefangen, als Genobbia sich zu ihrem Manne wandte und rief: »Was soll das heißen, mein Gemahl? Seid Ihr etwa toll geworden? Wollt Ihr das Haus einäschern, so fahrt nur zu! Aber meiner Treu, diesen Schrank sollt Ihr mir nicht verbrennen, der die Schriften birgt, die zu meinem Heiratsgut gehören.«

Hierauf ließ sie vier starke Kerle kommen und den Schrank in das Haus der alten Nachbarin tragen, wo sie ihn heimlich, ohne daß es jemand merkte, öffnete und sich dann nach Hause zurückbegab. Der sinnenlose Meister Raimondo hatte nur sehen wollen, ob jemand hervorkomme, der ihm nicht angenehm wäre, aber er sah nichts als unerträglichen Rauch und das lohende Feuer, welches das Haus verzehrte. Inzwischen liefen die Nachbarn herbei, um die Feuersbrunst zu ersticken, und arbeiteten so lange, bis sie sie endlich bemeisterten. Am folgenden Tage, als Nerino auf dem Wege nach dem Prato della Valle war, stieß er auf Meister Raimondo, grüßte ihn und sprach: »Lieber Meister, ich muß Euch wieder eine Geschichte erzählen, die Euch sehr behagen wird.«

»Und welche?« fragte Meister Raimondo.

»Ich bin der schrecklichsten Gefahr entgangen, der jemals ein Mensch entronnen sein mag. Ich ging wieder in das Haus jener edlen Dame und war mit ihr in anmutigen Unterhaltungen begriffen, als plötzlich ihr Mann heimkam, das ganze Haus um und um kehrte, endlich ein Scheit packte und es an alle vier Ecken der Stube hielt, so daß alles verbrannte, was darin war.«

»Und Ihr«, sagte Meister Raimondo, »wo stecktet Ihr?«

»Ich war in einem Schrank verborgen«, antwortete Nerino, »welchen die Dame aus dem Haus tragen ließ.«

Als Meister Raimondo dies vernahm und an der Wahrheit der Erzählung nicht zweifeln konnte, meinte er vor Schmerz und Ärger zu sterben. Aber er durfte sich nicht verraten, weil er hoffte, Nerino auf frischer Tat zu ertappen.

»Nun, Herr Nerino«, fragte er ihn, »werdet ihr wohl noch einmal zu ihr zurückkehren?« Nerino versetzte: »Da ich dem Feuer entgangen bin, wovor sollte ich mich noch fürchten?«

Meister Raimondo brach nun dieses Gespräch ab und bat Nerino, am folgenden Tag mit ihm zum Frühstück zu kommen. Der Jüngling nahm die Einladung mit Freuden an.

Am folgenden Tag lud Meister Raimondo alle seine Verwandten und die seiner Frau zu sich ein. Er bestellte ein pomphaftes, prächtiges Mahl – nicht in seinem Hause, welches halb abgebrannt war, sondern anderwärts – und wies auch seine Frau an, sich dahin zu begeben, jedoch nicht mit am Tisch zu sitzen, sondern sich verborgen zu halten und das Nötige zu besorgen. Als nun die Verwandten sowie auch der junge Nerino versammelt waren und man sich zu Tische setzte, suchte Meister Raimondo durch erkünstelte Lustigkeit den Nerino betrunken zu machen, um hernach seinen Anschlag ausführen zu können. Nachdem ihm Meister Raimondo den mit Malvasier gefüllten Becher des öfteren gereicht und Nerino ihn immer redlich geleert hatte, sprach Meister Raimondo: »Ach, Herr Nerino, erzählt doch unsern Verwandten irgendein drolliges Geschichtchen!«

Der arme Nerino wußte nicht, daß Genobbia Meister Raimondos Frau war, und hub an, sein Abenteuer mit ihr zu erzählen, jedoch ohne irgendeinen Namen zu nennen.

Es geschah nun, daß einer der Diener in die Kammer ging, wo sich Genobbia befand und zu ihr sprach: »Madonna, wäret Ihr irgendwo in einer Ecke versteckt, so könntet Ihr die schönste Geschichte erzählen hören, die Ihr in Eurem Leben gehört habt. Ich bitte Euch, kommt mit mir!«

Sie versteckte sich also in einem Winkel und erkannte bald die Stimme ihres Liebhabers Nerino und daß die Geschichte, welche er erzählte, ihre eigene sei. Hierauf nahm die listige, kluge Frau den Diamant, den ihr Nerino geschenkt hatte, warf ihn in eine silberne Schale, die sie mit dem köstlichsten Trank füllte und sprach zu dem Diener: »Nimm diese Schale und reiche sie Nerino! Sag ihm, er möge sie trinken. Nachher wird er um so besser erzählen können.«

Der Diener nahm die Schale, trug sie zur Tafel, und

als Nerino trinken wollte, sprach er zu ihm: »Herr, nehmt diese Schale, dann könnt Ihr um so besser erzählen!«

Nerino nahm die Schale und trank den Wein ganz aus. Da sah und erkannte er den Diamanten, der darin lag, ließ sich ihn in den Mund gleiten und tat dann, als wolle er den Mund abwischen, wobei er ihn herauszog und an den Finger steckte. Nun erkannte Nerino, daß die schöne Frau, von welcher er erzählte, Meister Raimondos Gattin sei, und wollte nicht weitergehen. Als Meister Raimondo und seine Verwandten ihn aufforderten, die angefangene Geschichte weiterzuerzählen, antwortete er: »Und wieder und wieder krähte der Hahn, und plötzlich war es Tag; ich erwachte aus meinen Träumen und die Geschichte war aus.«

Als die Verwandten des Meisters Raimondo dies hörten, welche vorher geglaubt hatten, alles, was sie von Nerino über seine Dame hörten, sei wahr, behandelten sie den einen wie den andern als die größten Trunkenbolde.

Nach einigen Tagen traf Nerino den Meister Raimondo, stellte sich, als wisse er nicht, daß er der Mann Genobbias sei, und sagte ihm, in einigen Tagen werde er abreisen, da ihm sein Vater geschrieben habe, er möge unverzüglich in sein Reich zurückkehren. Meister Raimondo wünschte ihm Glück zur Reise. Aber Nerino hatte heimliche Abrede mit Genobbia getroffen, entfloh mit ihr und brachte sie nach Portugal, wo er lange in Freuden mit ihr lebte.

Als aber Meister Raimondo nach Hause kam und seine Frau nicht fand, gab er wenige Tage danach in Verzweiflung seinen Geist auf.

Die Schläue des Pfarrers

In der Nähe von Imola, einer von rachsüchtigen Parteien fast in Grund und Boden ruinierten Stadt, liegt ein Flecken namens Postema, in dessen Kirche in der Vergangenheit ein Priester namens Pfarrer Scarpacifico amtierte, ein sehr reicher, aber über die Maßen geiziger Mann. Dieser hielt sich eine Haushälterin namens Nina, die so schlau und gerissen war, daß sie es mit jedem Manne aufnehmen konnte. Überdies war sie treu und verwaltete sein Hauswesen verständig, so daß er sie sehr schätzte. Der biedere Pfarrer war in seiner Jugend einer der unternehmendsten Männer im Imoleser Gebiet gewesen, doch jetzt, da er hoch in die Jahre gekommen war, fielen ihm die Anstrengungen der weiten Wege recht schwer. Deshalb redete ihm die gute Frau gehörig zu, ein Pferd zu kaufen, damit er durch das viele Zufußgehen seinem Leben nicht vorzeitig ein Ende setze. Von den Bitten und Vorstellungen seiner Haushälterin besiegt, suchte Pfarrer Scarpacifico eines Tages den Markt auf. Dort sah er ein Maultier, das seinem Bedürfnis angemessen schien, und kaufte es für sieben Goldflorinen.

Zufällig befanden sich auf dem Markte drei lockere Kumpane, die lieber von fremdem Eigentum als von eigenem lebten, wie es auch heutzutage noch keine Seltenheit ist. Diesen entging es nicht, daß Scarpacifico das Maultier kaufte, und der eine von ihnen sagte: »Kameraden, das Maultier muß unser sein.« – »Und auf welche Weise?« fragte die anderen. – »Laßt uns«, antwortete er,

»auf der Straße, die der Priester passieren muß, auf ihn warten, einer vom andern eine Viertelmeile entfernt, und ihm – jeder einzeln – sagen, sein Maultier sei ein Esel. Wenn wir fest bei dieser Behauptung beharren, wird das Maultier uns ohne Mühe zufallen.«

Der Vorschlag gefiel, sie machten sich auf den Weg und verteilten sich auf der Straße, wie sie es verabredet. Sobald Pfarrer Scarpacifico dem einen der Wegelagerer nahe war, tat dieser, als käme er aus einer anderen Gegend als vom Markte, und begrüßte ihn mit einem: »Gott behüte Euch, Messere!« – »Glück auf den Weg, lieber Bruder!« antwortete Pfarrer Scarpacifico. – »Wo kommt Ihr her?« fragte der Wegelagerer. – »Vom Markte«, antwortete der Priester. – »Und was habt Ihr Schönes gekauft?« – »Dieses Maultier.« – »Welches Maultier?« – »Das, auf dem ich jetzt reite.« – »Ist das Euer Ernst oder macht Ihr Euch über mich lustig?« – »Wieso?« – »Weil mir dies kein Maultier, sondern ein Esel zu sein scheint.« – »Was? Ein Esel?« verwunderte sich der Pfarrer und setzte, ohne weiter ein Wort zu verlieren, eilig seinen Weg fort. Er war aber kaum zwei Bogenschüsse weitergetrabt, da kam ihm der zweite Bursche entgegen und sagte: »Guten Tag, Messere, woher kommt Ihr?« – »Vom Markt.« – »War er gut bestellt?« – »Jawohl.« – »Habt Ihr einen guten Einkauf gemacht?« – »O ja, ich habe das Maultier gekauft, das du hier siehst.« – »Sprecht Ihr im Ernst? Habt Ihr ihn für ein Maultier gekauft?« – »Freilich.« – »Aber es ist doch ein leibhaftiger Esel!« – »Was, ein Esel?« rief der Pfarrer da aus. »Wenn mir das noch einer sagt, mache ich das Tier ihm zum Geschenk!« Und als er dann seinen Weg fortsetzte, begegnete er dem dritten Gesellen, der zu ihm sagte: »Gott grüß Euch, Messere, solltet Ihr etwa vom Markte kommen?« – »Jawohl.« – »Und was habt Ihr dort Schönes gekauft?« – »Ich habe dieses Maultier hier eingehandelt.« – »Was? Maultier? Ihr haltet mich wohl zum besten?« – »Ich spreche im vollen Ernst und spaße durchaus nicht«, entgegnete der gute Pfarrer. – »Ja seht Ihr denn nicht, armer Mann, daß es ein Esel und kein Maultier ist? O die Spitzbuben, wie gründlich sie Euch angeschmiert haben!« Als Pfarrer Scarpacifico dies hörte, rief er: »Kurz vorher haben es mir bereits zwei andere Burschen gesagt, und ich habe es nicht geglaubt.« Damit stieg er ab und fügte hinzu: »Da, nimm, ich schenke ihn dir!« Der Kumpan nahm das Tier, bedankte sich für die Freigebigkeit, ritt zu seinen Genossen zurück und ließ den Pfarrer zu Fuß weitergehen.

Zu Hause angekommen, erzählte Pfarrer Scarpacifico der Nina, er habe ein Reittier gekauft im Glauben, es sei ein Maultier. Es sei jedoch ein Esel gewesen, und da er unterwegs von drei Burschen darauf aufmerksam gemacht worden sei, habe er ihn dem letzten von ihnen geschenkt.

»O du heilige Einfalt!« rief da Nina aus. »Merkt Ihr denn nicht, daß man Euch einen Streich gespielt hat? Ich hätte Euch für schlauer gehalten. Meiner Treu, mich hätten sie nicht angeführt!« – »Beruhige dich«, sagte darauf Pfarrer Scarpacifico, »haben sie mir einen Streich gespielt, so werde ich ihnen deren zwei spielen, zweifle nicht daran. Denn sicherlich werden sie sich damit nicht zufriedengeben, sondern versuchen, ob sie nicht durch eine neue List noch mehr aus mir herauslocken können.«

Nun wohnte in dem Flecken nicht weit vom Hause des Pfarrers ein Bauer, der hatte unter seinen Ziegen zwei, die einander so ähnlich waren, daß man sie nicht leicht voneinander unterscheiden konnte. Diese erhandelte der Priester nun von dem Bauern und bezahlte sie

ihm bar. Am folgenden Tage trug er der Nina auf, ein gutes Mittagessen zuzurichten, weil er einige Freunde zu Gast bitten wolle, und befahl ihr, das vorrätige Kalbfleisch zu nehmen und zu kochen, Hühner und eine Lende zu braten. Darauf gab er ihr einige Gewürze und trug ihr auf, ein Ragout und eine Torte nach ihrer Art zu machen. Dann nahm er eine von den Ziegen, band sie an den Zaun im Hofe und gab ihr zu fressen. Der anderen legte er einen Strick um und ging mit ihr zum Markte.

Kaum war er dort angekommen, als die drei Kumpane ihn auch schon entdeckt hatten, sich ihm näherten und ihn anredeten: »Willkommen, lieber Herr! Was führt Euch her? Wollt Ihr vielleicht etwas Schönes einkaufen?«

»Ja, ich bin hergekommen, um allerlei einzuhandeln, weil heute mittag einige Freunde bei mir essen. Wenn Ihr ebenfalls bei mir vorliebnehmen wollt, so soll es mir sehr angenehm sein.« Jene nahmen die Einladung sehr gern an. Nachdem Pfarrer Scarpacifico das Nötige eingekauft hatte, lud er alles auf den Rücken der Ziege und sagte zu ihr in Gegenwart der drei Gesellen: »Geh nach Hause und sage der Nina, sie solle dieses Kalbfleisch sieden und das Lendenstück und die Hühner braten, und sage ihr ferner, sie möge mit diesen Gewürzen eine gute Torte und ein Ragout nach unserem Geschmack bereiten. Hast du gut verstanden? Dann geh in Frieden!«

Die mit den Lebensmitteln beladene Ziege sah sich bald in Freiheit, lief fort – doch in wessen Hände sie geriet, hat man nicht erfahren. Der Pfarrer, die drei Gesellen und einige seiner Freunde gingen eine Zeitlang auf dem Marktplatz umher, und als es ihnen an der Zeit schien, begaben sie sich zu Scarpacivicos Haus.

Als die Burschen den Hof betraten, erblickten sie sofort die an den Zaun gebundene Ziege, welche das abgeweidete Gras wiederkäute, und glaubten, es sei jene, die der Priester mit den Lebensmitteln nach Hause geschickt hatte, und verwunderten sich darüber nicht wenig. Als sie alle ins Haus getreten waren, fragte Pfarrer Scarpacifico die Nina. »Nina, hast du das besorgt, was ich dir durch die Ziege sagen ließ?« Klug wie sie war, verstand sie sofort, was der Pfarrer meinte, und antwortete. »Jawohl, Messere, ich habe die Lende und die Hühner gebraten, das Kalbfleisch gesotten, und danach habe ich die Torte und das Ragout mit den Gewürzen darin gemacht, genau wie die Ziege mir's gesagt hat.« – »Recht so!« erwiderte der Pfarrer.

Die drei Gesellen, die den Braten, das Gesottene und die Torte auf dem Feuer sahen und Ninas Antwort gehört hatten, verwunderten sich noch viel mehr als zuvor und begannen bei sich zu überlegen, wie sie die Ziege in ihren Besitz bringen könnten. Als das Essen beendet war und sie viel darüber nachgedacht hatten, die Ziege zu stehlen und den Pfarrer zu betrügen, aber keinen Ausweg gefunden hatten, sagten sie zu ihm: »Messere, wir möchten, daß Ihr uns jene Ziege verkauftet.« Da antwortete ihnen der schlaue Priester, er wolle sie nicht verkaufen, denn sie sei unbezahlbar. Wenn sie sie aber unbedingt haben wollten, so schätze er sie auf fünfzig Goldflorinen. Die Kumpane, die ein glänzendes Geschäft zu machen glaubten, zählten ihm sofort die fünfzig Goldflorinen hin.

»Aber ich mache Euch darauf aufmerksam«, bemerkte der Pfarrer, »daß Ihr Euch nicht über mich beschweren dürft, wenn die Ziege, die Euch ja nicht kennt, in den ersten Tagen vielleicht nicht das leistet, was sie leisten sollte, eben weil sie noch nicht an Euch gewöhnt ist.«

Aber die Gesellen gaben ihm weiter keine Antwort

darauf, führten die Ziege höchst vergnügt nach Hause und sagten zu ihren Frauen: »Morgen braucht Ihr nicht eher etwas zum Mittagessen zuzubereiten, als bis wir Euch das Nötige dazu nach Hause schicken.«

Am anderen Morgen gingen sie auf den Markt, kauften Hühner und andere für ihr Mittagessen erforderliche Lebensmittel, luden sie auf den Rücken der Ziege, die sie mitgenommen hatten, und unterrichteten sie in allem, was sie tun und ihren Frauen sagen sollte. Als die mit den Vorräten beladene Ziege sich in Freiheit sah, empfahl sie sich und ward nicht mehr gesehen.

Um die Mittagsstunde kehrten die einfältigen Kumpane heim und fragten ihre Frauen, ob die Ziege mit den Viktualien zurückgekehrt sei und ob sie getan, was sie ihnen gesagt habe. »O Ihr Dummköpfe und Narren!« riefen da die Frauen, »wie könnt Ihr Euch denn einbilden, ein Tier werde Eure Dienste verrichten? Gewiß seid Ihr angeschmiert worden; weil Ihr täglich andere zu betrügen trachtet, seid Ihr am Ende selbst die Betrogenen!«

Als die Biedermänner sahen, daß der Pfarrer sie zum besten gehalten und um fünfzig Goldgulden geprellt hatte, gerieten sie in große Wut und wollten ihn durchaus umbringen, griffen zu ihren Waffen und eilten davon, um ihn aufzusuchen. Aber der kluge Pfarrer Scarpacifico, der um sein Leben bangte und immer auf der Hut war, daß die Gesellen ihm keinen bösen Streich spielten, sagte zu seiner Haushälterin: »Nina, nimm diese Blase voll Blut und verbirg sie unter deinem Rock. Wenn jene Spitzbuben kommen, werde ich die ganze Schuld auf dich schieben, so tun, als sei ich heftig auf dich erzürnt, und dir mit dem Messer hier einen Stich in diese Blase geben, worauf du zu Boden fallen sollst, als seiest du tot – das übrige laß meine Sorge sein.«

Kaum hatte Pfarrer Scarpacifico seine Rede beendet, als die Spitzbuben erschienen und sich auf den Priester stürzten, um ihn zu töten. Dieser aber rief: »Brüder, ich weiß nicht, warum Ihr mir ans Leben wollt, wahrscheinlich hat Euch meine Haushälterin hier etwas Unangenehmes zugefügt, wovon ich nichts weiß.« Und damit zog er das Messer, sprang auf sie zu, stieß nach ihr und stach in die blutgefüllte Blase. Nina tat, als sei sie tot, und fiel zu Boden, und das Blut lief wie ein Bächlein überall hervor. Nun heuchelte der Priester, als ob er beim Anblick dieses schrecklichen Ereignisses Reue empfinde, und schrie überlaut: »O ich Unglücklicher, o ich Elender, was habe ich getan! Gleich einem Verrückten habe ich meine Nina, die Stütze meines Alters, getötet! Wie werde ich je ohne sie leben können!« Also jammernd nahm er eine Pfeife, die er sich nach seinem Sinn gemacht hatte, hob ihr die Kleider hoch, steckte sie ihr zwischen die Backen des Hintern und blies so lange hinein, bis Nina wieder zu sich kam und heil und gesund auf die Füße sprang. Als dies die Spitzbuben sahen, standen sie stumm und starr, und allen Zorn vergessend, kauften sie die Pfeife für zweihundert Florinen und kehrten vergnügt nach Hause zurück.

Eines schönen Tages geschah es, daß einer der Spitzbuben einen Wortwechsel mit seiner Frau hatte und ihr im Zorn das Messer in die Brust stieß, und zwar so wuchtig, bis sie tot hinsank. Da griff er zu der vom Pfarrer gekauften Pfeife, steckte sie ihr zwischen die Hinterbacken und machte es so, wie der Priester es getan hatte, in der Hoffnung, sie werde zum Leben zurückkehren. Er verschwendete seinen Atem jedoch vergebens, denn die arme Seele hatte dieses Leben verlassen und war in das andere eingegangen. Als sein Kumpan dies sah, rief er: »O du Dummkopf, das hast du nicht richtig gemacht, komm, ich will dir's zeigen!« Damit packte er seine eigene Frau bei den Haaren und schnitt ihr mit einem Rasiermesser die Kehle durch, worauf er die Pfeife nahm und ihr in den Hintern blies – aber die Unglückliche lebte nicht wieder auf. Der Dritte machte es ebenso, und so sahen sich alle drei ihrer Frauen beraubt. Voller Wut rannten die Männer daher zu des Pfarrers Hause. Sie wollten nichts mehr von Scarpacificos Torheiten wissen, packten und steckten ihn in einen Sack, in der Absicht, ihn im benachbarten Fluß zu ertränken. Doch während sie ihn dorthin trugen, kam ihnen irgend etwas in die Quere, was sie zwang, den Sack, in dem der Priester gefesselt stak, fallen zu lassen und zu flüchten.

Während nun der Priester auf diese Weise im Sacke eingebunden lag, kam zufällig ein Schafhirt mit seiner Herde des Weges, die das Gras abweidete. Und während er sie so weiden ließ, hörte er eine klagende Stimme, die da rief: »Sie wollen sie mir durchaus geben, und ich will sie nicht; denn ich bin ein Priester und kann sie nicht nehmen.« Der Hirt war ganz erschrocken; denn er konnte sich nicht denken, woher diese immer aufs neue klagende Stimme kam. Und wie er sich bald hierhin, bald dorthin wandte, sah er endlich den Sack, in dem der Priester gebunden lag, kam näher, band ihn auf und fand den Pfarrer. Auf seine Frage, weshalb er in den Sack gesperrt worden sei und so laut schreie, antwortete dieser, daß der Gebieter der Stadt ihm eine seiner Töchter zur Frau geben wolle, er sich jedoch dagegen sträube, erstens weil er sehr bejahrt und dann, weil er sie nicht nehmen dürfe, da er Priester sei. »Glaubt Ihr, daß der Fürst sie mir geben würde, Messere?« fragte der Hirt, der den erdichteten Worten des Pfarrers vollen Glauben schenkte.

»Ich glaube ja«, antwortete dieser, »wenn du wie ich in diesem Sacke gebunden liegst.« Da kroch der Hirt in den Sack, der Pfarrer band ihn fest zu und entfernte sich mit den Schafen von der Stelle, wo er lag.

Es war noch keine Stunde vergangen, da kehrten die drei Spitzbuben an den Ort zurück, wo sie den Priester im Sacke zurückgelassen hatten, luden ihn ohne hineinzusehen auf die Schulter und warfen ihn in den Fluß. So endete der arme Hirt anstatt des Pfarrers sein Leben auf klägliche Weise.

Die Spitzbuben kehrten um und schlugen den Weg nach ihrem Hause ein, und als sie sich miteinander unterhielten, sahen sie die Schafe, die nicht weit davon weideten. Da beschlossen sie, ein paar Lämmer zu stehlen, doch als sie sich an die Herde heranschlichen, erblickten sie Pfarrer Scarpacifico, der ihr Hirt war, und verwunderten sich höchstlich, denn sie hatten geglaubt, er sei im Fluß ertrunken. Sie fragten ihn daher, wie er es fertiggebracht habe, aus dem Fluß herauszukommen. Da antwortete ihnen der Pfarrer: »O Ihr Narren, Ihr wißt auch gar nichts! Hättet Ihr mich noch tiefer hineingeworfen, so wäre ich mit zehnmal soviel Schafen wieder herausgekommen.« Als dies die drei Kumpane vernahmen, riefen sie: »Messere, würdet Ihr uns wohl den Gefallen tun, uns in Säcke zu stecken und in den Fluß zu werfen, damit wir aus Beutelschneidern Herdenbesitzer werden?«

»Ich bin bereit zu tun, was Euch gefällt«, erwiderte der Pfarrer. »Es gibt nichts auf der Welt, was ich lieber für Euch täte.«

Und damit holte er drei feste, dichte Säcke aus Zwillich, steckte die drei Taugenichtse hinein und band so fest zu, daß sie nicht herauskonnten, worauf er sie in den Fluß warf. Und so gingen ihre Seelen auf jämmerliche Weise in die Orte der Finsternis ein, wo sie ewige Qual zu erdulden haben.

Priester Scarpacifico aber kehrte reich an Geld und Schafen nach Hause zurück und verlebte mit seiner Nina noch einige vergnügte Jahre.

Madonna Modestas Schuhhandel

Pistoja ist, wie Euch bekannt, eine alte toskanische Stadt. Dort lebte in unseren Zeiten eine junge Frau namens Madonna Modesta, ein sittlicher Name, der ihr wegen ihres unehrbaren Lebenswandels nicht zukam. Sie war sehr schön und anmutig, aber von niederer Herkunft und hatte einen Mann, Messer Tristano Zancheto geheißen, der umgänglich und rechtschaffen war. Er war mit Leib und Seele Kaufmann, und seine Geschäfte gingen ganz nach Wunsch. Madonna Modesta, deren ganzes Sinnen und Trachten nur der Liebe galt, wollte wie ihr Gatte auch ihrerseits einen – allerdings seltsamen – Handel anfangen, von dem Messer Tristano nichts wissen sollte. Sie stellte sich also jeden Tag zu ihrer Unterhaltung bald auf den, bald auf jenen Balkon und betrachtete alle, die dort auf der Straße vorüberkamen. Die Männer und Jünglinge, die sie vorbeigehen sah, lud sie durch Winke und Gebärden ein, mit ihr der Liebe zu pflegen. Und sie war so eifrig darauf bedacht, ihr Geschäft zum Aufblühen zu bringen, daß es bald niemanden in der Stadt gab, mochte er nun reich oder arm, vornehm oder gering sein, der nicht von ihren Waren nehmen und sie kosten wollte.

Als nun Madonna Modesta zu großem Rufe gelangt war, nahm sie sich fest vor, jedem, der zu ihr kommen würde, um einen kleinen Preis gefällig zu sein. Sie wollte für ihre Ware keinen andern Entgelt fordern als ein Paar Schuhe, das dem Rang und dem Vermögen jener entsprechen sollte, die sich mit ihr dem Minnespiel ergaben. War der Liebhaber, der sich an ihr ergötzte, von Adel, verlangte sie von ihm Schuhe aus Samt, war er ein Bürgerlicher, sollten sie von feinem Tuch, war er ein Handwerker, aus bloßem Leder sein. Infolgedessen hatte die gute Frau derartigen Zuspruch, daß ihr Laden niemals leer war. Und da sie jung, schön und stattlich und der als Entgelt geforderte Preis gering war, besuchten sie alle Männer von Pistoja mit Freuden, ergötzten sich mit ihr und pflückten die begehrten letzten Früchte der Liebe.

Madonna Modesta hatte nachgerade mit den Schuhen, die sie zum Lohn für ihre vielen süßen Mühen erhalten hatte, ein sehr geräumiges Magazin angefüllt. Wenn jemand in Venedig alle Läden abgesucht hätte, er hätte nicht den dritten Teil der Schuhe gefunden, die in diesem Lager aufgestapelt waren.

Nun geschah es, daß Messer Tristano das Magazin benutzen wollte, um dort einen Teil seiner Waren unterzubringen, die zufällig von verschiedenen Seiten gleichzeitig eingetroffen waren. Er rief daher Madonna Modesta, sein geliebtes Weib, und verlangte von ihr die Schlüssel zum Magazin. Sie reichte sie ihm ohne Einwände. Der Gatte öffnete den Lagerraum, den er leer zu finden glaubte, entdeckte ihn aber, wie wir bereits gesagt haben, voll von Schuhwerk mannigfacher Art. Da wußte er nicht, wie ihm geschah, und konnte sich keinen Vers darauf machen, woher eine solche Menge Schuhe käme. Er rief also seine Frau herbei und fragte sie nach der Herkunft der vielen Schuhe, die das Magazin füllten. »Nun, was sagt Ihr dazu, Messer Tristano, mein Gatte?« fragte Madonna Modesta dagegen. »Ihr glaubtet wohl der einzige Kaufmann in dieser Stadt zu sein? Da habt Ihr Euch aber gründlich getäuscht; denn auch die

Frauen verstehen sich auf die Kunst des Handeltreibens. Und wenn Ihr Großhändler seid und viele und umfängliche Geschäfte abschließt, so gebe ich mich mit diesen kleinen zufrieden und habe meine Waren in diesem Magazin niedergelegt und eingeschlossen, damit sie sicher seien. Widmet Ihr Euch also mit allem Eifer und Fleiß Eurem Handel, und ich werde mich mit aller erforderlichen Hingabe und Lust wacker dem meinen widmen.«

Messer Tristano, der weder wußte, was dahintersteckte, noch sich Gedanken darüber machte, gefiel der aufgeweckte Verstand und die Klugheit seiner gescheiten und überlegenden Frau, und er ermunterte sie, ihr begonnenes Unternehmen unverdrossen fortzusetzen. Als nun Madonna Modesta ihre Liebestänze im geheimen fortsetzte und der Betrieb ihres wollüstigen Handelns ihr guten Gewinn brachte, wurde ihr Reichtum an Schuhen so groß, daß sie nicht allein Pistoja, sondern die allergrößten Städte reichlich damit hätte versehen können.

Solange Madonna Modesta jung, schön und reizvoll war, flaute ihr Handel niemals ab, doch da die zerstörende Zeit über alle Dinge Macht hat und ihnen Anfang, Mitte und Ende setzt, veränderte sich ihr Aussehen. Madonna Modesta, die einst frisch, voll und ansehnlich war, verlor ihre Schönheit, aber nicht ihre Begierde und ihr jugendliches Feuer. Ihr Äußeres mauserte sich, ihre Stirn wurde runzlig, ihr Gesicht häßlich, ihre Augen triefend, und ihre Brüste waren ebenso schlaff wie leere Schweinsblasen. Wenn sie lachte, zeigte sie viele Falten, daß jeder, der sie ansah, darüber spottete und den größten Spaß daran hatte.

Als nun Madonna Modesta gegen ihren Willen alt und grau geworden war und niemanden mehr fand, der sie wie ehedem liebte und umschwärmte, als sie sah, daß ihr Schuhhandel sehr ins Stocken geraten war, empfand sie darüber Betrübnis. Von ihrer frühen Jugend bis zum jetzigen Alter hatte sie sich der häßlichsten Ausschweifung, dieser Feindin des Körpers und der Börse, hingegeben und sich so an sie gewöhnt wie nur je eine Frau auf der Welt. Sie fand keinen Weg, diesem Laster zu entsagen. Und obwohl ihr der Lebenssaft täglich mehr mangelte, wollte doch der Drang, ihre schlimme und zügellose Brunst zu stillen, nicht aufhören. Als Madonna Modesta nun sah, daß ihr die Gunst der Männer gänzlich verlorengegangen und die anmutigen und schönen jungen Leute sie nicht mehr wie ehedem umschwärmten und umschmeichelten, faßte sie einen neuen Plan. Sie setzte sich auf den Balkon und fing an, allen Bedienten, Lastträgern, Bauern, Kaminkehrern und Taugenichtsen, die vorüberkamen, verliebte Blicke zuzuwerfen. So vieler sie von ihnen habhaft werden konnte, zog sie zu ihrem Minnedienste ins Haus und verlustierte sich an ihnen in der gewohnten Weise. Und so wie sie einstmals von ihren Liebhabern als Lohn für ihre unersättliche fleischliche Begier je nach deren Stand und Vermögen ein Paar Schuhe gefordert hatte, so schenkte sie jetzt im Gegenteil denen ein Paar zum Entgelt für ihre Mühen, welche sich am kräftigsten regten und ihr am weidlichsten das rauhe Büschlein klopften. Bald war Madonna Modesta so tief gesunken, daß das ganze schlechte Gesindel von Pistoja zu ihr strömte, teils um sich mit ihr einzulassen, teils um sich über sie lustig zu machen und mit ihr Schindluder zu treiben oder den schimpflichen Lohn, den sie austeilte, zu erlangen. So dauerte es denn nicht lange, und das einst ganz mit Schuhen angefüllte Magazin war beinahe leer.

Eines Tages nun wollte Messer Tristano insgeheim

nachsehen, wie es mit dem Handel seiner Frau stehe, nahm ohne ihr Wissen die Schlüssel des Lagers und öffnete es. Wie erstaunte der Brave aber, als er beim Eintreten entdeckte, daß fast sämtliche Schuhe fehlten. Nachdenklich stand er da und überlegte, wie seine Frau es wohl fertiggebracht habe, alle die Schuhe, die sich im Magazin befunden hatten, loszuwerden. Da er jedoch überzeugt war, daß seine Frau durch den Verkauf Gold in Hülle und Fülle besitzen müsse, machte er sich weiter keine Sorgen darüber und dachte bei sich: Wenn ich einmal Geld brauche, so weiß ich jetzt, wo ich mir solches holen kann. Dann rief er sie und sagte zu ihr: »Modesta, mein kluges und gescheites Weib, ich habe heute dein Magazin geöffnet und wollte nachsehen, was für Fortschritte dein Handel macht. Während ich aber dachte, die Schuhe müßten sich seit jener Stunde, da ich sie zum erstenmal sah, bis heute vervielfältigt haben, fand ich nun, daß sich die Anzahl verringert hat, was mich mit nicht geringem Erstaunen erfüllte. Dann dachte ich, daß du sie wohl verkauft und infolgedessen ein gutes Stück Geld in der Hand haben wirst, und beruhigte mich. Wenn dem so wäre, würde ich es nicht wenig begrüßen.« Da antwortete ihm Madonna Modesta nicht ohne einen schweren Seufzer, der aus ihrem innersten Herzen drang: »Messer Tristano, lieber Gatte, wundert Euch nicht darüber: Jene Schuhe, die Ihr seinerzeit in solcher Menge im Magazin gesehen, sind den Weg gegangen, den sie gekommen waren. Seid überzeugt, daß die auf üble Art erworbenen Dinge in kurzer Zeit zerrinnen. Ihr dürft daher keineswegs erstaunt sein.«

Messer Tristano, der nicht wußte, was sie damit sagen wollte, wurde nachdenklich, und da er fürchtete, es möchte mit seinem Handel ähnlich gehen, wollte er nicht näher auf die Sache eingehen. Er bemühte sich vielmehr nach Kräften und wandte allen Scharfsinn auf, damit sein Geschäft nicht zurückgehe wie das seiner Frau.

Als sich Madonna Modesta nun von allen Männern, auch von den gemeinsten, verlassen und der mit soviel Wollust erworbenen Schuhe gänzlich beraubt sah, empfand sie darüber solchen Schmerz und solches Herzeleid, daß sie in eine schwere Krankheit verfiel und bald darauf an der Schwindsucht starb. Auf diese Weise endigte Madonna Modesta auf schimpfliche Weise ihren Handel und ihr Leben und hinterließ andern zum warnenden Beispiel ein schmachvolles Gedenken.

Die Roßkur

Nicht weit von Fano, einer Stadt in der Mark, an der Küste des Adriatischen Meeres gelegen, befindet sich das Dorf Carignano. Es ist reich an schönen jungen Männern und hübschen Frauen. Unter anderen wohnte dort ein Landmann namens Sandro, welcher der witzigste und lustigste Mann war, den die Natur je hervorgebracht. Und da er sich über nichts Sorgen machte und alles gehen ließ, wie es wollte, ob gut oder schlecht, war er so dick und rosig geworden, daß sein Fleisch nicht anders aussah als durchwachsener Schweinespeck. Als Sandro bereits vierzig Jahre zählte, nahm er ein nicht weniger lustiges Weibchen zur Frau, das ihm an Größe und Dicke vollkommen glich. Und es verging keine Woche, daß er sich nicht den Bart rasieren ließ, um schöner und appetitlicher auszusehen.

Nun geschah es, daß Castorio, ein Edelmann aus Fano, ein reicher, aber nicht übermäßig gescheiter junger Mann, sich in Carignano ein Gütchen nebst Haus kaufte und dort mit zwei Dienern und einer Aufwärterin den größten Teil des Sommers zu seinem Vergnügen hinbrachte. Castorio ging eines Tages nach der Vesper, wie man es häufig tut, in der Umgebung spazieren und traf auf Sandro, der mit dem gekrümmten Pfluge die Erde furchte. Als er ihn so schön, fett, rosig und vergnügt sah, sagte Castorio zu ihm: »Bruder, ich weiß nicht, woher es kommt, daß ich so abgezehrt und mager bin, wie du siehst. Du hingegen bist so rosig und dick.

Ich esse jederzeit leckere Speisen, trinke kostbare Weine, liege im Bett, solange ich will, kurz, es fehlt mir nichts. Nur wünsche ich sehnlicher als irgendwer, dick zu werden, doch je mehr ich mich bemühe, desto magerer werde ich. Du dagegen ißt im Winter ganz simple Speisen, trinkst gewässerten Wein, stehst vor Tagesgrauen auf, um an die Arbeit zu gehen, und hast im Sommer keine Stunde Ruhe. Und trotzdem bist du so rosig und fett, daß es ein Vergnügen ist, dich anzusehen. Da ich nun auch so dick zu werden wünsche, bitte ich dich inständigst, mir die Mittel und Wege mitzuteilen und zu lehren, die du befolgt hast, um so rund zu werden. Dann verspreche ich dir außer den fünfzig Goldflorinen, die ich dir jetzt geben will, es dir so zu vergelten, daß du zeit deines Lebens mit mir zufrieden sein und mich loben sollst.«

Sandro, der schlau, verschlagen und rothaarig war, weigerte sich, ihm das Mittel anzugeben. Von den fortgesetzten Bitten Castorios und dem Wunsche, die fünfzig Florinen zu besitzen, veranlaßt, ließ er sich schließlich doch herbei, ihm das Mittel zu verraten. Er hörte mit Pflügen auf, setzte sich mit ihm nieder und sagte: »Herr Castorio, Ihr wundert Euch über meine Dicke und Eure Magerkeit und meint, die Speisen seien es, die mager und fett machen. Das ist aber ein großer Irrtum; denn man sieht viele Esser und Trinker, die nicht essen, sondern schlingen, trotzdem so mager wie Eidechsen sind. Wenn Ihr jedoch das tut, was ich tat, so werdet Ihr schnell dick werden.« – »Und was hast du getan?« fragte Castorio. – »Ich habe mir«, antwortete Sandro, »es ist bereits ein Jahr her – die Testikeln herausnehmen lassen, und seitdem bin ich so schön dick geworden, wie Ihr mich seht.« – »Da wundre ich mich«, bemerkte Castorio, »daß du nicht gestorben bist.« – »Wieso gestorben?«

fragte Sandro. »Der Arzt, der sie mir herausnahm, entfernte sie vielmehr mit solcher Leichtigkeit und Geschicklichkeit, daß ich fast keine Schmerzen fühlte. Seitdem ist mein Fleisch wie das eines Kindes, und niemals habe ich mich so vergnügt und zufrieden gefühlt, wie jetzt.« – »Und wer war's, der dir die Testikeln mit solcher Geschicklichkeit herausnahm, daß du keinen Schmerz verspürt hast?« – »Er ist gestorben«, antwortete Sandro. – »Ja, wer vermag dieses Geschäft denn aber nun zu tun, da er tot ist?« fragte Castorio. – »Bevor er starb, hat mich der Biedermann in dieser Kunst unterwiesen, und seitdem habe ich vielen Kälbern, Füllen und anderen Tieren die Hoden herausgenommen, und sie sind danach erstaunlich fett geworden. Wenn Ihr mich die Sache ausführen lassen wollt, so werde ich Euch zur Zufriedenheit bedienen.« – »Aber ich fürchte, daß ich daran sterben werde«, antwortete Castorio. – »Wieso sterben?« rief Sandro. »Die Kälber, Füllen und anderen Tiere, denen ich die Hoden abgeschnitten habe, sind doch auch nicht daran gestorben!« Castorio, der sich mehr als irgendeiner danach sehnte, dick zu werden, ließ sich überzeugen. Sandro sah, daß Castorio fest entschlossen war, und sagte zu ihm, er solle sich mit dem Rücken auf das frische Gras legen und die Beine spreizen. Als dies geschehen, zog er ein kleines Messer hervor, das scharf wie ein Rasiermesser schnitt, nahm den Hodensack in die Hand, befeuchtete ihn gehörig mit Öl und machte geschickt einen Schnitt. Dann steckte er zwei Finger in die Öffnung und holte ihm die beiden Testikeln mit solcher Gewandtheit heraus, daß Castorio fast keinen Schmerz verspürte. Und nachdem Sandro ihm mit Hilfe von Öl und Kräutersaft ein linderndes Pflaster aufgelegt hatte, ließ er ihn aufstehen. Castorio, nun zum Kapaun oder besser zum Eunuchen geworden, griff in die Börse und schenkte ihm fünfzig Florinen, worauf er sich verabschiedete und heimkehrte.

Castorio war noch keine Stunde Eunuch, da befielen ihn die größten Schmerzen und die heftigste Qual, die je ein Mensch empfunden, und er vermochte keine Ruhe zu finden. Der Schmerz wuchs mit jedem Tage, und die Wunde eiterte und strömte einen Gestank aus, der nicht zu ertragen war.

Als dies Sandro zu Ohren kam, ergriff ihn eine heftige Furcht, und er bereute, jenen Streich begangen zu haben. Auch befürchtete er, es möchte ihm ans Leben gehen. Wie nun Castorio sah, daß er so übel dran war, wurde er neben seinen Schmerzen noch von großer Wut gepackt, und er wünschte sich Sandros Tod. Er ging, so gut er es vermochte, von seinen beiden Dienern begleitet, zu ihm, traf Sandro beim Abendessen und sagte zu ihm: »Sandro, du hast ja eine Arbeit geleistet, mit der du mich an den Rand des Grabes gebracht hast. Aber bevor ich sterbe, werde ich dafür sorgen, daß du die gerechte Strafe für den begangenen Frevel leiden mußt.« – »Ihr seid die Ursache und nicht ich«, erwiderte Sandro, »denn Eure Bitten veranlaßten mich, es zu tun. Damit es aber nicht scheine, als ließe ich es bei meinem Werke an etwas fehlen und sei undankbar für die empfangenen Florinen, und da ich auch nicht an Eurem Tode schuld sein will, so kommt morgen früh aufs Feld, und dort werde ich Euch helfen. Vor dem Tode braucht Ihr keine Angst zu haben.«

Als Castorio fort war, fing Sandro bitterlich an zu weinen und wollte durchaus in fremde Gegenden fliehen. Er fürchtete, die Häscher beständig auf den Fersen zu haben, und verspürte schon ihre Fesseln. Als die Frau ihren Mann in diesem Zustand sah und den Grund seines Schmerzes nicht kannte, fragte sie ihn, warum er so

jämmerlich weine. Da erzählte er ihr ausführlich die ganze Geschichte. Nachdem die Frau die Ursache seiner Betrübnis erfahren hatte und die Dummheit Castorios und die Todesgefahr bedachte, wurde sie zuerst etwas nachdenklich und machte ihrem Gatten Vorwürfe wegen der großen Gefahr, in die er sich begeben. Schließlich tröstete sie ihn und bat ihn, guten Mutes zu sein, denn sie würde die Sache so zu wenden wissen, daß er nicht in Todesgefahr käme.

Am anderen Tage zog sie um die bestimmte Stunde die Kleider ihres Gatten Sandro an, setzte einen seiner Hüte auf und begab sich mit den Ochsen und dem Pfluge aufs Feld und fing in der Erwartung von Castorios Erscheinen an, das Erdreich umzupflügen. Es dauerte auch nicht lange, da kam Castorio. Da er Sandros Frau für ihn hielt, der das Erdreich umpflügte, rief er: »Sandro, ich fühle, daß ich sterben muß, wenn du mir nicht hilfst! Der Schnitt, den du mir gemacht hast, ist noch nicht geheilt, er ist vielmehr angefault und strömt einen solchen Gestank aus, daß ich in größter Besorgnis bin. Wenn du mir nicht beistehst, wirst du bald mein Leben auf dem Gewissen haben.« Da sagte die als Sandro verkleidete Frau: »Laß mich den Schnitt einen Augenblick sehen, dann wollen wir schon für das Nötige sorgen!« Castorio lüftete sein Hemd und zeigte ihr die Wunde, die bereits übel roch. Als die Frau sie sah, lächelte sie und sagte: »Castorio, Ihr fürchtet, daß Ihr sterben müßt, und glaubt, der Fall sei verzweifelt. Da täuscht Ihr Euch aber sehr, denn der Schnitt, der mir gemacht wurde, ist größer als der Eure und noch nicht verheilt und trotzdem seht Ihr mich rosig, dick und frisch wie eine Lilie. Und damit Ihr meinen Worten glaubt, will ich Euch die noch nicht verheilte Wunde zeigen.« Damit legte sie ein Bein auf den Pflug, während sie mit dem anderen auf der Erde blieb, hob sich hinten das Gewand hoch und ließ im geheimen ein Fürzchen fahren, bog den Kopf herunter und zeigte ihm die Wunde. Als Castorio sah, daß Sandros Schnitt bedeutend größer war als der seine und in so langer Zeit noch nicht zugeheilt war, den gewaltigen Gestank roch, der ihm in die Nase stieg, und wahrnahm, daß dem vermeintlichen Sandro auch das männliche Glied abgeschnitten war, wurde er plötzlich wieder hochvergnügt und ertrug geduldig jeden Schmerz und Gestank.

Und es dauerte auch nicht lange, da wurde der Arme wieder gesund und ward so dick, wie er sich gewünscht hatte.

Der Bussard mit dem hängenden Schwanz

Nicht weit von Piove de Sacco, im Gebiet von Padua, liegt ein Dorf namens Salmazza. Dort hauste – es ist schon recht lange her – ein Feldarbeiter namens Cechato Rabboso, ein armer Teufel und geistig wie körperlich ein klobiger Kerl, aber eine treue Seele. Dieser Cechato Rabboso hatte eine Frau namens Thia, die aus einer Pächtersfamilie namens Gagliardi vom Dorfe Campolongo stammte und jung, listig, verschlagen und nichtsnutzig war. Von ihrer Gewitztheit abgesehen, war sie auch eine handfeste Person und hatte ein schönes Gesicht, und es gab auf mehrere Meilen im Umkreis keine Bäuerin, die sich mit ihr hätte vergleichen können. Und weil sie eine gute und ausdauernde Tänzerin war, verliebte sich jeder, der sie sah, bis über die Ohren in sie. So erging es auch einem jungen Manne namens Marsilio Vercellese, der ebenfalls schön und kräftig, aber kein Bauer, sondern ein Paduaner Bürger aus angesehener Familie war. Er hatte sich so heftig in diese Thia verliebt, daß er kein Tanzfest, welches sie besuchte, versäumte und seine meisten Tänze – ja wenn ich sagte alle, würde ich Euch auch nicht anlügen – mit ihr drehte. Doch obwohl dieser Jüngling in sie verliebt war, verbarg er seine Gefühle sosehr er konnte, damit die Leute nichts davon merkten und er mit der jungen Frau nicht ins Gerede käme. Marsilio, der wohl wußte, daß Cechato ein armer Teufel war, der von seiner Hände Arbeit lebte und von morgens früh bis abends spät als Tagelöhner sein Brot verdiente, erschien allmählich immer häufiger vor Thias Hause und machte sie langsam so vertraut, daß er mit ihr zu sprechen wagte. Aber obwohl Marsilio sich vorgenommen hatte, ihr seine Liebe zu offenbaren, fürchtete er, sie möge ihm darob zürnen und vielleicht nicht mehr sehen wollen. Es kam ihm vor, als zeige sie ihm nicht das freundliche Gesicht, das die Liebe, die er zu ihr empfand, ihm zu verdienen schien. Außerdem befürchtete er, von irgendeinem schlechten Menschen entdeckt und an Cechato verraten zu werden, der ihm dann übel mitspielen könne. Denn wenn dieser auch einfältig war, so war er doch eifersüchtig.

Als nun Marsilio fortfuhr, sich mit großer Beharrlichkeit vor Thias Hause einzufinden und ihr tief in die Augen zu blicken, brachte er es schließlich dahin, daß sie seine Verliebtheit bemerkte. Und da auch sie ihm aus verschiedenen Gründen nicht zeigen konnte, daß sie Feuer gefangen und ihm gut sei, empfand sie ihrerseits Schmerz darüber und litt darunter.

Eines Tages saß Thia allein auf einem Holzbock vor der Haustür, unterm Arm den Rocken, umwickelt mit Werg, das sie für die Herrin spann. Da erschien Marsilio, der sich endlich doch ein Herz gefaßt hatte, und sagte zu ihr: »Gott behüte Euch, Thia, mein Leben!« Und Thia antwortete ihm: »Willkommen, junger Herr!« – »Wißt Ihr nicht«, fragte er darauf, »daß ich mich aus Liebe zu Euch ganz verzehre und sterben möchte? Und Ihr beachtet mich nicht und kümmert Euch nicht im geringsten um mich!« Da antwortete Thia: »Aber ich weiß ja nichts davon, daß Ihr mir gut seid!« Darauf Marsilio: »Nun, wenn Ihr es nicht wißt, so sage ich es Euch jetzt mit großem Schmerz und wehem Herzen. Und so sagt mir offen und ehrlich, ob Ihr mir wohl wollt.« – »O ja!« antwortete sie. Darauf Marsilio: »Ach Thia, wenn Ihr mich so gern hät-

tet, wie Ihr sagt, so würdet Ihr es mir durch irgendein Zeichen beweisen, aber Ihr habt mich eben nicht gern.« – »Aber auf welche Weise soll ich's Euch denn beweisen?« fragte Thia. – »O Thia!« rief Marsilio aus. »Das wißt Ihr sehr gut, ohne daß ich es Euch sage.« – »So wahr mir Gott helfe, ich weiß es nicht, wenn Ihr es mir nicht sagt.« Marsilio erwiderte: »Gut, ich will's Euch sagen, wenn Ihr mich anhören wollt und es mir nicht übelnehmt.« – »Sagt's ruhig, Herr«, antwortete sie, »ich verspreche Euch bei meiner Seele, wenn es etwas Geziemendes und Ehrenhaftes ist, werde ich es nicht übelnehmen.« Da fragte Marsilio: »Wann darf ich, nach der ich mich so sehr gesehnt habe, mit Euch beisammenliegen?« – »Jetzt sehe ich wohl«, versetzte Thia, »daß Ihr Euch über mich lustig macht. Wir passen nicht zusammen. Ihr seid Bürger von Padua, und ich bin eine Bäuerin; Ihr seid reich, ich bin arm; Ihr seid ein großer Herr, ich bin eine Tagelöhnersfrau; zu Euch gehören vornehme Damen, und ich bin vom niederen Volke. Ihr seid reich gekleidet, habt eine gestickte Jacke, feine Strümpfe und mit Seide gefütterte, weiche Schuhe, mein Rock dagegen ist ganz zerrissen, ist geflickt und angestückt, und ich besitze nichts weiter auf der Welt als dieses billige Kleid und dieses Tuch, das ich trage, wenn ich an Feiertagen zum Tanze gehe. Ihr eßt Brot von Getreide, ich solches von Hirse und Fennich und Polenta, und auch davon noch nicht soviel, wie ich möchte. Auch bin ich diesen Winter ohne Pelz, ich Arme! Wir haben nicht einmal soviel Getreide zur Nahrung, daß es bis Ostern reicht, auch weiß ich nicht, wie ich's machen soll, bei der großen Teuerung die drückenden Abgaben aufzubringen, die wir täglich in Padua bezahlen müssen. Oh, daß es uns armen Landarbeitern so schlecht geht! Wir mühen uns ab, die Felder zu bearbeiten und das

Korn auszusäen, und Ihr eßt das Brot, während wir so arm sind, daß wir uns mit Hirse begnügen müssen. Wir schneiden die Reben aus und keltern den Wein, und Ihr trinkt ihn, während wir einen Aufguß von gequetschten Traubenkämmen und pures Wasser trinken.« Da sagte Marsilio: »Macht Euch deswegen keine Sorgen, wenn Ihr Euch bereit findet, mir zu Willen zu sein, soll es Euch an nichts von alledem fehlen.« – »So sprecht Ihr immer, Ihr Männer«, entgegnete Thia, »bis Ihr Euren Zweck erreicht habt, dann aber geht Ihr auf und davon, und man sieht Euch nicht wieder. Wir armen Frauen sitzen da, betrogen und verhöhnt, und die Leute weisen mit Fingern auf uns, ja Ihr rühmt Euch dann sogar noch Eurer Erfolge und sprecht über uns, als ob wir liederliche Weibsbilder wären, wie man sie in den Lasterhöhlen findet. Ich weiß recht gut, wie Ihr's macht, Ihr Bürger von Padua.«

Marsilio sagte beschwichtigend: »Nun, nun! Laßt's damit genug sein! Lassen wir die Worte beiseite und kommen auf den Ausgangspunkt zurück! Wollt Ihr tun, worum ich Euch gebeten habe?« – »Geht, geht!« rief Thia. »Geht um Gottes willen, ehe mein Mann heimkehrt; es ist bereits Feierabend, und er wird pünktlich nach Hause kommen. Kommt morgen untertags wieder, dann können wir miteinander reden, soviel Ihr mögt. Ich bin Euch sehr zugetan, verlaßt Euch darauf!« Doch da er ganz darauf versessen war, mit ihr zu reden, wollte er noch nicht gehen; sie wiederholte daher: »Geht jetzt bitte, verweilt nicht länger!« Als Marsilio sah, daß Thia anfing, ungehalten zu werden, sagte er: »Behüt dich Gott, Thia, meine süße Seele, ich befehle dir mein Herz, das du in der Hand hast.« – »Geh mit Gott!« antwortete Thia. »Meine traute Hoffnung, es ist bei mir in guter Hut!«

Als der andere Tag gekommen war, vermochte es Marsilio kaum zu erwarten, Thia wieder aufzusuchen. Als es ihm endlich an der Zeit zu sein schien, ging er zu ihrem Hause und fand sie im Garten, wo sie einige Weinstöcke mit der Hacke bearbeitete und instand setzte. Und sowie die beiden einander ansichtig geworden waren, begrüßten sie sich und fingen dann an zu plaudern. Nachdem sie sich eine geraume Weile unterhalten hatten, sagte Thia zu Marsilio: »Morgen früh, Hoffnung meines Herzens, muß Cechato zur Mühle und wird nicht vor dem andern Morgen zurückkehren. Wenn es Euch recht ist, so kommt abends zu später Stunde her, ich werde Euch erwarten. Aber kommt bestimmt und täuscht mich nicht!« Als Marsilio diese erfreuliche Botschaft vernommen, war er der glücklichste Mensch, den man sich vorstellen konnte, tat einen Freudensprung und nahm strahlend und zufrieden Abschied von Thia.

Sobald Cechato heimgekehrt war, kam ihm das schlaue Weib entgegen und sagte zu ihm: »Lieber Cechato, du mußt in die Mühle, es ist nichts mehr zum Essen da.« – »Schon gut, schon gut!« antwortete Cechato. – »Aber morgen früh!« betonte Thia. – »Schon recht«, erwiderte Cechato, »ich will vor Tagesanbruch fortgehen und mir von den Leuten, für die ich arbeite, einen Karren samt den Ochsen leihen. Dann komme ich wieder her, um ihn zu beladen, und mache mich auf den Weg. Inzwischen, Thia, wollen wir uns daranmachen, das Korn bereitzustellen und in die Säcke zu füllen, damit in der Frühe nichts weiter nötig ist, als es auf den Karren zu laden und fröhlich nach der Mühle zu fahren.« – »Es ist recht«, erwiderte Thia, und sie taten also.

Am anderen Morgen lud Cechato das Korn, das er abends zuvor eingesackt hatte, auf den Karren und begab sich zur Mühle. Und da es die Zeit der kurzen Tage und langen Nächte war und die Straßen durch Regengüsse, Schlamm und Eis gänzlich verdorben und die Kälte groß war, mußte sich der arme Cechato die ganze Nacht in der Mühle aufhalten, was Marsilio und Thia gerade recht war. Als es dunkel geworden war, nahm Marsilio, wie er mit Thia verabredet hatte, ein prächtiges Paar fetter, schöngebratener Hennen, Weißbrot und ganz unvermischten Wein, Dinge, die er vorher bereitgestellt hatte, verließ die Stadt und ging verstohlen querfeldein zu Thias Haus. Er trat ein und fand sie mit dem Aufhaspeln von Garn beschäftigt auf dem Herde neben dem Feuer sitzen, und sie setzten sich beide zum Essen nieder. Nachdem sie gut gespeist hatten, legten sie sich ins Bett. Der arme Pavian von Cechato mahlte das Korn in der Mühle, derweilen Marsilio im Bett das Mehl beutelte.

Es war schon um die Zeit des Sonnenaufgangs, und der Tag begann bereits zu grauen, als die beiden Liebenden das Bett verließen; denn sie fürchteten, Cechato möchte sie innig vereint finden. Und als sie noch eine kleine Weile beieinander standen und eifrig aufeinander einsprachen, siehe, da erschien Cechato vor dem Hause, ließ einen langen Pfiff ertönen und begann zu rufen: »Thia, o Thia, fache das Feuer an, ich bin halbtot vor Kälte!« Als Thia, die verschlagen und mit allen Hunden gehetzt war, ihren Mann kommen hörte, öffnete sie aus Furcht, es möchte Marsilio etwas Schlimmes passieren und ihr Schaden und Schande widerfahren, schnell die Haustür und ließ Marsilio sich dahinter verbergen, worauf sie ihrem Gatten entgegenging und ihn mit Liebkosungen empfing. Nachdem Cechato in den Hof getreten war, sagte er zu ihr: »Thia, mach doch bitte ein wenig Feuer, ich bin ganz erstarrt vor Kälte. Beim Blute des heiligen Quintus, ich habe diese Nacht gedacht, ich müßte erfrieren da oben in jener Mühle, und kein Auge habe ich zutun können!«

Thia ging schnell zum Holzstoß, nahm eine tüchtige Anzahl Scheite unter den Arm, fachte das Feuer an und blieb mit Vorbedacht daneben stehen, und zwar dort, von wo aus Marsilio von Cechato am ehesten hätte gesehen werden können. Und während sie allerlei mit Cechato schwatzte, rief sie plötzlich: »Halt, Cechato, lieber Bruder, ich habe dir eine gute Nachricht zu verkünden.« – »Was für eine denn, liebe Schwester?« fragte Cechato. – »Nachdem Ihr Euch auf den Weg zur Mühle gemacht hattet«, erzählte sie, »kam ein alter Mann ans Haus und bat mich um Gottes willen um ein Almosen. Da ich ihm Brot gab und auch einen Napf voll Wein zu trinken, hat er mich ein schönes Gebet gelehrt – so schön, wie ich noch keines in meinem Leben gehört habe –, um den Bussard zu beschwören. Und ich habe es mir auch gut eingeprägt.« – »Ei, was du sagst!« rief Cechato aus. »Wirklich?« – »Gewiß, so wahr ich lebe, er hat auch großen Wert darauf gelegt.« – »Nun, so sag es mir vor!« sprach Cechato. – »Es ist auch nötig, Bruder, daß Ihr es gleichfalls wißt«, betonte Thia. – »Wie lautet's denn?« fragte Cechato. – »Ich werde es Euch sagen, wenn Ihr mir aufmerksam zuhört.« – »So sprich endlich, und halt mich nicht länger hin!« rief Cechato.

»Ihr müßt Euch erst der ganzen Länge nach auf dem Boden ausstrecken, als wäret Ihr tot – was ich Euch bei Gott nicht wünschen möchte –, und zwar Kopf und Schultern nach der Tür und Knie und Füße in Richtung des Ziehbrunnens. Dann muß ich Euch ein weißes Leinentuch aufs Gesicht legen und unseren Scheffel über den Kopf stülpen.« – »Das kann wohl kaum gehen«, wandte Cechato ein. – »Freilich, freilich!« rief Thia. »Paßt nur auf!« Und damit ergriff sie den Scheffel, der nicht weit entfernt stand, und stülpte ihn ihm über den Kopf. »Es könnte überhaupt gar nicht besser gehen!« rief sie. »Und nun«, fuhr sie fort, »müßt Ihr Euch still verhalten und Euch weder rütteln noch rühren, sonst richten wir nichts aus. Ich nehme dann unser Mehlsieb in die Hand und fange an, es zu schütteln, als wollte ich sieben, und während ich es so schüttle, spreche ich das Gebet. Auf diese Weise führen wir die Beschwörung aus. Aber wehe, Ihr bewegt Euch, bevor ich es nicht dreimal gesprochen – denn ich muß es dreimal über Euch hersagen –, dann werdet Ihr schon sehen, ob der Bussard unsere Küchlein fernerhin beunruhigt.« – »Gott gebe, es ist, wie du sagst, damit wir eine Sorge weniger haben. Wie du siehst, können wir keine Küchlein aufziehen, ohne daß dieser Teufel von Bussard sie allesamt frißt. Es will uns nicht gelingen, so viel Tiere aufzufüttern, daß wir damit die Gutsherren bezahlen oder einige verkaufen können, um die schweren Abgaben zu entrichten und Öl, Salz und andere Lebensmittel zu erstehen.« – »Aber Ihr werdet sehen, daß es uns auf diese Weise gelingen wird«, sagte Thia und befahl darauf ihrem Gatten, sich auszustrecken. Und Cechato legte sich hin. »Streckt Euch ordentlich aus!« rief Thia, und Cechato bemühte sich, sich so lang auszurecken, wie er konnte. »So ist's gut!« erklärte Thia, nahm dann ein weißes, frischgewaschenes Leinentuch und breitete es ihm über das Gesicht. Hierauf ergriff sie den Scheffel und stülpte ihn Cechato über den Kopf. Schließlich nahm sie das Sieb und begann es zu schütteln und das auswendig gelernte Gebet zu sprechen, das folgendermaßen lautet:

Hahnrei bist du, Hörner setz ich dir,
Schüttle dich in diesem meinem Siebe.
Mach, daß meine Küchlein – zwanzig sind's und vier –

Nicht der Bussard würgt, halt fern die Diebe.
Mach, daß eindringt weder Ratz noch Fuchs,
Noch der böse Vogel mit dem krummen Schnabel!
Du da, hinter jener Tür, versteh es flugs,
Sonst bist du ein Narr, und Glaube fehlt der Fabel!

Während Thia die Beschwörung ausführte und das Sieb schüttelte, hielt sie beständig die Augen auf die Tür geheftet und winkte Marsilio, der dahinterstand, sich davonzumachen. Aber der junge Mann, der unerfahren und ungeschickt war, begriff ihr Zeichen nicht. Cechato hatte bereits genug und wollte aufstehen. Er fragte daher: »Nun, bist du fertig, Thia?« Aber Thia, welche sah, daß Marsilio sich noch immer hinter der Tür versteckt hielt, antwortete ihm: »Bleibt still, zum Henker! Hab ich Euch nicht gesagt, ich muß die Beschwörung dreimal wiederholen? Wenn wir nur nicht alles verdorben haben, weil Ihr aufstehen wolltet.« – »O nein, gewiß nicht!« meinte Cechato. Und Thia ließ ihn sich wieder ausstrecken und begann die zweite Beschwörung auf dieselbe Weise. Marsilio hatte endlich begriffen, wie die Sache gemeint war, und schlich nun, ohne daß Cechato ihn sah oder etwas merkte, hinter der Tür hervor und suchte schleunigst das Weite. Nachdem Thia Marsilio den Hof hatte verlassen sehen, beendete sie die Beschwörung des Bussards, ließ ihren Schafskopf von Mann aufstehen und half ihm dann beim Abladen des Mehls, das er von der Mühle geholt hatte. Als Thia draußen im Hof stand und Marsilio in der Ferne schnellen Schritts davoneilen sah, fing sie an aus vollem Halse zu schreien: »Heh! Heh! Böser Vogel! Heh! Heh! Wenn du wiederkommst, werde ich dich, so wahr ich lebe, mit hängendem Schwanze heimschicken! Heh! Laß dirs's gesagt sein! Meinst du, daß du's wieder versuchen kannst?

Ob du wiederkommst, du böses Tier? Ah, hol dich der Teufel!«

Und jedesmal, wenn der Bussard kam und sich in dem Hof niederließ, um die Küchlein fortzuschleppen, zauste er sich zuerst mit der Glucke, dann ließ die Glucke die Beschwörung los, worauf er sich davonmachte und mit hängendem Schwanze abzog und die Küchlein Cechatos und Thias nicht weiter behelligte.

Der Preis

In Bergamo, einer alten Stadt der Lombardei, lebte vor noch nicht langer Zeit ein reicher und angesehener Mann namens Pietromaria di Albani. Dieser hatte zwei Söhne, von denen der eine Emilliano, der andere Lucaferro hieß. Dazu besaß er zwei Landgüter, die Ghorem und Pedrench hießen. Als nun Pietromaria gestorben war, teilten sich seine beiden Söhne in die Güter, und Emilliano fiel Pedrench, Lucaferro Ghorem zu. Emilliano besaß eine sehr schöne Herde Schafe und eine große Anzahl munterer Rinder und milchreicher Kühe, welche ein gewisser Travaglino, ein überaus treuer, gewissenhafter Mensch hütete, der keine Lüge gesagt hätte, auch nicht um den Preis seines Lebens. Es gab weit und breit keinen Hirten, der seine Herden so treu behütete. Travaglino hatte in der Kuhherde viele Stiere und darunter einen, der sehr schön anzusehen und Emilliano so lieb war, daß er ihm die Hörner mit feinstem Golde hatte überziehen lassen. Jedesmal, wenn Travaglino in die Stadt kam, fragte ihn Emilliano nach seinem Stier mit den goldenen Hörnern.

Als sich Emilliano nun einmal mit seinem Bruder Lucaferro und einigen Freunden im Gespräch befand, erschien Travaglino und machte ihm ein Zeichen, daß er mit ihm sprechen wolle. Dieser stand sogleich auf, verließ den Bruder und die Freunde, ging zu Travaglino und unterhielt sich lange mit ihm. Weil Emilliano aber schon mehrmals seine Freunde und Verwandten hatte sitzenlassen, um sich mit einem Viehhirten zu unterhalten, wurde dies Lucaferro nachgerade zu dumm, und er wollte es unter keinen Umständen weiter dulden. Er sagte daher eines Tages ganz glühend vor Zorn zu Emilliano: »Ich muß mich sehr über dich wundern, Bruder, daß du dir mehr aus einem Schurken von Viehhirten machst als aus mir und all deinen guten Freunden. Denn nicht einmal, sondern ich möchte fast sagen, tausendmal hast du uns mitten auf der Straße oder beim Spiel wie Vieh, das zur Schlachtbank geht, allein gelassen und bist zu dem einfältigen, tölpelhaften Knecht Travaglino hingelaufen, um mit ihm zu reden. Man sollte wahrhaftig glauben, du hättest die wichtigsten Geschäfte von der Welt mit ihm abzumachen, und sie sind doch nicht einmal einen Pfifferling wert.« – »Bruder«, versetzte Emilliano, »du brauchst nicht so heftig auf mich erzürnt zu sein und so beleidigende Reden gegen Travaglino zu führen. Er ist ein rechtschaffener, junger Mann und mir lieb und teuer, einmal wegen seiner Tüchtigkeit und dann wegen der Redlichkeit, die er mir gegenüber übt, und drittens wegen einer besonderen, einzigartigen Tugend, die ihn auszeichnet: Um alles in der Welt würde er keine Lüge aussprechen! Außerdem hat er noch viele andere Eigenschaften, um derentwillen er mir lieb ist, und darum wundere dich nicht, wenn ich ihn schätze und werthalte.«

Diese Antwort brachte Lucaferro noch mehr auf, die Brüder gerieten in einen heftigen Wortwechsel, und es fehlte nicht viel, so hätten sie zu den Waffen gegriffen. Da nun Emilliano seinen Travaglino so sehr gerühmt hatte, sagte Lucaferro zu ihm: »Du streichst deinen Kuhhirten so gewaltig heraus wegen seiner Tüchtigkeit, seiner Redlichkeit und seiner Wahrheitsliebe. Ich aber sage dir, er ist der unbrauchbarste, treuloseste und lügenhafteste Schurke, den es je gegeben hat, und ich erbiete mich, es dir zu beweisen und dich hören zu lassen, wie er dir ins Gesicht lügt.« Nachdem sie sich noch lange gestritten, setzten sie ihre Güter als Pfänder aus und kamen darin überein, sollte Travaglino eine Lüge sagen, würde das Gut Emillianos Lucaferro zufallen, würde der Kuhhirt dagegen nicht bei einer Lüge erwischt werden, sollte Emilliano Lucaferros Gut bekommen. Und dieses Übereinkommen machten sie durch einen notariellen Vertrag rechtsgültig und bindend mit aller dazu erforderlichen Förmlichkeit.

Als sie einander verlassen hatten und der erste Zorn sich gelegt, fing Lucaferro an zu bereuen, sein Gut zum Pfand gesetzt und die Sache notariell festgemacht zu haben, ja er bedauerte den Streich lebhaft und befürchtete, das Landgut zu verlieren, aus dem er den Unterhalt für sich und seine Familie zog. Als er nun zu Hause war und seine Frau, die Isotta hieß, ihn so niedergeschlagen sah und den Grund nicht kannte, fragte sie ihn: »Was habt Ihr, mein lieber Gatte, daß ich Euch so traurig und verstimmt sehe?« – »Ich bitte dich, Isotta, schweig und mach mich nicht noch verdrießlicher, als ich schon bin!« erwiderte Lucaferro. Allein Isotta war begierig zu erfahren, was dahinter stecke, und wußte es doch zu erreichen, daß sie erfuhr, worum es sich handelte. »Wie!« rief sie, sich mit heiterer Miene zu ihm wendend: »Dies ist der Grund deines tiefen Kummers? Deswegen bist du so betrübt? Sei nur ganz ruhig, ich nehme es auf mich, Travaglino nicht zu einer, sondern zu tausend Lügen gegen seinen Herrn zu bringen!«

Das war ein Versprechen, das Lucaferro zu großer Befriedigung gereichte. Da nun Isotta wohl wußte, daß der Stier mit den goldenen Hörnern ihrem Schwager Emilliano überaus lieb war, gedachte sie ihn als Mittel zu ihrem Zweck zu gebrauchen. Sie kleidete sich auf sehr dirnenhafte Art, schminkte sich das Gesicht, verließ ungesehen Bergamo und ging nach Pedrench, wo Emillianos Landgut lag, und trat in das Haus ein, wo sie Travaglino bei der Bereitung von Käse und Topfen fand. Sie grüßte ihn und sagte: »Lieber Travaglino, ich bin hierhergekommen, um dich zu besuchen und mit dir Milch zu trinken und Topfenkäschen zu essen.« – »Seid willkommen, liebe Herrin«, antwortete Travaglino, bat sie dann sich zu setzen, deckte den Tisch und brachte Schafkäse und andere Dinge herbei, um sie zu ehren. Er wunderte sich aber gar sehr, daß die schöne Frau auf so ungewöhnliche Weise und ganz allein komme, ihn zu besuchen, und es wollte ihm nicht in den Sinn, daß dies wirklich Isotta, die Schwägerin seines Herrn, sei. Da er sie jedoch schon mehrmals gesehen hatte, behandelte er sie mit all der Achtung und Ehrerbietung, die einer Frau ihres Standes zukamen.

Als Isotta vom Tisch aufgestanden war und Travaglino mit der Herstellung von Käse und Topfen bemüht sah, sagte sie zu ihm: »Lieber Travaglino, ich will dir ein wenig bei der Arbeit helfen.« – »Wie es Euch beliebt, Herrin«, antwortete er. Und ohne weiter ein Wort zu verlieren, streifte sie ihre Ärmel bis zum Ellbogen auf und entblößte die weichen, gerundeten Arme, die aussahen wie weißer Schnee, und half ihm auf das eifrigste beim Käsemachen. Und häufig ließ sie ihn dabei den leicht gewölbten Busen mit den beiden Brüsten sehen, die kleinen Äpfeln glichen. Überdies kam sie listigerweise mit ihrem geschminkten Gesicht Travaglino so nahe, daß sie das seine beinahe berührte. Travaglino war zwar nur Kuhhirt, aber doch eher schlau als einfältig. Als er nun das Gebaren der Frau sah, das ihre Liebesabsichten zu erkennen gab, hielt er sie mit Worten und Blicken hin,

indem er so tat, als verstünde er sich nicht auf derlei Angelegenheiten. Die Frau aber glaubte, er sei in sie verliebt, verliebte sich ihrerseits so heftig in ihn, daß sie sich nicht mehr zu zügeln vermochte. Und obwohl Travaglino die unkeusche Absicht der Frau nicht entging, wagte er nichts zu ihr zu sagen, da er beständig fürchtete, sie zu erzürnen und zu beleidigen. Doch die lichterloh brennende Frau merkte die Zaghaftigkeit Travaglinos und fragte ihn: »Warum bist du so nachdenklich, Travaglino, und wagst nicht mit mir zu sprechen? Solltest du vielleicht Sehnsucht nach irgendeiner Gunst von mir haben? Verbirg ja deinen Wunsch nicht, denn du würdest dich dadurch nur selbst kränken und nicht mich, die ich mich deinen Wünschen zur Verfügung stelle.« Als Travaglino dies hörte, war er sehr erfreut und gab zu erkennen, daß er ihr zugetan sei. Wie ihn die törichte Frau nun heftig verliebt sah, schien es ihr an der Zeit, mit ihrem Anliegen herauszurücken, und sie sagte daher zu ihm: »Lieber Travaglino, ich möchte dich um einen großen Gefallen bitten. Würdest du mir meine Bitte abschlagen, so hätte ich allerdings den Verdacht zu glauben, daß du dir wenig aus meiner Liebe machst, ja, du würdest dadurch vielleicht schuld an meinem Verderben, ja an meinem Tode sein.«

»Herrin«, erwiderte Travaglino, »ich bin bereit, Euch zuliebe nicht nur Hab und Gut, sondern auch das Leben hinzugeben. Und solltet Ihr mir selbst das Schwerste befehlen, so wird doch meine Ergebenheit gegen Euch und die Gewogenheit, die Ihr mir bezeigt, es mir leicht werden lassen.« Da wurde Isotta noch zuversichtlicher und sagte zu Travaglino: »Jetzt werde ich erkennen, ob du mich so liebst, wie ich glaube und du mir zu zeigen scheinst.« – »Befehlt nur, Herrin«, antwortete Travaglino, »und Ihr werdet Euch vollkommen davon überzeugen können!« Da sagte Isotta: »Ich will weiter nichts von dir als den Kopf des Stieres mit den goldenen Hörnern. Dann magst du über mich verfügen, wie es dir gefällt.« Als Travaglino dies hörte, stand er wie versteinert, doch von der Fleischeslust und den Schmeicheleien des schamlosen Weibes überwunden, antwortete er: »Mehr verlangt Ihr nicht von mir, Herrin? Nicht allein den Kopf des Stieres, auch den Rumpf und mich selbst lege ich in Eure Hände.« Und nach diesen Worten faßte er sich ein Herz, umschlang das Weib und genoß mit ihm die letzten Freuden der Liebe. Dann schnitt er dem Stier den Kopf ab, steckte ihn in einen kleinen Sack und überreichte ihn Isotta, die befriedigt über die Stillung ihres Liebesdranges wie die Erfüllung ihres Wunsches mit mehr Hörnern als Landgütern heimkehrte.

Als Isotta fort war, wurde Travaglino sehr nachdenklich, und es ging ihm gewaltig im Kopf herum, wie er den Verlust des Stieres mit den Goldhörnern entschuldigen sollte, von dem sein Herr Emilliano so entzückt war. In seiner großen Herzensangst und weil er nicht aus noch ein wußte, verfiel der arme Travaglino auf den Gedanken, einen Zweig eines gestutzten Baumes zu nehmen, ihn mit einigen seiner ärmlichen Kleidungsstücke zu behängen und sich einzubilden, dies sei sein Herr. Er wollte damit üben, wie er sich benehmen müsse, wenn er vor Emilliano stünde. Der einfältige Kuhhirt putzte also den Ast heraus, hängte ihm seine Kleider über, setzte die Mütze auf und stellte ihn in einem Zimmer zurecht. Dann ging er zur Tür hinaus, kam darauf wieder herein, grüßte den Ast und sagte: »Guten Tag, Herr!« Und sich selbst antwortend, sagte er darauf: »Willkommen, Travaglino, wie geht's, was gibt's draußen; du hast dich ja so lange nicht blicken lassen?« – »Mir geht's gut«, antwortete er, »ich hatte so viel zu tun, daß ich nicht zu Euch kommen konnte.« – »Und was macht der Stier mit den goldenen Hörnern?« – »O Herr, der Stier ist im Walde von den Wölfen gefressen worden.« – »Und wo ist das Fell und der Kopf mit den vergoldeten Hörnern?« Aber hier blieb Travaglino mit der Antwort stecken, wußte nichts weiter zu sagen und ging betrübt wieder hinaus. Dann trat er wieder ins Zimmer und begann von neuem: »Gott mit Euch, Herr.« – »Willkommen Travaglino, was machen unsere Geschäfte, und wie geht es dem Stier mit den goldenen Hörnern?« – »Mir geht's gut, Herr, aber der Stier lief mir einmal aus der Hürde weg, kämpfte mit den anderen Stieren und wurde von ihnen so jämmerlich zugerichtet, daß er verendete.« – »Aber wo ist der Kopf und die Haut?« Da wußte er wieder nicht, was er antworten sollte. Und so machte Travaglino sein Spiel noch mehrmals, konnte aber immer keine rechte Entschuldigung finden.

Unterdessen war Isotta nach Hause gekommen und sagte zu ihrem Mann. »Wie wird sich Travaglino helfen können? Will er sich bei seinem Herrn entschuldigen, daß der Stier mit den goldenen Hörnern tot ist, den er so lieb hatte, so muß er ihm irgendeinen Bären aufbinden. Seht, hier ist der Kopf, ich habe ihn mitgebracht, damit er zum Zeugnis gegen ihn diene, wenn er eine Lüge aussprechen sollte.« Sie erzählte ihrem Ehemann jedoch nicht, daß sie ihm zwei Hörner aufgesetzt hatte, größer als das Geweih eines starken Hirsches. Lucaferro freute sich unbändig, als er den Kopf des Stieres erblickte, und glaubte nun, seine Wette gewonnen zu haben. Doch das Gegenteil erfolgte, wie man hören wird.

Travaglino hatte sich inzwischen mit seinem Holzmann unterhalten, hatte geredet und geantwortet, nicht anders, als wäre es der Herr selbst, mit dem er spräche. Aber es wollte ihm trotz seiner Bemühungen nicht gelingen, einen Ausweg zu finden. Da beschloß er, ohne sich weiter den Kopf zu zerbrechen, zu seinem Herrn zu gehen, mochte kommen, was da wolle.

Er ging also nach Bergamo, suchte seinen Herrn auf und grüßte ihn ganz vergnügt. Emilliano erwiderte seinen Gruß und fragte: »Was hast du denn angefangen, Travaglino? Du bist ja mehrere Tage nicht hiergewesen, noch hast du eine Silbe von dir hören lassen.« Da antwortete Travaglino: »Die viele Arbeit hat mich zurückgehalten, Herr.« – »Und was macht der Stier mit den vergoldeten Hörnern?« fragte Emilliano.

Da geriet Travaglino in die größte Verlegenheit, wurde feuerrot und wollte erst eine Entschuldigung vorbringen und die Wahrheit verhehlen. Doch da er seiner Ehre Abbruch zu tun fürchtete, faßte er sich ein Herz, fing die Geschichte von Isotta an und erzählte ihm Punkt für Punkt alles, was er mit ihr gemacht und wie es mit dem Tode des Stieres zugegangen, worüber Emilliano nicht wenig erstaunte. Weil nun Travaglino bei der Wahrheit geblieben war, behielt er den Ruhm eines aufrichtigen Menschen und hatte sich großer Schätzung zu erfreuen. Emilliano hatte seine Wette und damit das Gut gewonnen, Lucaferro dagegen ein paar Hörner. Die verworfene Isotta aber, die andere zu betrügen gedachte, wurde selbst betrogen und trug Schande davon.

Das Haus im Wald

Es lebte in unseren Tagen zu Mailand der Herr Francesco Sforza, Sohn des Herzogs Lodovico Moro, der sowohl zu Lebzeiten seines Vaters wie auch nach dessen Tode von dem neidischen Schicksal viele Verfolgungen zu erdulden hatte. Herr Francesco war in seinen Jugendjahren schön von Gestalt und von edlen Sitten, und sein Antlitz verriet eine heitere Gemütsart. Als er dann das blühende Jünglingsalter erreicht hatte, widmete er sich nach den Studien und anderer ersprießlicher Tätigkeit dem Turnieren, Speerwerfen und der Jagd, die ihm ein ganz besonderes Vergnügen bereitete. Wegen seiner angenehmen Sitten und seiner Tapferkeit liebten ihn die Altersgenossen sehr, und er liebte sie nicht minder, und es gab keinen Jüngling in der ganzen Stadt, der nicht reichlich von ihm belohnt worden wäre.

Eines Tages versammelte Herr Francesco zu seinem Vergnügen eine große Anzahl von Jünglingen um sich, von denen noch keiner das zwanzigste Jahr vollendet hatte, stieg zu Pferde und ritt mit ihnen auf die Jagd. Und als sie an ein Gehölz gekommen waren, das dem Wild als Unterschlupf diente, umstellten sie es. Da brach an der Stelle, wo Herr Francesco aufmerksam umherspähte, aus dem Dickicht ein Hirsch und ergriff beim Anblick der Jäger die Flucht. Sowie der Herr, der das Herz eines Löwen hatte und fest im Sattel saß, den Hirsch davonspringen sah, gab er dem Pferd die Sporen und setzte ihm beherzt nach. Und er verfolgte ihn so weit, daß er seine Begleiter aus den Augen verlor und vom richtigen Wege abirrte. Als ihm der Hirsch schließlich entkommen war und er die weitere Verfolgung aufgegeben hatte, wußte er nicht, wo er sich befand, noch wohin er reiten sollte. Als er sich nun so allein und fern von der Landstraße sah und den Rückweg nicht zu finden wußte und zudem die Nacht hereinzubrechen begann, befiel ihn eine gewisse Unruhe, und er fürchtete, es möchte ihm irgend etwas Unangenehmes begegnen, wie es denn auch geschah.

Als Herr Francesco auf gut Glück weiterritt, kam er an ein kleines, strohgedecktes, in schlechtem Zustande befindliches Haus, stieg im Hof vom Pferde und band es an einen nahen Zaun. Dann trat er ins Haus und fand dort einen Greis vor, der mindestens neunzig Jahre alt war. Bei ihm saß eine junge, recht hübsche Bäuerin, die ein Mädchen von ungefähr fünf Jahren auf den Armen hielt und fütterte. Der Herr grüßte den Alten und die Bäuerin freundlich, setzte sich neben sie und bat, ohne sich jedoch zu erkennen zu geben, um eine Unterkunft für diese Nacht. Da der Alte und die Frau, die seine Schwiegertochter war, sahen, daß der junge Mann reich gekleidet und schön anzusehen war, nahmen sie ihn gerne auf, doch entschuldigten sie sich, keinen Raum zu haben, der für seine Person angemessen wäre. Der Herr dankte ihnen sehr und ging dann hinaus, um nach seinem Pferde zu sehen, und nachdem er es versorgt hatte, kehrte er wieder ins Haus zurück. Das kleine Mädchen war zutraulich, näherte sich dem Herrn und umschmeichelte ihn, worauf er es gleichfalls liebkoste und küßte. Während Francesco, der Alte und die Schwiegertochter im Gespräch waren, erschien Malacarne, der Sohn des Greises und Ehemann der jungen Frau, und erblickte den Herrn. Man tauschte den Gutenabendgruß aus, und er trug seiner Frau auf, für das Abendessen zu sorgen. Dann trat er an den Herrn heran und fragte, was ihn in diese unbewohnte und wilde Gegend geführt habe. Herr Francesco antwortete, sich entschuldigend: »Bruder, kein anderer Umstand hat mich hierhergeführt, als daß ich allein unterwegs war und von der Nacht überrascht wurde. Und als ich infolge meiner schlechten Kenntnis dieser Gegend nicht wußte, wohin ich mich wenden sollte, fand ich zu meinem Glück dieses kleine Haus, wo ich freundliche Aufnahme fand.«

Bei diesen Worten des Herrn und beim Anblick seiner reichen Kleidung mit der goldenen Kette, die ihm vom Hals herniederhing, schoß Malacarne ein böser Plan durch den Kopf. Er war fest entschlossen, den Gast zu töten und zu berauben. Um nun seinen teuflischen Vorsatz auszuführen, rief er seinen alten Vater und seine Frau, nahm das Kind auf den Arm und verließ mit ihnen das Haus. Sie begaben sich abseits, berieten und beschlossen, den Jüngling zu ermorden, ihn seiner reichen Gewänder zu berauben und dann auf dem Felde zu verscharren, in dem trügerischen Glauben, kein Mensch würde erfahren, was aus ihm geworden sei. Der gerechte Gott ließ aber nicht zu, daß ihre böse Absicht zur Tat wurde, sondern enthüllte ihre Verschwörung auf eigentümliche Weise.

Nachdem der verruchte Anschlag verabredet war, überlegte sich Malacarne, daß er ihn nicht allein ausführen könne, war doch sein Vater alt und schwach und seine Gattin eine Frau und wenig beherzt, während der junge Gast allem Anschein nach sehr mutig war und sich mit Leichtigkeit verteidigen und entfliehen konnte. Er beschloß daher, zu einem nicht weit entfernt gelegenen Gehöft zu gehen, dort drei Freunde zu holen und mit ihrer Hilfe sein Vorhaben auszuführen. Als die Freunde vernommen hatten, worum es sich handelte, waren sie in ihrer Gier nach Beute voller Freude bereit, ergriffen ihre Waffen und begaben sich zum Hause Malacarnes.

Das kleine Mädchen hatte unterdes den Alten und die Mutter verlassen und war zu Herrn Francesco zurückgekehrt, an den es sich noch liebevoller schmiegte als zuvor. Als der Herr die große Zutraulichkeit des Kindes sah, nahm er es auf den Arm und liebkoste und küßte es zärtlich. Die Kleine, welcher der Glanz der goldenen Kette in die Augen fiel, fand Gefallen daran, legte, wie alle Kinder es zu tun pflegen, die Hand darauf und wollte sie sich um den Hals hängen. Der Herr bemerkte, wie sich das Mädchen an der Kette erfreute, und fragte es unter Liebkosungen: »Möchtest du, daß ich sie dir schenke, mein Töchterchen?« Und damit legte er sie ihr um den Hals. Da antwortete die Kleine, welche den Verschwörungsplan mitangehört hatte, ohne weiteres: »Ich werde sie schon bekommen; denn mein Vater und meine Mutter wollen sie Euch wegnehmen und Euch erschlagen.«

Als Herr Francesco, der ein kluger und geistesgegenwärtiger Mann war, die unheilverkündenden Worte der Kleinen gehört hatte, nahm er sie nicht auf die leichte Schulter. Er schwieg aber, erhob sich mit dem Kind auf dem Arm von seinem Sitz und legte es mit der Kette geschmückt auf ein kleines Bettchen, worauf es, da es schon spät war, sofort einschlief. Hierauf schloß sich Herr Francesco in das Haus ein und verbarrikadierte die Tür mit zwei großen Schränken und wartete nun mannhaft ab, was die Bösewichter tun würden. Dann zog er eine kleine Büchse hervor, die er an der Seite trug und die fünf Läufe hatte, die gleichzeitig oder einzeln abgeschossen werden konnten.

Als die Begleiter des Herrn Francesco ihren Anführer

vermißten und nicht wußten, wo er abgeblieben war, begannen sie in ihre Hörner zu stoßen und Rufe erschallen zu lassen, aber niemand antwortete ihnen. Die jungen Leute befürchteten daher, das Pferd möchte im Lauf einen steilen Abhang hinabgestürzt, samt seinem Herrn zerschmettert und von den Raubtieren verzehrt worden sein. Als sie in solcher Angst und Sorge nicht wußten, wozu sie sich entschließen sollten, sagte einer von ihnen: »Ich sah ihn auf diesem Pfad einen Hirsch verfolgen und die Richtung nach dem Tal zu halten. Da sein Gaul ein besserer Renner ist als der meine, konnte ich ihm nicht folgen, und so habe ich ihn in kaum einer Stunde aus dem Gesicht verloren und nicht erfahren können, wohin er geraten ist.« Als die übrigen seinen Bericht vernommen hatten, machten sie sich auf und verfolgten die ganze Nacht die Spur des Hirsches, entschlossen, ihren Herrn lebend oder tot aufzufinden.

Während die Jünglinge auf der Suche waren, erschien Malacarne von seinen drei verbrecherischen Freunden begleitet vor dem Hause. Doch während sie meinten, ungehindert eintreten zu können, fanden sie die Tür verschlossen. Da pochte Malacarne mit dem Fuße dagegen und rief: »He, Kamerad, mach auf! Was soll das heißen, daß du nicht öffnest?« Der Herzog schwieg. Er blickte aber durch eine Ritze und sah Malacarne mit einem Beil auf der Schulter und seine drei Helfer gleichfalls wohlbewaffnet. Da er seine Büchse bereits geladen hatte, zauderte er nicht lange, steckte sie durch ein Loch in der Mauer, schoß einen der Läufe ab und traf einen der drei Kumpane in die Brust, der ohne seine Sünden zu bekennen tot zu Boden stürzte. Als Malacarne dies sah, fing er an, mit seinem Beil auf die Tür einzuhauen, um sie zu zertrümmern. Er richtete aber nichts aus, denn sie war gut verrammelt. Der Herzog drückte unver-

züglich den zweiten Lauf ab und mit dem Erfolge, daß er einen anderen der Mordgesellen tödlich in den rechten Arm traf. Ergrimmt warfen sich die Überlebenden mit aller Wucht gegen die Tür, um sie zum Weichen zu bringen, und vollführten dabei einen derartigen Lärm, daß es schien, als wollte die Welt zugrunde gehn. Aber der Herzog, der nicht ohne Furcht war, befestigte die Tür mit Bänken und Schemeln und anderen Gegenständen.

Da die Nacht um so stiller, je heller und klarer sie ist, so daß man auch aus größerer Entfernung jedes Wort vernimmt, wurde der Lärm von den Begleitern des Herzogs gehört. Sie schlossen sich daher zusammen, ließen die Pferde laufen, was sie laufen konnten, und erreichten in kurzer Zeit den Ort des Getöses und sahen dort die Übeltäter, welche sich abmühten, die Tür zu zertrümmern. Da rief sie einer aus der Gesellschaft an: »Was hat der Kampfeslärm und das Getöse zu bedeuten?« Malacarne erwiderte: »Ich will es Euch sagen, Ihr Herren: Als ich diesen Abend ganz müde nach Hause kam, fand ich einen jungen Krieger vor, der über große Kraft verfügt. Und da er meinen alten Vater töten, mein Weib vergewaltigen, mein Mädchen rauben und mir meine Habe fortnehmen wollte, ergriff ich die Flucht, weil ich mich nicht verteidigen konnte. In dieser üblen Lage eilte ich in das Haus einiger Freunde und Verwandten und bat sie, mir zu helfen. Als wir zurückkehrten, fanden wir die Tür verschlossen und von innen fest verrammelt, so daß wir nicht eintreten können, solange die Tür nicht zerstört ist. Und nicht zufrieden mit der Vergewaltigung meiner Frau, hat er mir auch den einen meiner Freunde mit der Büchse getötet, wie Ihr seht, und den anderen tödlich verwundet. Da ich einen solchen Schimpf nicht ertragen kann, will ich ihn tot oder lebend in meine Gewalt bekommen.« Als die Begleiter des Herzogs den Bericht vernahmen und er ihnen wahrscheinlich erschien, weil sie den Toten auf der Erde liegen und seinen Genossen schwerverwundet sahen, wandelte sie Mitleid an, und sie stiegen von ihren Pferden und machten sich daran, die Tür einzuschlagen. Sie riefen mit lauter Stimme: »Ha, Verräter! Öffne die Tür! Was zögerst du? Du wirst der Strafe für dein Verbrechen nicht entgehen!« Der Herzog gab keine Antwort, war vielmehr mit allem Eifer und aller Kunst darauf bedacht, die Tür zu befestigen, ohne jedoch zu merken, daß seine Genossen es waren, die draußen riefen.

Während die jungen Leute den Kampf gegen die Tür führten und sie mit keiner Gewalt zum Weichen bringen konnten, ging einer von ihnen abseits und gewahrte ein Pferd, das im Hofe an den Zaun gebunden stand. Er näherte sich ihm und erkannte das Roß des Herzogs. Da rief er mit lauter Stimme: »Gebt Frieden, Ihr Herren Ritter, und laßt ab von der Tür; denn unser Herr befindet sich dort im Hause!« Und er zeigte ihnen das an den Zaun gebundene Pferd. Als die übrigen es gesehen und erkannt hatten, waren sie überzeugt, der Herzog befinde sich hinter jener Tür, und riefen hocherfreut seinen Namen. Der Herzog wußte sofort, daß seine Begleiter da waren. Über sein Leben beruhigt, beseitigte er die Barrikade und öffnete den Freunden. Als diese den Grund erfuhren, weshalb er sich in das Haus eingeschlossen hatte, ergriffen sie die Übeltäter und brachten sie gefesselt nach Mailand. Dort wurden sie zuerst mit glühenden Zangen gezwickt und dann bei lebendigem Leibe von je vier Pferden in vier Teile gerissen.

Das kleine Mädchen – Verginea mit Namen – das den verruchten Anschlag verraten hatte, wurde vom Herzog der Obhut seiner Frau übergeben, damit sie es erziehe. Und als es das heiratsfähige Alter erreicht hatte, wurde es zum Dank für die Errettung des Herzogs mit sehr reicher Mitgift ehrenvoll an einen edlen Ritter vermählt. Außerdem schenkte ihr der Herzog das Kastell von Binasio, zwischen Mailand und Pavia gelegen, das heutzutage infolge der beständigen Kriege so gründlich zerstört ist, daß kein Stein auf dem anderen geblieben ist. Auf diese Weise endeten also die Verruchten und Unseligen ihr Leben, während das Mädchen mit ihrem Gatten eine lange Reihe glücklicher Jahre verlebte.

Rosolino

Nicht gar lang ist's her, da lebte in der lombardischen Stadt Pavia, die berühmt ist durch ihre Beschäftigung mit den Wissenschaften wie auch, weil innerhalb ihrer Mauern der Leib des verehrungswürdigen, göttlichen Augustin begraben liegt, ein Mann namens Rosolino. Er war einst ein ruchloser und böser Mensch, Mörder und Dieb und jeder Untat fähig, und wurde von allen Rosolino genannt. Da er reich und ein guter Bandenführer war, hatte er viele Anhänger. Er wegelagerte, plünderte und ermordete bald den, bald jenen, und infolge seines großen Anhangs war er im ganzen Stadtgebiet sehr gefürchtet. Obwohl nun Rosolino etliche Verbrechen begangen hatte und viele Klagen gegen ihn eingereicht worden waren, gab es doch niemanden, der sich getraut hätte, sie durchzufechten. Er stand so hoch in der Gunst des üblen Gesindels, daß die Kläger sich gezwungen sahen, von seiner Verfolgung abzusehen.

Rosolino besaß einen einzigen Sohn, der von Charakter das ganze Gegenteil seines Vaters war und ein sehr löbliches und frommes Leben führte. Er warf seinem Vater des öfteren mit sanften Worten sein schlechtes und ruchloses Leben vor, bat ihn inständig, doch endlich mit den vielen Verbrechen aufzuhören, und malte ihm die außerordentlichen Gefahren aus, in denen er beständig schwebe. Doch die weisen Ermahnungen des Sohnes fruchteten nicht das geringste, Rosolino gab sich im Gegenteil seinem ehrlosen Treiben noch eifriger hin als zuvor, und so hörte man Tag für Tag nichts anderes, als daß hier einer ausgeplündert und dort einer ermordet worden sei.

Als nun Rosolino diesen wilden und menschenunwürdigen Lebenswandel fortsetzte und es täglich schlimmer trieb, wollte Gott, daß er von den Häschern des Podesta ergriffen und nach Pavia geschleppt wurde. Vom Kriminalrichter verhört, leugnete er mit frecher Stirn alle bösen Taten ab. Als der Podesta dies vernahm, befahl er den Häschern, Rosolino mit starken Ketten gefesselt in den Stock zu legen, ihm täglich nur drei Unzen Brot und drei Unzen Wasser zu geben und ihn im Gefängnis aufs peinlichste zu bewachen. Und da unter den Richtern eine äußerst lebhafte Meinungsverschiedenheit bestand, ob er als überführt zu gelten habe, beschlossen der Podesta und sein Gerichtshof nach langem Für und Wider, zur Folter zu schreiten, um das Geständnis aus seinem Munde zu empfangen.

Am anderen Morgen ließ sich also der Podesta Rosolino vorführen und unterwarf ihn nochmals einem eingehenden Verhör, doch er leugnete wie das erstemal alles ab. Der Podesta befahl daraufhin, ihn zu foltern. Obwohl Rosolino wegen der starken Verdachtsgründe, die gegen ihn sprachen, mehrmals peinlich auf die Folter gespannt wurde, wollte er dennoch nicht das geringste gestehen. Er schmähte mit großer Beharrlichkeit den Podesta und seinen Gerichtshof und rief, sie seien alle schlechte Kerle, Schurken, Diebe, Verbrecher, die für das schlechte Leben, das sie führten, tausend Galgen verdienten, während er ein Ehrenmann sei, über den sich niemand ernsthaft beklagen könne. Der Podesta war, wie gesagt, mehrmals aufs strengste gegen Rosolino vorgegangen und hatte es mit jeder Art von Folter versucht, aber der Gefangene blieb ungerührt gegen jede

Tortur. Der Podesta, der genau wußte, daß Rosolino schuldig war, ihn aber ohne Geständnis nicht zum Tode verurteilen konnte, war darüber sehr betrübt. Als er nun während der Nacht über die Schlechtigkeit Rosolinos und seine große Standhaftigkeit nachdachte und daß er ihn nicht weiter foltern lassen könne, weil er sich ja durch die Tortur als scheinbar unschuldig erwiesen habe, beschloß er, mit seinem Gerichtshof eine Sitzung abzuhalten und einen Vorschlag zu machen, den ich euch jetzt erzählen will.

Als der Tag gekommen war, berief der Podesta also seine Richter zu sich und sagte. »Ausgezeichnete Doktoren, groß ist die Beharrlichkeit dieses Verbrechers, größer aber noch seine Verruchtheit, und eher würde er auf der Folter sterben als irgend etwas eingestehen. Ich bin deshalb dafür, vorausgesetzt, Ihr wäret damit einverstanden, einen letzten Versuch zu machen, und zwar folgenden: Wir wollen die Häscher aussenden und Rosolinos Sohn Bargetto festnehmen lassen, um ihn in Gegenwart des Vaters auf die Folter zu spannen. Wenn er seinen unschuldigen Sohn gemartert sieht, wird er sicherlich gleich seine Verbrechen eingestehen.«

Dieser Vorschlag gefiel dem Gerichtshof sehr, und so befahl der Podesta sogleich, Bargetto zu verhaften und gefesselt vorzuführen. Nachdem Bargetto festgenommen und vor den Podesta gebracht worden war, unterwarf ihn der Kriminalrichter einem Verhör, und der ganz unschuldige junge Mann antwortete, er wisse nicht das geringste von dem, worüber man ihn befrage. Als der Podesta dies vernahm, ließ er ihn unverzüglich entkleiden und in Gegenwart seines Vaters auf die Folter spannen. Kaum sah Rosolino seinen Sohn verhaftet und den Qualen überantwortet, so geriet er in die größte Bestürzung und Traurigkeit. Der Podesta befahl nun – immer in Gegenwart Rosolinos –, Bargetto zu foltern, und fing an, ihn über viele Punkte zu befragen. Der junge Mann aber, der unschuldig war, erklärte, von nichts zu wissen. Da stellte sich der Podesta erzürnt und rief: »Ich werde es dir schon zeigen!« und befahl, ihn abermals zu quälen. Der Ärmste empfand die größten Schmerzen und schrie jämmerlich: »Erbarmen, Herr Podesta, ich bin unschuldig und habe niemals solche Verbrechen begangen!« Als der Gerichtsverwalter ihn so jammern und weinen hörte, sagte er: »Gesteh, und laß dich nicht zugrunde richten, wir wissen ja alles genau, wollen es aber aus deinem Munde hören!« Bargetto antwortete, er wisse nichts von alledem, was der Richter sage, und es sei nicht wahr, was er ihm zur Last lege. Der Richter, der den Foltermeister unterrichtet hatte, befahl diesem, Rosolinos Sohn unaufhörlich und mitleidlos auf und nieder zu wippen. Als Bargetto die Worte des Richters hörte und in den Armen die heftigsten Schmerzen fühlte und glaubte, sie nicht länger ertragen zu können, beschloß er, etwas zu bekennen, was er nicht begangen, und sagte: »Laßt mich herab ihr Herren, ich will Euch alles offen sagen.«

Nachdem das Folterseil sacht heruntergelassen worden war und Bargetto vor den Podesta und seinen Gerichtshof hingetreten war, versicherte er in Gegenwart seines Vaters, alle ihm zur Last gelegten Verbrechen begangen zu haben. Rosolino, der das falsche Bekenntnis seines Sohnes hörte, bewegte in seinem Geiste viele Gedanken und sagte schließlich, von Liebe zu seinem Sohne getrieben und im Bewußtsein von dessen Unschuld: »Foltert meinen Sohn nicht länger, Ihr Herren, sondern gebt ihn frei, denn er ist durchaus unschuldig.« Damit bekannte er, ohne daß man ihn weiter zu foltern brauchte, alle seine Verbrechen und verschwieg nicht

die geringste Einzelheit. Nachdem der Podesta das Geständnis Rosolinos angehört und aufs genaueste zu Papier hatte bringen und bestätigen lassen, sagte er, begierig, den Grund der Sinnesänderung zu erfahren: »Rosolino, du hast so viele Qualen erduldet, und es ist uns doch nicht gelungen, die Wahrheit aus dir herauszupressen. Nachdem du aber Bargetto auf der Folter gesehen und das von ihm abgelegte Geständnis gehört hast, ändertest du deinen Vorsatz und bekanntest alles ohne weitere Folterung. Daher möchte ich – so wahr dich Gott errette und Erbarmen habe mit deiner Seele! – gerne die Ursache dieser Sinnesänderung vernehmen.«

»Ah, kennt ihr sie nicht, Ihr Herren?« fragte da Rosolino. – »Wahrhaftig, wir kennen sie nicht«, antwortete der Podesta. – »Dann will ich Euch darüber aufklären, wenn Ihr mich aufmerksam anhören wollt«, sagte Rosolino. »Ihr mitleidvollen, menschlich empfindenden, gerechtigkeitsliebenden Herrn habt meine Standhaftigkeit im Erdulden der Folter gesehen und klar erkannt. Es war nichts Wunderbares dabei; denn was Ihr gefoltert habt, war nur das tote Fleisch. Als Ihr aber Bargetto, meinen einzigen Sohn, foltertet, da peinigtet Ihr das lebendige Fleisch.« – »So bist du also tot, da dein Fleisch tot ist?« fragte der Podesta. – »Ich bin nicht tot«, antwortete Rosolino, »und auch mein Fleisch ist nicht tot, sondern lebendig. Während Ihr mich auf die Folter spanntet, empfand ich keinen Schmerz, da dieses Fleisch, das Ihr seht und gefoltert habt, nicht mein eigenes war, sondern das meines toten Vaters, der verwest und bereits in Staub zerfallen ist. Als Ihr jedoch meinen Sohn peinigtet, da foltertet Ihr mein Fleisch; denn das Fleisch des Sohnes ist das eigentliche Fleisch des Vaters.«

Als der Podesta nun den Grund vernommen hatte, wollte er ihn gänzlich freisprechen. Doch da die Gerechtigkeit es nicht zuließ, daß so viele Verbrechen ungestraft blieben, beschloß er, ihn auf Lebenszeit zu verbannen, aber nicht, weil seine Sünden eine so leichte Strafe verdient hatten, sondern wegen der Liebe, die er zu seinem Sohne bewiesen.

Als Rosolino das milde Urteil vernahm, erhob er die Arme gen Himmel und dankte Gott und gelobte ihm, sein Leben zu ändern und seine Tage in Frömmigkeit zu verbringen. Er verließ Pavia, zog sich in eine Einsiedelei zurück, führte dort ein gottgefälliges Leben und büßte seine Sünden mit solcher Zerknirschung, daß er sich die Gnade Gottes verdiente und man sich seiner bis auf den heutigen Tag erinnert als eines Beispiels für die Guten und einer Verurteilung für die Bösen.

Der Possenreißer

Man erzählt, daß in der Stadt Brescia, gelegen in der lombardischen Provinz, einst ein Possenreißer namens Cimarosto lebte. Er war ein sehr schlauer Mensch, der aber bei den Brescianern wenig beliebt war, einerseits wegen seiner alles verzehrenden Habgier, andererseits weil er ein Brescianer war und bekanntlich kein Prophet in seinem Vaterlande etwas gilt.

Als Cimarosto sah, daß ihm in Brescia nicht der Lohn zuteil wurde, den er für seine Witze zu verdienen glaubte, ärgerte er sich sehr und verließ, ohne irgend jemand etwas von seiner Abreise zu verraten, seine Vaterstadt und wandte sich nach Rom. Er hoffte dort eine schwere Menge Geld zu verdienen. Aber es kam anders, als er gewünscht; denn die Stadt Rom begehrt keine Schafe ohne Wolle.

Damals amtierte in Rom der Papst Leo deutscher Nation, der, obwohl ein gelehrter Mann, manchmal großes Vergnügen an Possenreißerstreichen und anderen Unterhaltungen ähnlicher Art hatte – wie das bei den großen Herren so zu sein pflegt. Allerdings zahlte er selten Lohn für sein Vergnügen.

Cimarosto, der in Rom keinen Menschen kannte und nicht wußte, auf welche Weise er den Papst auf sich aufmerksam machen könne, beschloß, persönlich zu ihm zu gehen und seine Fähigkeiten vor ihm glänzen zu lassen. Er begab sich also zum Palast von Sankt Peter, wo der Papst residierte, und traf am ersten Eingang einen Kämmerer von sehr stattlichem Aussehen, der einen dichten schwarzen Bart trug. »Wohin willst du?« fuhr dieser ihn an und gab ihm einen Stoß vor die Brust, daß er zurücktaumelte. Als Cimarosto das zornige Gesicht des Kämmerers sah, sagte er mit demütiger Stimme: »Verwehre mir nicht den Eintritt, lieber Bruder. Ich habe Dinge von höchster Wichtigkeit mit dem Papst zu reden.« Da rief der Kämmerer: »Mach, daß du fortkommst, ich rate dir gut, es könnte dir sonst etwas passieren, was dir nicht behagen dürfte!« Cimarosto ließ nicht nach mit der Bitte, ihn eintreten zu lassen, und versicherte unausgesetzt, er habe Dinge von größter Bedeutung mitzuteilen. Als der Kämmerer hörte, daß es sich um Sachen von großer Tragweite handle, dachte er bei sich, Cimarosto müsse vom Papste eine hohe Belohnung dafür erhalten, und verhandelte mit ihm über den Preis des freien Eintritts. Und es wurde abgemacht, daß Cimarosto ihm bei seiner Rückkehr vom Papste die Hälfte von dem abtreten solle, was er bekommen hätte. Cimarosto erklärte sich bereitwillig damit einverstanden. Er setzte also seinen Weg fort und trat in das zweite Zimmer ein, in dem ein ziemlich sanftmütiger Jüngling Wache hielt. Dieser erhob sich bei seinem Eintritt, ging auf ihn zu und fragte ihn: »Was ist dein Begehr, Kamerad?« – »Ich möchte mit dem Papste sprechen«, antwortete Cimarosto. »Er ist augenblicklich nicht zu sprechen, denn er ist anderweitig beschäftigt, und Gott weiß, wann sich eine günstige Gelegenheit bietet, mit ihm zu reden«, entgegnete der Jüngling. Da rief Cimarosto: »Bitte, halte mich nicht auf. Was ich ihm berichten will, ist von großer Wichtigkeit!« Als der Jüngling dies hörte, kam ihm derselbe Gedanke, der dem anderen Kämmerer schon gekommen war, und er sagte zu ihm: »Wenn du Einlaß finden willst, so mußt du mir die Hälfte von alledem geben, was der Papst dir ge-

währen wird.« Cimarosto erklärte sich dazu mit Vergnügen bereit.

Als Cimarosto nun in das prunkvolle Gemach des Papstes getreten war, erblickte er einen deutschen Bischof, der in einiger Entfernung vom Papste in einer Ecke stand, näherte sich ihm und begann mit ihm zu sprechen. Der Bischof, der die italienische Sprache nicht beherrschte, redete bald deutsch, bald lateinisch, und Cimarosto antwortete, indem er tat, als spreche er deutsch – wie die Possenreißer es zu tun pflegen –, was ihm gerade in den Mund kam. Und sie redeten mit solchem Erfolg, daß keiner den anderen verstand. Da fragte der Papst, der gerade mit einem Kardinal verhandelte, diesen: »Hörst du, was ich höre?« – »Jawohl, seligster Vater!« antwortete dieser. Und da der Papst, der alle Sprachen trefflich verstand, den Ulk merkte, den Cimarosto mit dem Bischof trieb, lachte er und hatte großen Spaß daran. Und indem er tat, als rede er mit dem Kardinal – er wollte nämlich sehen, wie die Sache sich weiter entwickle –, drehte er Cimarosto den Rücken zu.

Nachdem der Possenreißer und der Bischof geraume Zeit zum größten Vergnügen des Papstes aufeinander eingeredet hatten, ohne daß der eine die Sprache des anderen verstanden hätte, fragte Cimarosto den Bischof schließlich auf lateinisch: »Aus welcher Stadt seid Ihr?« – »Ich bin aus Nona«, antwortete der Bischof. Worauf Cimarosto erwiderte: »Ah, Monsignore, dann ist es kein Wunder, daß Ihr meine Sprache nicht versteht und ich die Eure nicht. Denn wenn Ihr aus Nona seid, so bin ich aus Compieta.«

Als der Papst diese schlagfertige und witzige Antwort hörte, brachen er und ebenso der Kardinal in ein schallendes Gelächter aus. Und er rief Cimarosto zu sich und fragte ihn, wer er sei, woher er komme und was er wolle.

Da warf sich der Possenreißer auf den Boden, küßte dem Heiligen Vater den Fuß und antwortete, er sei Brescianer, heiße Cimarosto und sei von Brescia nach Rom gekommen, um eine Gnade von Seiner Heiligkeit zu erbitten. »Verlange, was dir gefällt!« sagte darauf der Papst. – »Ich möchte nichts weiter von Eurer Heiligkeit«, antwortete Cimarosto, »als fünfundzwanzig Peitschenhiebe, und zwar von den kräftigsten.«

Der Papst vernahm die törichte Bitte, wunderte sich nicht wenig und lachte sehr. Cimarosto beharrte jedoch auf der Erfüllung seiner Bitte. Und als der Papst sah, daß es ihm damit Ernst war, ließ er einen sehr kräftigen jungen Burschen kommen und befahl ihm, er solle Cimarosto in seiner Gegenwart fünfundzwanzig tüchtige Peitschenhiebe verabreichen. Bestrebt, den Willen des Papstes auszuführen, ließ der junge Mann Cimarosto splitternackt ausziehen, nahm eine feste Peitsche in die Hand und wollte das Geheiß des Papstes befolgen. Aber Cimarosto rief mit vernehmlicher Stimme: »Halt ein, junger Mann und schlage mich nicht!« Als der Papst sein närrisches Verhalten sah und nicht wußte, was er damit bezwecke, schüttelte er sich vor Lachen und befahl dem jungen Manne einzuhalten. Nachdem dieser die Peitsche gesenkt hatte, kniete Cimarosto, nackt wie er war, vor dem Papst nieder und sagte unter heißen Tränen: »Heiliger Vater, nichts mißfällt Gott mehr auf der Welt als die Wortbrüchigkeit. Ich für meine Person will mein Wort halten, sofern Eure Heiligkeit das Ihre hält. Gegen meinen Willen versprach ich zwei von Euren Kämmerern die Hälfte von dem, was mir von Eurer Heiligkeit zugestanden werden würde. Ich erbat fünfundzwanzig kräftige Peitschenhiebe, und Ihr habt sie mir in Eurer angeborenen Bereitwilligkeit und Freundlichkeit zugestanden. Lasset also in meinem Namen dem einen Kämmerer zwölfeinhalb Peitschenhiebe verabreichen und dem anderen ebensoviel, auf diese Weise erfüllt Ihr meine Bitte und ich mein Versprechen.« Der Papst, der nicht verstand, worauf das hinaus sollte, fragte: »Was willst du damit sagen?« Worauf Cimarosto erklärte: »Als ich hier eintreten wollte, um mich Eurer Heiligkeit vorzustellen, mußte ich ganz gegen meinen Willen mit zweien Eurer Kämmerer paktieren und ihnen eidlich die Hälfte von dem versprechen, was Ihr mir gewähren würdet. Da ich nun mein Wort nicht brechen will, muß ich jedem von ihnen seinen Teil geben, und infolgedessen bleibt für mich nichts übrig.«

Als der Papst das begriffen hatte, wurde er sehr aufgebracht, ließ die Kämmerer vor sich kommen und befahl ihnen, sich auszuziehen, worauf sie dem Versprechen Cimarostos gemäß ausgepeitscht werden sollten. Dem Befehl folgte alsbald die Ausführung. Und als der junge Mann jedem von ihnen zwölf Streiche verabreicht hatte und an der Zahl von fünfundzwanzig noch einer fehlte, befahl der Papst, der zweite solle dreizehn erhalten. Aber Cimarosto sagte: »Das wäre gegen die Verabredung; denn damit würde er mehr haben, als ich ihm versprach.« – »Aber wie denn?« fragte der Papst. – »Lasset sie beide auf einen Tisch nebeneinander mit dem Hintern nach oben festbinden, worauf ihnen der junge Mann einen gehörigen Hieb überziehen soll, der sie gleichermaßen trifft, so bekommt jeder sein gestrichenes Maß, und ich habe mich meines Versprechens entledigt.«

Nachdem Cimarosto den Papst, ohne irgendeine Belohnung erhalten zu haben, verlassen hatte, wurde er wegen seiner schlagfertigen Antworten von den Leuten im Palast umringt. Da näherte sich ihm auch ein Prälat, der ein guter Kerl war, und fragte: »Was gibt's hier

Neues?« – »Weiter nichts, als daß morgen der Frieden ausgerufen wird«, antwortete Cimarosto sofort. Der Prälat, der es nicht glauben konnte, zumal gar kein Anlaß vorlag, der es glaubhaft hätte erscheinen lassen, sagte zu Cimarosto: »Du weißt nicht, was du sprichst. Die Päpste und die Franzosen kämpfen schon so lange miteinander, und nie hat man etwas vom Frieden verlauten hören.« Nachdem sie lange hin und her gestritten hatten, sagte Cimarosto schließlich zum Prälaten: »Wollen wir eine Mahlzeit wetten, Messere, daß Frieden ausgerufen wird?« – »Jawohl«, erwiderte der Prälat. Und in Gegenwart von Zeugen wetteten sie zehn Florinen pro Mann, die der Verlierende zum Verjubeln hergeben mußte. Darauf ging der Prälat vergnügt fort, überzeugt, sichs auf Cimarostos Kosten wohl sein lassen zu können.

Der Possenreißer aber war nicht faul, sondern ging in seine Herberge, suchte dort den Wirt auf und sagte zu ihm. »Wirt, ich möchte, Ihr erwieset mir einen Gefallen, es wird Euch nicht gereuen, und Spaß gibt's auch.« – »Was für einen denn?« fragte der Wirt. »Weißt du nicht, daß du nur zu befehlen brauchst?« – »Ich möchte nur«, erwiderte Cimarosto, »daß Eure Frau morgen die alten Waffen anlegt, die sich in Eurer Kammer befinden, das übrige überlaßt mir. Seid versichert, es handelt sich um nichts Böses und Unehrbares.«

Die Frau des Wirts hieß Pace, und jene Soldatenausrüstung war ganz rostig und so schwer, daß sich auch ein kräftiger Mann, wenn er damit auf dem Boden ausgestreckt lag, nicht hätte erheben können. Der Wirt, der ein lustiger Kauz und sehr entgegenkommend war, wußte, daß Cimarosto voller Teufeleien steckte, und wollte sich ihm daher gefällig erweisen.

Am folgenden Tage ließ also der Wirt seine Frau alle

jene Waffen anlegen und sich derart gerüstet in ihrer Kammer auf dem Boden ausstrecken. Dann sagte er zu ihr: »Stell dich auf die Füße!« Sie versuchte mehrmals, sich zu erheben, vermochte aber nicht, sich vom Fleck zu rühren. Als Cimarosto sah, daß die Sache nach Wunsch ging, sagte er zu dem Wirt: »Komm, laßt uns gehen!« Und sie schlossen die Tür der Kammer, welche auf die Straße hinaus ging, und zogen ab.

Als die Frau des Wirts sich allein in der Kammer eingeschlossen sah und sich nicht bewegen konnte, befiel sie eine gewaltige Angst, es möchte etwas Böses dahinterstecken, und sie fing laut an zu schreien. Und als die Nachbarn das Geschrei und das Klirren der Waffen hörten, kamen sie in das Haus des Wirts gestürzt. Sobald Cimarosto den Lärm hörte, den die herbeigeeilten Männer und Weiber vollführten, sagte er zum Wirte: »Bleibt ganz still, redet auch nicht, sondern laßt mich machen, dann werden wir bald Ursache haben, vergnügt zu sein.« Damit stieg er die Treppe hinunter, ging auf die Straße und fragte bald den, bald jenen: »Wer schreit denn da so laut?« Da antworteten alle wie aus einem Munde: »Pace! Pace! Hörst du's denn nicht?« Und nachdem er sich diese Antwort mehrmals hatte wiederholen lassen, rief er eine Menge Leute zu Zeugen dafür an, daß sie Frieden hatten rufen hören.

Die Stunde des Abendgebetes war vorüber, da erschien der Prälat und sagte: »Nun, du hast deine Wette wohl verloren? Bis jetzt ist doch wohl nicht Frieden gerufen worden?«

»Doch!« erwiderte Cimarosto. Da entstand zwischen ihnen ein lebhafter Streit, und es erwies sich als notwendig, daß ein Schiedsrichter die Sache entscheide. Als dieser die Gründe der beiden Parteien angehört und die Zeugen vernommen hatte, welche unzweifelhaft aussagten, die ganze Nachbarschaft habe Pace schreien hören, entschied er, der Prälat habe die Mahlzeit zu bezahlen.

Es vergingen keine zwei Tage, da begegnete Cimarosto auf einer Wanderung durch die Stadt einer römischen Dame, die außerordentlich reich, aber garstig wie der Teufel war. Diese war mit einem sehr schönen Jüngling verheiratet, und es gab keinen, der sich nicht über diese Ehe gewundert hätte. Nun trabte zufällig eine Eselin vorbei. Als Cimarosto sie erblickte, wandte er sich zu ihr und sagte: »Armes Luderchen, hättest du soviel Geld wie die da, so würdest du dich verheiraten.« Kaum hörte dies ein Edelmann, der mit der häßlichen Frau verwandt war, so ergriff er einen Stock und gab ihm damit einen derartigen Schlag auf den Kopf, daß man ihn an Händen und Füßen in das Haus des Wirts tragen mußte. Der Chirurg ließ ihm den Kopf rasieren, um ihn besser behandeln zu können. Die Freunde, die den Possenreißer besuchten, fragten: »Wie geht's dir, Cimarosto? Du bist rasiert?« – »Geht, seid still, tut mir den Gefallen, plagt mich nicht«, antwortete er, »wäre ich Atlasseide oder Damast, würde ich einen Florin die Elle wert sein, jetzt aber bin ich nichts wert.«

Als dann sein letztes Stündlein gekommen war, erschien der Priester, um ihm die letzte Ölung zu geben, und fing an, ihn zu salben. Und als er damit bei den Füßen angelangt war, sagte Cimarosto: »Geht, Messere, schmiert mich nicht weiter, seht Ihr denn nicht, wie schnell ich gehe und wie leicht ich laufe?« Als die Umstehenden dies hörten, fingen sie an zu lachen. Mit diesem Witz auf den Lippen starb Cimarosto auf seine Weise.

Ein kleines Nachwort

Die fünfundzwanzig Novellen der vorliegenden Auswahl schrieb Giovanni Francesco Straparola, ein Novellist der italienischen Renaissancezeit. Über seinen Lebensweg ist uns wenig bekannt. Um 1475 in Caravaggio nahe Mailand geboren, lebte er bis in die Mitte des 16. Jahrhunderts in Padua und Venedig.

Es war die Zeit der Hochrenaissance. Oberitalien war in Stadtstaaten zerteilt, die vorwiegend von bourgeoisen Familiendynastien wie die der Medici, Sforca und Visconti beherrscht wurden. Unter diesem macht- und gewinnstrebenden Großbürgertum, das sich der Herrschaft des Feudaladels und der Kirche weitgehend entzogen hatte, entwickelten sich die oberitalienischen Städte wie Florenz, Mailand und Venedig zu bedeutenden Zentren der Kultur, Kunst und Wissenschaften. Das ausgeprägte Bedürfnis nach einer hochstehenden Lebenskultur, das Bestreben, körperliche wie geistige und musische Fähigkeiten gleichbedeutend zu entwickeln und anzuwenden, verwirklichte sich in Malerei, Bildhauerkunst und Architektur. Künstler wie Botticelli, Raffael, Michelangelo und Leonardo da Vinci prägten jene Zeit. Auch in der Literatur hatte sich eine Wandlung vollzogen. Es war nicht mehr der mittelalterliche Feudalherr, der sich phantasiereiche Heldenepen und tugendsame Ritterromane vortragen ließ, es waren nun weitgereiste Großkaufleute, erfolgreiche Bankiers und Gewerbetreibende, die mit Geschichten aus der realen Wirklichkeit unterhalten sein wollten. Diese selbstbewußte Klasse war mit irdischen Dingen beschäftigt und hatte wenig Sinn für Imaginäres. So dienten finanzielle Unterstützungen für Sakralbauten oder kostbare Geschenke an Papst und Klerus vorrangig dem eigenen Ansehen der Großbürger und dem Ausbau ihrer Macht. Hinter diesen Gaben steckte schon nicht mehr die Angst des mittelalterlichen Menschen vor den Schrecken der Hölle. Und es war nicht verwunderlich, daß die Novellisten den Mut fanden, Priester, Nonnen und Mönche mit ihren menschlichen Schwächen und ihrer oft zweideutigen Moral zu verspotten. Aber es war nicht nur der in den Augen des Volkes unproduktive Stand der Kleriker, der Mittelpunkt vieler Geschichten wurde. Auch die herrschenden Dynastien wurden kritisiert, ihre oft anrüchigen Machenschaften um Macht und Gewinn aufgedeckt. Auch die Nöte der armen Handwerker und Kleinbauern, die unter den Machtkämpfen der Stadtstaaten, der Kriege mit Spanien und Frankreich zu leiden hatten, von Hungersnöten und Epidemien geplagt wurden, spiegeln sich in den Novellen wider. Mit List und Wagemut übertölpelten sie darin die Herrschenden, foppten die Dummen. Kreatürlicher Lebenswille, gepaart mit südländischem Temperament, fanden ihren Ausdruck. Großzügig und drastisch ungeniert wurden Liebesszenen geschildert und haben der Renaissance-Novelle den Vorwurf eingebracht, »unsittlich« zu sein. Der Fortfall der meisten mittelalterlichen religiösen Gebote, der gesellschaftliche Machtwechsel durch neue Schichten, die ständige kriegerische Bedrohung und die Beschränkungen im täglichen Leben, besonders in den unteren Schichten, brachten eine Wandlung und Lockerung von Sitten und Moral mit sich, wie sie in Zeiten großer gesellschaftlicher Umwälzungen häufig stattfinden.

Die Ende des 13. Jahrhunderts entstandene literarische Gattung der »Novella« fand ihre erste größere Verbreitung durch das »Decamerone« Giovanni Boccaccios. Im 14. bis 16. Jahrhundert wurde diese Art der kurzen Erzählung von einer Reihe namhafter Novellisten übernommen und diente weiten Kreisen des Bürgertums bis hinauf zum Adel als amüsante, aber auch lehrreiche und nachdenkenswerte Unterhaltung bei geselligen Zusammenkünften. Seit dem 15. Jahrhundert war es üblich, die nun auch in Buchform weitverbreiteten Sammlungen mittels eines vorangestellten Briefes oder einer Rahmenhandlung einer verehrten oder populären hochgestellten Persönlichkeit zu widmen. Die Zuhörer oder Leser erwarteten vom Erzähler eine möglichst »wahre« Begebenheit, die auch »neu« sein sollte. Sie vermittelte den Stadtklatsch der Bürger, diente als eine Art Zeitung. Wenn auch ihr Wahrheitsgehalt oftmals zweifelhafter Natur war, die Geschichten nicht selten in verändertem Gewand bei anderen Novellisten wieder auftauchten, zeigen diese Novellen doch realistisches italienisches Leben und geben mit einfachen künstlerischen Mitteln ein typisches Bild der Renaissancezeit.

Die in diesem Buch vorgestellten Novellen Straparolas sind seiner Sammlung »Die ergötzlichen Nächte« (Le piacevoli Notti), die 74 in eine Rahmenhandlung eingebettete Novellen und Märchen umfaßt, entnommen. Sie sollen von einer Gesellschaft von Damen und Herren, die als Gäste des Bischofs von Lodi auf der Insel Murano weilten, in dreizehn aufeinanderfolgenden Nächten erzählt worden sein. Mögen sie auch dem Leser unserer Tage zur vergnüglichen Unterhaltung dienen.

Gerda Böttcher

Inhaltsverzeichnis